U0675255

中国少数民族文学发展工程
翻译出版扶持专项（民译汉）

飞吧，龙龙龙

【译】金莲华（朝鲜族）

作家出版社

编委会名单

主　任：邱华栋

副主任：彭学明（土家族）

编　委：扎　巴（藏族）　艾克拜尔·吾拉木（维吾尔族）

包吾尔江（哈萨克族）　朴文峰（朝鲜族）

张春植（朝鲜族）　普日科（藏族）　陈　涛

杨玉梅（侗族）　郑　函（满族）

序　言

我的第一本中短篇小说翻译集《飞吧，龙龙龙》得以出版，我感到由衷的喜悦和兴奋。因为这是对我十几年翻译工作的一次总结和回顾。

我与翻译结缘是 2003 年，进入延边电视台从事新闻和专题翻译之后。那时，我对翻译的理解还不是十分深刻。作为电视台的新闻翻译工作者，只要把单位安排的工作认真完成就可以了。

可是，2008 年，延边作协推荐我到鲁迅文学院高研班学习，让我对翻译的重要性，尤其是文学翻译的重要性有了深刻的认识。记得课堂上有很多老师都讲过，中国是多民族的社会主义国家，各民族文学的共同进步，共同繁荣谱写着当代中国文学的宏大史诗。各个民族都有弥足珍贵的文学传统及文学遗产，由于自然地理、社会时空、文化传统，尤其是语言文字障碍，各民族之间的交流还十分有限。直到目前，不仅大量的少数民族语文文学遗产依然沉睡如故，许多汉族文学经典也不为广大少数民族读者所知，而且这种趋势还在加大之中。要想改变这一现状就离不开文学创作，更离不开富有成效的文学翻译。这是因为文学翻译具有从审美的层次、文化的视域、精神的高度促成族际了解，推进文化对话，驱动社会进步的功能，可以搭建心灵沟通的彩虹。聆听了许多作家、翻译家们的课程之后，我对文学翻译的重要性，文学翻译的紧迫性都有了深刻的认识。有些编辑和老师还讲到，翻译家应该把最能体现本民族精神风貌，富有鲜明的时代特色和民族特色的优秀作品翻译和推介到中国文坛。就如鲁迅先生所说的，越是民族的，就越是世界的。鲁院的学习让我对文学翻译有了全新的认识，决心将朝鲜族优秀文学作品推介到中国文坛。

从鲁院回来后，我利用业余时间开始翻译文学作品。

2009年7月，我翻译的短篇小说《无法饶恕的父亲》在《民族文学》上发表。翻译作品发表后，我收到编辑的来电。他告诉我，我的文章被《青年文摘》转载，并鼓励我以后多翻译优秀的作品给杂志社投稿。编辑的一席话，给了我继续翻译文学作品的信心和勇气。直到现在，每当回想这些往事，我都对《民族文学》杂志社和杂志社的编辑们怀有深深的感激之情。

朝鲜族是中国大家庭中的一员。有许多优秀的朝鲜族作家，辛勤耕耘，创作了大量具有鲜明的民族特色和时代特色的脍炙人口的优秀作品。他们创作的作品中，有书写家庭婚姻、亲情、人情和爱情等传统主题的作品。这些作品或揭示的主题深刻感人，或表现的手法诙谐幽默，或阐释的感情丰富细腻，都充满了浓郁的人情和人性的内涵。读了这些作品之后，我深深地受到震撼。我觉得有必要把这些优秀的作品翻译和推介到汉语文学杂志上，让其他民族了解朝鲜族人民淳朴、善良、美好的品性，进而了解朝鲜族的生活和文化。于是，我陆陆续续在《民族文学》《青年文摘》《湟水河》等杂志上发表了译作《女儿出嫁的日子》《飞吧，龙龙龙》《金达莱花开了》等小说和散文作品。随着翻译作品的数量逐渐增多，我就产生了把自己多年来，在杂志上公开发表和还没有公开发表的作品汇聚到一起，集结成书的愿望。我的愿望得到了延边作协的支持。特别幸运的是，我申报的《飞吧，龙龙龙》，被确定为中国作家协会少数民族文学发展工程·2019翻译出版扶持项目（民译汉）。对此，我向中国作协、作家出版社和延边作协表示衷心的感谢。同时，对朝鲜族文学翻译工作给予极大重视和关心的延边作协主席郑凤淑和副主席全华民也表示衷心的感谢。

我知道，我翻译的作品只是朝鲜族作家作品中的九牛一毛，还有很多作品有待于发掘和推介。由于自己的水平有限，已经翻译的作品还有很多不足之处。但是，我愿意在翻译文学作品之路上辛勤耕耘，勤奋学习，翻译出更多更优秀的作品。

金莲华

2019年10月22日

目 录

无法饶恕的父亲

◎全春植 著

那一年那一天的那一件事，永远都不会在我的脑海中消失，虽然已经过去了两年多的时间……

那时，我读小学四年级。尽管我的家境并不富裕，但是父母心往一处想，劲往一处使，凡事都会处理得井井有条，家里也充满了融融暖意。为了不辜负父母对我的期望，我认认真真用心读书。

意想不到的是，就在那时，悲剧的火种落到我们家里……新千年前夕，母亲打算置办一些年货，顺便给我买新衣服，就到附近的储蓄所去取钱。可是，没过多久，母亲脸色煞白、慌慌张张地跑回家里。

“喂、孩子他爸，出了大……大事了。存折里的钱都不见了，究竟是谁……哪个坏蛋……”

母亲突然遇到这样意外的事情，连话都说不出来。

“这……这是真的吗？”

父亲也显得很吃惊。

“确实是真的。快到派出所，要不打 110 报警吧。”

“可是……”

“什么可是？你还愣着干什么，发什么呆啊？快点、电……拿电话来……”

看到父亲还在犹豫，母亲不顾一切地拿起了话筒。

“喂，是北山派出所吗？是这样……我们家里——”

没等母亲把具体情况说出来，突然有一只大手紧紧地堵住了母亲的嘴。我看到父亲突如其来的举动，也瞪大了眼睛。

“爸爸，你在干什么？为什么不报案呢？只有报案才能抓到小偷啊？！可想想，除了咱家人，还有谁能知道咱家存折的密码呢？”

“这不是小孩子该管的事，你快进屋学习吧。”

这时母亲突然转过身来冲向父亲，用我从未见过的锐利的目光怒视着父亲。

“这么说，是你……这钱是你……”

“对，我是有点急事才花的，你就别问了。”

“你太过分了吧！你怎么能这样，在短短的一天时间里，你究竟把三万元钱都花到哪儿去了？”

“……”

母亲再也忍不住了，怒不可遏地举起拳头捶打着父亲的胸脯。

“这钱是给你父母了，还是给你弟弟妹妹了？你说实话。只要你说实话，我就不再追究了。”

母亲的眼里噙满了泪水。

（爸爸不是大手大脚乱花钱的人……从来不抽烟也不喝酒，看他平时连出租车也舍不得打……）

在母亲大吵大闹的时候，我的心在哭泣，强忍着泪水，浮想联翩。

（难道那笔钱会自己长腿跑了？还是身上长翅膀飞走了？）

在冷冰冰的气氛中，过去了一周时间。那天，我放学回家走进屋里，发现母亲躲在厨房里暗自流泪。见到她红肿的眼睛，我知道她已经哭了很久。

“妈妈，怎么啦，是不是出什么事情了？”

“孩子，我们完了，彻底完了……”

母亲像烂了根的树，一下子栽倒了。

“为了供你上学，整整六年时间，妈妈咬紧牙关，没日没夜地做豆腐。虽说这段时间，你爸爸也很辛苦，没过上宽松的日子，可是我们受的苦转眼间就化为了泡影。你爸爸把所有的钱都拿去吸毒了。你爸爸那么善良、那么正直，怎么会做出这种事情……我真的没法相信……”

妈妈没等说完，眼泪就簌簌而下。

“妈妈，什么是吸毒啊？”

“就是注射了毒品。我们生活的希望没了。是你爸爸毁了我们这个家，毁了你的前程！”

“这是真的吗？”

这时我依稀想起：有一天，说那天是世界禁毒日，我们班同学都到时代广场，在宣传横幅上签名的事情。还有，我曾经在电视里看到过，吸毒人员在痛苦中挣扎着和死去的可怕场面。此时，那些可怕的画面浮现在我的眼前。

这件事发生以后，妈妈经常对付三餐。有时还呆呆地站在窗前默默地流着泪。母亲很快消瘦下去。

当我看到日渐憔悴的母亲，心里也暗暗地怨恨起父亲来。

（爸爸怎么偏偏就干这种事情呢？爸爸压根就不爱妈妈，也不爱我这个儿子。）

过了一段时间，气愤不已的母亲也逐渐恢复了冷静。

“和医院商量好了，送你去医院戒毒。你明天就走吧。”

“不去，我自己可以戒毒。”

“不行。如果戒不了毒，你只能去死。”

“你就别管我了，让我自己戒掉毒瘾吧。我最不愿意成为别人的笑柄。”

最后，母亲作出让步，但附加了一个条件。

“你得发誓以后再也不干那种傻事，好吗？”

“如果我再做这样的傻事，我就不是人。”

也许，母亲想原谅父亲。她像往常一样，又精心地照顾起父亲来。母亲细心地在黏大米里放进蜂蜜、鸡蛋，调制成保健品给父亲吃。

但是母亲的一片诚心没能感化父亲。有一天，母亲在打扫房间时，在父亲的床底下发现了用过的注射器。

“你真的想一条道跑到黑吗？我再也不想给你联系什么医院了。从今以后，你走你的阳关道，我过我的独木桥。不能因为你，毁了我们寿峰。我们马上离婚。”

“离婚就离婚，你以为我会怕吗？我一点都不想在这个家待下去。我要一个人出去过，不受任何人的约束，一个人自由自在地活着。该这么做，不该那么做，这种生活我已经过够了。”

我还是头一回看见父亲这么大声地嚷嚷。

（父亲变得越来越可怕了。）

我原以为父亲会醒悟过来，逐渐好起来的，可万万没有想到事情会发展到这种地步。此后，一看见父亲，我就气不打一处来，十分讨厌父亲。于是，我从学校放学回来，走进自己的房间，紧紧地关上房门，一个人窝在屋里。

母亲有时引导父亲、有时规劝父亲、有时指责父亲，她想方设法去改变父亲。可她所有的努力都付之东流。父亲不但不服软，反而脾气越来越大，专找母亲的碴儿，无缘无故地和她吵闹，好像他干了什么光彩的事。甚至胆大妄为，只要听到一两句不合他心意的话，他就提离婚。

“你真不知好歹，你知道你是借了谁的光才过上好日子的吗？”

“你也别自以为是。你以为我养活不了自己？是你束缚了我的手脚，所以我像笼子里的鸟一样生活。”

一开始我对父亲的举动大惑不解，渐渐地我讨厌起父亲，甚至疏远起父亲来。

“妈妈，让爸爸出去租房住，咱俩一起过安静的日子吧。等爸爸吸取教训反省自己了，再和他一起过。”

在我的再三请求下（当然母亲也有她自己的想法），父母终于离婚了……母亲此时是不是像拔掉了虫牙一样轻松自在呢？

三四天后，在上学的路上，我感觉有人跟在身后，回头一看是父亲。

“爸爸……”好像我从来也没有憎恨过父亲一样，我拼命地喊着跑近父亲。

跑到父亲的跟前，我才发现，几天不见，父亲的模样完全变了。毛毛糙糙的胡子，乱蓬蓬的头发，憔悴的脸。

“爸爸，这些天你是怎么过的？”

“你妈妈给付了一年的房租，就这么对付着过呗。昨天你姑姑给邮来了生活费……”

这一瞬间，我突然想起了什么，从口袋里掏出零花钱，闪电般地塞进爸爸的口袋里。

“孩子，你这样今天中午不就挨饿了吗？我是太想你了……孩子，这个……”

不管父亲怎么喊我，我都装作没听见，向学校的方向跑去。

晚上，看到狼吞虎咽的我，妈妈不解地问：

“你是不是又没吃午饭，只喝了饮料什么的？啧啧，以后千万别饿肚子，知道了吗？”

“知道了。”

因为不能对母亲说实话，我心里有些不安，就像吃了大蒜之后烧心的感觉。

人心真是一个难解的谜啊。和父亲在一起的时候，我对他恨得要死。可是见到父亲憔悴不堪的样子、胡子拉碴的脸，听到父亲略显沙哑的声音，闻到他臭脚丫子味，顿生怜悯之心，对他的恨也烟消云散了。

此后，我瞒着母亲，偷偷地打开父亲住的房子的窗户，把平时积攒下来的零花钱压在碗下。有一天，我的举动终于被父亲发现了。

“其实我早就知道是你干的。以后别再出现在我眼前。”

“爸爸，你就那么讨厌我到你这儿吗？”

“我不愿意成为你的负担。你和你妈妈说过我的事吗？”

“没有，我……”

“那你妈妈怎么知道的，给送来辣白菜还有其它小菜呢？”

“这……妈妈真的不知道。也许在我身后跟踪了？”

“我再熟悉不过你妈妈的手艺了，就是用眼看、用鼻子闻，我也能辨别出来你妈妈做的饭菜……现在没有和你打嘴仗的时间，马上给我回去。”

不管爸爸怎么撵我走，我也要把心里话一股脑掏出来。

“爸爸，你不会再吸毒吧？”

“不吸我怎么活下去？我把一半房租费要回来了，现在还在吸……”

一方面，我气得张口结舌，无可奈何。但另一方面，母亲对父亲的宽容让我十分感激。

回到家里，妈妈正在洗爸爸的脏衣服。等我靠近她的身边，妈妈吃了一惊，好像是一个做错事的孩子被人发现一样。她在嘴里反复地嘟囔：

“咳，被鬼骗了也该有分寸，烦透了你爸爸，可你姑姑扔下这些衣服就走了。”

“妈妈，我都知道了……”

“什么？”

“妈妈腌了白菜……”

……

“要是爸爸能恢复原样，你们还是复婚吧。那时，我也就不是没有爸爸的孩子了。”

“我不想听。那是白日做梦。黄鼠狼的毛埋了三年拿出来还是原样。能有什么变化……”

几天后，我在教室往书包里装书本的时候，有个同学叫我的名字，说外面有个叔叔在找我。

在学校门口，爸爸身体羸弱地站在那里，眼睛里布满了血丝，好像刚刚大哭过一场。

“爸爸——”我慌忙地跑过去，把脸埋在爸爸的怀里。

“孩子，我很快就要到养老院去。”

“去接受治疗？”

“对。医生说要是治疗的话会有希望。这不是什么病，只要我自己注意……在那里只要我的身体恢复了，我就到利比亚待一段时间，边疗养边挣钱。作为男子汉大丈夫怎么能一辈子待在家里？”

父亲呵呵地笑了起来，一点也不像往日的父亲。

“这个退回来的房租费，我也用不着，你就用它买学习用品吧。”

“治疗费呢？”

“和我要好的一个朋友说要给我交纳一年的费用。真是好朋友啊……”

父亲在我的脸上响亮地亲了一口，头也不回地匆匆地离开了我。

“爸爸——到那里之后写封信，或者来电话……”我对着父亲的背影，用只有我一个人能听得见的声音说。在泪眼蒙眬中，父亲的背影逐渐变成一个小点，随后就消失了。

第二天早晨是星期日。我和母亲为了解真相，找到父亲的住处。果然，父亲的房间空着。

“你爸爸的倔脾气是改不了。什么治疗，分明是有意躲避我们。”

母亲像石头一样一动不动地钉在那里，眼泪止不住地往下流。

“妈妈，不用担心。如果爸爸重新开始，以后会奇迹般地出现在我们面前的。”

不知道当时说这些是为了安慰母亲，还是为了安慰自己……

自从父亲隐匿了踪迹后，我好像失去了什么，心里空荡荡的，仿佛我的身体失去了一部分，心力交瘁。在我的眼前总是浮现出，学校门口面色憔悴地望着我的父亲。

（没有妈妈和我，爸爸肯定活不下去。我不会再恨爸爸了。现在您到底在哪里呢？）

我时常有种预感，蓦然间会在某个胡同里遇见父亲，这种想法让我的心脏剧烈地跳动。

另外，我母亲给附近能联系的疗养院都打了电话，打听父亲的行踪。

过了四天，我放学回家，发现母亲失魂落魄地躺在锅台边，手里握着一张纸……

“啊？妈妈这是怎么了？”

“我，我在作孽啊……看来今生今世也洗刷不掉了。”

抓起母亲手里的纸，看到父亲熟悉的字迹，上面有眼泪弄湿的痕迹。

老婆，还有我可爱的儿子寿峰：

这段时间，因为不争气的爸爸，你们伤心了吧？

去年春天，我因为消化不良，胃里常有火辣辣的疼痛感，就到医院检查，被确诊为肠癌，已经到了晚期扩散阶段。既然治疗也不可能好转，为什么还要花冤枉钱呢？三万元钱是怎么积攒下来的……不是我们夫妻俩为了供孩子上大学省吃俭用积攒下来的吗？所以，在家里人知道真相之前，我把这些钱转存到其他银行里。存折在我们家椅子的海绵垫下面……我担心我的病情会被你们发现，想了很多方法，最后想起了用吸毒来骗你们。这样还可以疏远和你们的感情。到时，我离开这个世界，也不会给你和儿子留下任何恐惧和悲哀。但是没想到，要做到情断义绝会这么不容易……

最初离开家的时候，我还可以干点活，挣一些钱。后来随着病情恶化，没敢再干活。对不起啊。本来应该守在你们的身边带给你们幸福的我，却要这么撒手离开你们……在这期间给你们添麻烦了。

这里是陌生的他乡。现在，我望着故乡双手合十，为你的幸福，为我们儿子的顺利成长祈祷着。再过几分钟，我将会变成水中的孤魂，从剧烈的痛苦中解脱出来。从此我就可以过上太平的日子了。到时，我也会祝福你们！

本来是想把这一切都带到坟墓里去，可又担心你和儿子一直苦苦地寻找我，所以准备还是把实情告诉你们。而且，也想把你对我的一切憎恨都一起带走。我自己也不明白自己。人为什么在弥留之际，总是想多留一份爱而不是恨呢……你们能原谅我吧？

寿峰啊，我的儿子，我会永远守护着你。不要认为爸爸走了，要加油，像爸爸的儿子一样……

丈夫和父亲

×年×月×日

第二天，母亲和我的胸前戴着白花坐上了北上的列车。一夜之间，母亲好像又瘦了一圈。父亲，当初您为什么只想其一，不想其二呢？您知道吗，如果您不选择这条路，而是用银行的存款抓紧治疗……难道您就只有这条路可走吗？

父亲，活着的时候，您带着“愚蠢”的想法活着；现在，您又带着“愚蠢”的想法，为自己三十八岁的生命画上了句号。这样的父亲，叫我如何能饶恕呢？！

我的“另类”妈妈

⊙全春花 著

“妈——今天老师又出了老掉牙的作文题目:《妈妈的爱》。这和上学期出过的《我的妈妈》有什么区别啊?”

每次遇到老师出类似于老生常谈的作文题目时，我都要冲着妈妈发一顿牢骚。

正在贴面膜的妈妈，漫不经心地扔过来一句话:

“哎哟，我们家小丫头究竟像谁呀，小脑瓜还挺活的。上学期的作业本没扔吧？嗨，照着抄一遍不就得了?”

“对、对、对……我怎么没想到呢?”

刚才还像腌制的白菜叶一样打蔫的我，急忙跑到堆放旧书的仓库里翻箱倒柜。后来，妈妈也一起加入到寻找旧作业本的行列。谢天谢地，终于找到了那个旧作文本。

我想，老师不会记得那么多学生的作文吧，何况还是上学期写的。没关系，肯定不会出问题……

在妈妈的启发下，我一字不改地抄写了上学期的作文，然后泰然自若地交了上去。可是第二天，我真正体会到了侥幸心理害死人的滋味。

“写作业一向都很认真的孩子，今天这是怎么了?”老师的责备声震撼着我的耳膜。

“是你家人教你这么做的？这么小就学会应付作业，长大了还能……”

“老师，老师……”

我偷偷地瞥了一眼由于愤怒脸色发青、眼睛发红的老师，咬着嘴唇小声地嘀咕着：

“本来我也没想交上学期的作文。可是，我妈妈叫我这么做的。”

“你说什么？天哪！天底下还有这样的妈妈……”

办公室里的其他老师听了我的话，“啧、啧、啧”地连连咂舌，不住地摇头。我因此获得了“解放”，而妈妈却被我“出卖”了。

“老师让妈妈去一趟学校，我抄作业的事露馅了。”

回到家里，我小心翼翼地挤出了这句话。只见妈妈应了一声“是吗？”便若无其事地化完妆，穿上华丽的衣服，甩开我担心的目光，穿着高跟鞋，嗒嗒嗒地走出了家门。

这时，我突然想起了爸爸时常嘲笑妈妈的话：“你啊，做事怎么这么没脑子啊？”妈妈出门时泰然自若的表情，亮丽的着装，似乎不是去受批评，而是因为养了出众的女儿，去接受表扬，发表领奖感言似的。

我心里忐忑不安，特别担心妈妈回来后会责怪我说：“傻丫头，都是因为你，让妈妈丢尽了脸面。你自己挨骂就算了，还把妈妈供出来干什么？”然后，翻着眼皮宣布，“晚上吃软炸鱿鱼的约定现在取消。”真要是这样，我该怎么办呢？我一边担心，一边还在完成美术老师布置的作业——给妈妈画像，然后在妈妈的卷发上涂抹棕色颜料。

就在这时，伴随着妈妈特有的鼻音，传来了“小丫头，小丫头——”的叫声。抬头一看，妈妈若无其事地走进屋里，眼睛在闪闪发光。我从妈妈闪亮的目光中能够猜测到我还有希望吃到软炸鱿鱼，心里就轻松了一些。说实话，这个时候，我并不想询问妈妈和老师的谈话内容。可是，还是需要敷衍一句“和老师谈了些什么，结果怎么样呀？”以表示我的关心。为什么要这么说呢？记得我小时候，妈妈从理发店里回来，看见爸爸躺着看报纸，什么反应也没有，她就一溜烟跑过去，硬是把爸爸拽起来，然后缠着爸爸说：“老公，你怎么这么不关心你老婆啊？你没看见我烫了头发吗？你也不问问我花了多少钱，在哪儿烫的？”妈妈特别喜欢别人关注自己，从小我就感觉到了。

兴许，她现在对我也抱有这样的期待？

“喂，小丫头，妈妈都是因为你才被你们老师叫去的，你也不问问，都谈了些什么，结果怎么样啊？”假如妈妈一开口就埋怨我，我的软炸鱿鱼十有八九要泡汤了。我该怎么问呢？我心里正打着狡猾的小算盘时，妈妈开口说道：

“嗯，老师问是不是我让你抄写上学期的作业的。”

“是吗？你是怎么回答的？”

看着妈妈捉摸不透的表情，我猜想，妈妈很可能会说：“什么，我怎么会这么做呢？您怎么会这么说呢？”装出十分委屈的样子，诚恳地握住老师的手，说，“没想到孩子会这么做，孩子她爸在政府机关工作，每天都很忙，没教育好孩子。以后，孩子就拜托给您了，请您多费心。”然后，急忙从办公室里逃出来。

我想起过去和奶奶一起住的时候，妈妈打碎了奶奶的玻璃瓶。她悄悄地把我叫过去，小声哀求：“小丫头，妈妈有事求你。小孩子做错事只要乖乖地认错，说今后一定改错，大人们就可以原谅他。可是，大人要是做错事，挨骂不说，还要被人指手画脚的。现在，妈妈惹了祸你可得救救妈妈啊。就帮你妈妈这一次吧。”说完，悄悄地把五元钱塞到我手里，让我做替罪羊。

“喂，小丫头，你怎么越来越像你爸，小心眼呢？我也没说什么，你还不了解妈妈呀？妈妈有时是犯糊涂，可是很讲义气的啊。”

也许，看见自己年幼的女儿看扁了自己，心情不太好，妈妈生气地挠挠鼻尖之后，说：“我见到你们老师后说，看见你嘀咕又要写一样的作文，不愿意写，无意中说了一句话，没想到孩子就当真了。我当着老师的面表决心说，以后多关心孩子，做一个好家长。就是这些，死丫头。”说完，转身走进了厨房。

现在要是遇到这种事情，我会笑着竖起大拇指，大加赞赏：“哇，我妈妈太棒了。”可当时，只想着这是不幸中的万幸，什么软炸鱿鱼都统统地抛到九霄云外，怀着一颗惴惴不安的心早早地睡觉去了。

像我妈妈这样，在老师面前泰然自若地发表决心之后，还会满面春风地回家的人，好像从来都不知道什么叫羞愧，什么叫烦恼。村里人在背后嘀嘀咕咕说我妈妈，三十好几的人了，怎么还像个孩子似的不懂事呢？说是这么说，可她们经常出入我家，有时借走妈妈的裙子，有时又来借化妆品。老人们卷着舌头说，年纪轻轻的说话做事也没个深浅，可照样到我们家里聚会，搞什么“老年人生活”“老年人之家”之类的活动。

妈妈从村里人那里得到的最多的赞赏就是，“人是有些不懂事，心眼却很好”之类的话。妈妈和朋友们通电话的时候总是得意洋洋地说：“你们可别小看我，在我们村子里大家都很给我面子，我心眼好、人缘也好啊。”要是有人问起爸爸，她就提高嗓门，发着鼻音说：“孩子她爸在政府机关上班，总是很忙啊。”做普通公务员的爸爸听了这些话觉得很羞愧，责备她说：“你千万别再这么说了，别人听了还以为你老公是什么市长级人物呢，你可真是的。”每当这时，妈妈就说：“我说啥了，你这样……”然后转移话题。

要是听了妈妈生下我的理由，那可真是太荒唐了。

“我刚嫁给你爸的时候，家里穷得叮当响，也没法分家，不得不和你奶奶、你叔叔住在一起。”

“妈妈，妈妈。奶奶不是你的婆婆吗？为什么像是说别人一样，总是说你奶奶、你叔叔？”

“不管怎么样……”妈妈不耐烦地打断了我的话，然后枕着我的肚子，眯着眼睛，继续讲着，“嫁进你奶奶家的第二天开始，他们就使唤我干活。”

打住，可我分明听奶奶说过：“你妈妈家庭条件很好，能嫁给你爸爸，我们非常感激她，很疼爱她，舍不得让她干活。只让她收拾碗筷，给小狗喂食物。”于是我说：“洗碗筷，把剩饭喂狗的活也算多吗？”妈妈就生气地挠着鼻尖说：“你还想不想听下去？”这时最明智的做法是闭上嘴巴，保持沉默。

“新媳妇脸皮薄啊，也不敢说不干，只好干了。可过了一个多月，突然觉得恶心，去找大夫一看，说我怀孕了。从那以后开始呀，谁都不让我干活。后来，就生了你姐姐。生了你姐姐之后，我们就分了家。你奶奶再想让我干活，都找不着机会了。怎么样，有意思吧？”

“怎么样，有意思吧？”是妈妈结束故事时的习惯性用语，我以为她的故事就此打住了，追问道：“你不是说给我讲生下我的理由吗？这就讲完了，这怎么行？”

“别着急，让我慢慢给你讲。过了四年之后，你奶奶突然说要种烟叶，人手不够，需要帮忙，把儿媳妇们都召集到一起。烈日炎炎的，种什么烟啊？可是，我作为名正言顺的大儿媳妇，也不能说不去。我急中生智，对他们撒了一个谎，说我怀孕了。话一说出口还得兑现啊。想起生你姐姐时的情景心里非常害怕，可有什么办法呢？对老人撒了谎，生米也要做成熟饭，只好假戏真做啊。”

一句话，是因为妈妈的一句谎话才有了我这条生命。听到这些，我突然觉得生我的理由未免太荒唐了，直后悔听了这样的故事。要是没听到，我还会沾沾自喜，觉得自己也像别的孩子一样是父母爱情的结晶，是在父母满心的期待中来到这个世上的呢。

其他孩子的妈妈和我妈妈的共同之处是，孩子们撒谎后，都会告诉孩子们要对自己的谎言负责。而不同之处是，其他孩子的妈妈会教育孩子们要诚实地认错，而我妈妈却教会我如何假戏真做。也许就是因为这个原因，过去有段时间，奶奶一有空，就不顾山风吹散白发，拄着拐杖，颤颤巍巍地走到我们家里，执意要把我带走。她说："我再三考虑也不能把春花放在你这里，我要带她走，到沟里去教育她。"可一看到在奶奶膝下长大的姐姐，我还是愿意待在妈妈身边。姐姐站在生人面前就脸红，非常老实幼稚。而我在妈妈的呵护下，有些狡猾，有些不太懂事，还有点"皇后妈妈"遗传的"公主病"，可是我机灵活泼，阳光上进。

尽管我妈妈不像其他人的妈妈那样，伸出胳膊让女儿枕着，反而时常枕着我干瘪的肚子酣然入睡；尽管我妈妈在我学习的时候，还缠着我给她做面膜；然而，每当看到我不愿意做美术作业时，她就会拿着我的画本找到我们村里有国画功底的老爷爷家里哀求说："这是我家小丫头的美术作业，您就照着小学三年级的水平给她画画吧。"然后哄着老人说："现在哪儿有画画也好、唱歌也好、学习也好的十全十美的孩子？只要在一个方面突出就行啦。"等到我的考试成绩一出来，看到音乐啊、美术啊，这些科目的成绩不及格也照样亲热地拍拍我的屁股哄着我。这个时候，我就觉得全世界只有我妈妈最好。

记得有一次去山沟奶奶家里，奶奶怜爱地抚摸着我说："来，孩子，你好可怜啊，都怪你遇到了那么个不靠谱的妈妈。"

我笑着告诉奶奶，我妈妈最好了，我整天像尾巴一样跟着妈妈，世界上没有人能和我妈妈比呀。奶奶听了非常吃惊，她告诉我说：

“你还不知道你妈妈有多可怕吧？刚生下你时，我因为要出去办事，让她在家里照看你。没想到她把你捆在小黄狗的背上，自己在屋里呼呼睡大觉。我办完事回家一看，你被绑在小黄狗身上打盹呢。我当时那个火呀，就直往上蹿啊。你妈妈连小黄狗都不如！”

第二天回家，我发现在妈妈的手提包里放着一条散发出腥味的没有尾巴的鳗鱼，用红布包着。

我吓了一跳，马上喊妈妈过来。妈妈盯着手提包看了一会儿，愣愣地说：

“啊——我们煎着吃了它。”

晚上，我们美美地吃完鳗鱼，妈妈沉重地叹了口气，好像深受伤害似的。她的叹息声，仿佛是从隐隐作痛的伤口中喷发出来，我还是头一回看见她如此伤心难过。

“妈妈，你怎么了？”

“嗯，你奶奶到现在也不喜欢妈妈。”

“你突然说什么呢？”

“曾经啊，我在手提包里也发现过用红布包着的没有尾巴的鳗鱼。那时候，我还以为鳗鱼是你奶奶惦记我身体虚弱，特意放到我手提包里的，就欢欢喜喜地煎着吃了。开始还留了一半给你爸爸吃，可是等了半天也不见你爸回来。后来，我自己全给吃光了。可是，你奶奶知道之后，拍着大腿惊呼：‘哎哟，那么贵的鳗鱼都让你一个人吃掉了，这可怎么办呢？失灵了，失灵了啊。’后来，我才知道你奶奶为了拆散我和你爸爸找过巫婆。巫婆告诉她，把鳗鱼用红布包着偷偷地放进我的手提包里，我和你爸爸一起煎着吃掉的话，我们俩就能离婚。让她没想到的是我自己吃掉了整条鳗鱼。”

“那么，今天不是我和妈妈一起吃掉的吗？你明明知道奶奶的用意，为什么还要这么做？”

“我担心你奶奶继续被那个巫婆给骗了。你去告诉她，我们俩一起吃掉了鳗鱼。她知道用鳗鱼是没用处的，她就再也不会上当受骗了。”

“要是去找别的巫婆怎么办？”

“她住的那个地方只有一个巫婆。”

“妈妈，我听奶奶说，过去妈妈因为懒得背我，把我绑在黄狗的背上，真有这事吗？”

说句实话，听了奶奶的话，心里还是觉得有些不舒服，希望这些都不是真的。可隐隐地觉得这事要是放在别人身上也许不可能，可放在妈妈身上十有八九会是真的。我只是想知道妈妈当时为什么会这么做。

“嗯，不是每天都这么做，偶尔有那么两三次吧，没想到还被你奶奶给发现了。你不也知道吗，奶奶家的黄狗是养了五年的守门狗，伶俐得很啊。你小时候非常喜欢那条黄狗。把你捆在黄狗的背上，黄狗在院子里慢悠悠地来回走动，你很快就甜甜地入睡了。我怕一不小心你会摔下来，眼睛一刻不停地盯着看。可是，那天我实在太累了，迷迷糊糊就睡着了。正好被你奶奶发现了，大闹一场。”

怎么能这样？妈妈说这些话时，脸上没有流露出丝毫的愧疚感，还枕着我的肚子，眯着眼睛，好像验证奶奶说的都是千真万确的事。

“可是，把我捆在黄狗的背上，是不是太过分了？”

“是吗？如果你觉得是那样，我道歉。你知道那时候奶奶家的黄狗有多伶俐，有多忠诚吗？你是说，让人背你，你就不觉得不痛快，让黄狗背你，你就觉得不舒服，是这个意思吧。我觉得让狗背你，比让人背你还放心啊……”

说着说着，妈妈就枕着我的肚子，轻轻地打起呼噜，睡着了。本来想去刷牙，刷掉满嘴的鳗鱼味，一看妈妈这个样子，我只好将就着睡着了。

和邻居大嫂们相比，妈妈脸上的皮肤细嫩光滑，这和她喜欢抹化妆品有关。每次爸爸发工资时，妈妈都会娇滴滴地哄着爸爸，让爸爸拿出一半的工资给她买衣服、买化妆品。所以，妈妈苗条的身上，总是穿着鲜艳时尚的裙子。

和妈妈相反，爸爸一年四季都穿一套衣服，下班时还要遵照妈妈的吩咐手里提着菜回家。村里人当着爸爸的面说："真是老实厚道的丈夫啊。"转过身来却耻笑说，"受气的'妻管严'，真没出息！"

"哎哟，她呀是生辰八字太好了，所以懂事晚啊……"

村里的大嫂们，也许是因为看不惯散发着脂粉气的妈妈，一边捋着自己蓬松的鬈发，一边冲着妈妈的后背，扔过来像匕首般刺伤人的话。可是，妈妈不以为意地对我说："喂，我的小丫头，将来你可要找一个像你爸爸一样疼你的男人。"对妈妈来说，邻居们的冷言冷语不是匕首，而是给妈妈吹风鼓劲的鼓风机。

像村里的大嫂们所说的那样，果真是我妈妈的生辰八字好，运气好吗？至少到初中三年级之前，我一直是这么认为的……可是有一天，爸爸的脸上突然显露出病态，奶奶从山沟里跑过来指着妈妈的鼻尖大声怒骂道："都怪你这个臭女人，只想着自己，也不知道关心丈夫，所以我儿子才得了不治之症啊。"就在这时，我在妈妈妩媚的抹了一层厚厚的脂粉的脸上，读到了难以清除掉的厚厚的污垢一般的失落感和悲痛。爸爸去世后出殡的那天，奶奶大声怒斥着我妈妈："你这个该千刀万剐的臭女人，是你害死了我儿子。"面对奶奶的怒斥，妈妈好像是一只在风雨中拼命地扑棱湿淋淋的翅膀的小青鸟。

“不是我妈妈的错，别怪我妈妈。”

不管我怎样拼命地哭喊，奶奶根本不理睬我，一把拉住我的手，带着我来到了山沟家里。奶奶对我说：“现在开始，就送你到姑姑家里学习，以后不许再上你妈妈那儿。刚才，你还偏向你妈妈，看来你已经中了你妈妈的毒了。”

突如其来的不幸和变故，让我糊里糊涂地过了三天三夜。当我清醒过来的时候，最想念的还是妈妈，说不定妈妈比我还痛苦呢……一边想着妈妈，一边收拾回家的行李时，无法起床的奶奶执意挽留我：

“别去找你妈妈。”

“我要去。奶奶，我一定要去。你要拽着我不让我走，我就去告你。爸爸去世后，我妈妈有抚养权，奶奶和姑姑没有权利干涉我。”

不知不觉中，尖酸刻薄的话破口而出。转身离去的一刹那，眼泪忍不住要倾泻下来，真想倒地失声痛哭，可是我咬着嘴唇强忍着泪水。

当时，我为什么会如此决绝呢？我曾经问过妈妈，万一妈妈和爸爸离婚，谁来抚养我呢？妈妈回答说：“傻丫头，万一有时会害死人的。为什么说这种不吉利的话？如果妈妈和你爸爸离了婚，妈妈就成了离开森林的一只青鸟了。要是你奶奶硬要抢走你，我就只能起诉她。妈妈有抚养权呀。”我想起了妈妈对我说过的这些话，所以向奶奶扔出了抚养权啊、起诉啊等等刺伤人的话。而且，我感到，此时，妈妈像离开森林、折了翅膀的青鸟一样在低旋徘徊，最需要的是我的抚慰。

我回到家时，妈妈没在家里。以前经常写着“晚上给我做拌饭”的留言壁上，写有这样的字迹：“小丫头，我上舅母家住几天。如果回家找不到妈妈，就到舅母家里来。如果你不回来，妈妈就去找你。现在妈妈很好。”

我给舅母家里打了电话，妈妈从舅母手里接过电话，认真地说，她马上去买软炸鱿鱼，然后回家。

在话筒那边，传来舅母的劝说声：“你疯了，你的情绪还没稳定下来呢。”这个时候，妈妈还能想着买回来软炸鱿鱼，我感到妈妈的情绪多少有些稳定下来了。

我装出高兴的样子吃软炸鱿鱼的时候，妈妈在一边也装出若无其事的样子对我说：“我真的不敢相信你爸爸就这么走了，可这是真的。虽然爸爸已经离开了我们，可我们要打起精神，好好活着，决不能失去生活的信心。”开口说了这几句话后，妈妈便哽咽着说不下去了，急忙从提包里拿出化妆品拼命地往脸上搽。要是村里人看见了这些，还不鄙视地说，这个臭娘儿们丈夫死了没几天，还要涂脂抹粉，招摇过市。为掩饰哭肿的眼睛擦上去的脂粉，被忍不住流下来的泪水打湿，使妈妈显得更加憔悴瘦弱，仿佛受伤后孱弱无助的女子。

“妈妈，你记不记得我朋友英姬。她爸爸去世后，她学习成绩一直拔尖，一直保持开朗乐观的性格。昨天，我打电话给她，她说失去亲人后会难过一年左右，以后会慢慢地好起来的。”

妈妈歉疚地看了看我，然后清了清嗓子，接下了后边的话题。

其实，打电话之类的话都是我编的谎话。那时，我哪里有心情打听英子失去爸爸之后的痛苦，哪里有时间告诉她我爸爸去世的消息。不过，我想起来英子曾经跟我说过的话，为了让妈妈宽宽心，才照学了一遍。

也许这些话真成了妈妈的定心丸，听完，她使劲地擤了擤鼻涕，挤出一丝笑容。

此后，妈妈再也不是什么命好的女人了。

第二天，妈妈突然把过去穿过的所有衣服全部拿出来，说：“小丫头，在这些衣服里你挑出来一件最漂亮的裙子或者衣服。”然后，在我面前一件一件地试穿。我说黄色裙子和白色衬衫最漂亮，妈妈点头说知道了。之后的某一天，除了黄裙子和白衬衫，其他的衣服突然消失了，而妈妈异常兴奋地告诉我她有钱了。白天，她抱着我的玩具熊酣然入睡，到了晚上七点，准时到前面卖咸菜的大嫂家里帮着做咸菜，直到第二天凌晨才回到家里。

过了一个月，妈妈说咸菜大嫂让她一起到柜台上卖咸菜，说完高兴地跳起了迪斯科。此后，妈妈就依靠卖咸菜赚来的钱供我读高中。

开始，村里人还在背后嘀嘀咕咕，丈夫去世不到半个月还这么来劲，到处乱窜。可是某一天，妈妈穿着工作服推着咸菜车，一大早和前院的咸菜大嫂一起出门时，邻居们都像粘住嘴巴的哑巴一样，远远地看着她们。

"喂，小丫头。"

妈妈仍然像以前那样叫我，可是原来浓重的鼻音消失得无影无踪，让我感受到的是一股从未有过的温暖的气息。

"你要好好学习，然后再嫁人。自己要是不能自食其力，那怎么成？小丫头啊，一定要比那些靠学习出人头地的孩子还要优秀。只有这样，你才能有余力帮助别人。"

每次给我施加这种压力时，我都觉得非常不耐烦。可是，看到泡在咸菜水里变红的妈妈的手，我的不满情绪都会烟消云散了。

"是为别人学习吗？"要是别人这么鞭策我学习，我还要考虑考虑接不接受，可妈妈偏偏说："学习就是为了帮助别人。你要比别人加倍用功地学习呀。"

我依然喜欢吃软炸鱿鱼，妈妈也依然给我买。可是，以前几乎每天都给买的软炸鱿鱼，突然有一天宣布改为三天买一次，后来又宣布改成一周买一次。

“妈妈，我们现在是不是很穷啊，所以不能每天都吃软炸鱿鱼？”

“小丫头，鱿鱼吃得太多了，对血液循环不好。你已经长大了，也应该知道健康养生的办法。”

妈妈从来不对我哭穷，也从来不说我们家没钱之类的话。在我们班里每次交学费我都是第一个交上去。可是，妈妈骄傲地递给我的钱上总是沾着咸菜水。

“擦干净后，再装在信封里交上去吧。”

妈妈递给我钱的时候，习惯性地这么说。看到浸透在纸币上的咸菜水怎么也擦不净的时候，妈妈就挠着鼻尖说，以后赚了更多的钱，咱就买一台“洗钱机”怎么样啊？

和别人都有的冰箱、洗衣机相比，在妈妈看来“洗钱机”更重要。对妈妈的这种想法当时我无法理解。

高考一结束，我心情黯淡地对妈妈说：

“妈妈，我很可能要重读。我不想在这儿重读了，想到文科成绩好的其他城市的学校去复习。”

只要妈妈一点头，我打算自己打包离开家里去复读。

“是吗，这个主意不错。妈妈也一起去吧。”

“妈妈，你去干什么？”

由于感到意外，我直愣愣地盯着妈妈。这时，妈妈好久没有化妆的脸上绽开了笑容。

“要是留下我一个人太孤独了。我想去你学习的地方卖咸菜。这几天，顾客都称赞我做的咸菜比前院大嫂做的还好吃呢。现在，我也想自己做咸菜卖，可觉得这样做好像在抢人家的生意似的，有些对不住前院大嫂呢。”

打包好行李离开家的那一天，不知道为什么妈妈非常兴奋，不停地哼着歌。一大早，她把各种咸菜调料拌好，还把做好的辣白菜一棵一棵地送给前来送行的村里人。

离开家乡，初到一个陌生的地方，接触陌生的人，呼吸陌生的空气，心里不免感到有些沉重。但是，妈妈一大早就做好二十多棵辣白菜，对我说："今天要是能把这些辣白菜卖完，我家小丫头明年就肯定能考上理想的大学。"看着信心十足的妈妈，我的心中燃起了新的希望。

"这么说，如果妈妈剩下一棵辣白菜，我就考不上大学了？"

"小丫头，你别再跟妈妈贫嘴了，快点去上学。"

快到中午的时候，我回到新租的房子里。心里还在想，妈妈可能在街上卖辣白菜吧。没想到，妈妈在屋里抱着我的玩具熊，打着呼噜，酣然入睡。

"妈妈，妈妈。辣白菜都卖完了？"

"嗯，嗯，都卖完了。"

"四个小时内二十棵辣白菜都卖完了？"

"嗯，一个小时内卖完了。"

简直是天方夜谭，妈妈好像在说梦话一般，躺着喃喃地回答我。我用尽全力，摇醒妈妈，详细地询问她：

"快，好好给我讲讲。到底是怎么回事？"

"在大街上卖辣白菜的时候警察来撵我们走。"

"那么，你是被撵回家的？"

"不，旁边卖黄豆芽的大嫂告诉我，警察每隔三小时来检查一次，估摸着他们快来时，就躲一躲，然后接着卖就行。运气好的时候，一整天都碰不上他们。"

"我关心的不是这个，我想知道那些辣白菜都怎么处理了？一个小时之内全卖完了？"

这个时候，妈妈才回过神来，睁大眼睛笑嘻嘻地说：

“出去之后，马上就把辣白菜分给了过往的行人了。”

“全分给人家了？”

“嗯，一边介绍说这是和龙最有名的辣白菜，大家来尝一尝，觉得好吃，以后常来，一边求客人多给亲戚朋友做宣传。”

妈妈好像在等待着我赞扬她，就像一个叠纸的孩子期望妈妈夸奖一般。

“妈妈做的辣白菜本来就很好吃，兴许那些顾客吃完之后，回头再来买呢。可是，万一他们不来怎么办？”

“喂，死丫头，你怎么这么不会说话。这个时候你应该安慰我说，他们要是都来买，妈妈不得累死啊，没关系的！”

说实话，我有些担心妈妈的生意。在这座城市里，已经打出品牌的咸菜有很多。妈妈到底凭着什么这么信心十足呢？

第二天，妈妈自言自语地说：“说不定今天来买辣白菜的人会很多。我做三十棵辣白菜拿去卖吧。”然后，推着车，吃力地走出了家门。

到了中午，我回家一看，妈妈又抱着我的玩具熊，呼呼睡觉。我抱住妈妈喊道：“我妈妈真棒，今天大家围上来一下子都买走了吧？”妈妈用疲惫不堪的声音说：“今天也是白给他们分了，就算是做广告吧。我怎么想也是，做广告二十人有点少，五十人左右还差不多。”

“你想白给到什么时候？”

“吃了我的咸菜说好吃，回头再来找我的时候。”

“什么，说什么梦话？这么分下去，还不把咱家那么点家底都给分没了？到时候，我们不得卷起铺盖回家呀！”

妈妈突然睁大了眼睛，一下子坐起来，生气地挠着鼻尖。我知道我刺激了妈妈的神经，但是说出去的话，泼出去的水，难以收回了。

“喂，小丫头，我不是说过让你相信妈妈吗？没有付出哪有收获？做买卖本来就是这么做的。”

第四天，我走进家门时，妈妈仍然抱着玩具熊躺着，眼睛却闪闪发光。

“喂，小丫头。第一天拿走我辣白菜的人说，吃这些辣白菜用了三天时间，今天他们回头来买辣白菜。唉，我怎么没想到呢？真是！明天啊，说不定第二天拿走咸菜的人上门来买呢。两个小时之内卖出了十棵辣白菜，成绩不错啊。这是三十五元。啧啧啧——”

妈妈把藏在屁股下的钱拿出来，笑嘻嘻地说：“小丫头，你看这十元钱，要是你给我煮南瓜粥，我可以奖励你。”

此后，妈妈就忙起来了。原来打算上午九点到十一点出去卖辣白菜，下午去当保姆赚钱的计划全改变了。变成从上午开始到下午三点，在外面卖辣白菜，下午四点到六点送外卖，这是妈妈想出来的一个新点子。一棵辣白菜一般三天就能吃完，所以顾客一个月只要交三十元，就定期给送辣白菜，这是订单客户。也就是给这些顾客，每隔三天，在下午四点到六点之间送辣白菜到顾客家里。由于人手不够，星期天妈妈就动员我出去送外卖辣白菜。

“妈妈，我可是复读生，我得学习啊。”

“喂，丫头。送辣白菜也是学习啊，人生经验的学习。以后你当了什么大人物，可以说穷困潦倒的年青时代，复读时还送过辣白菜，这有什么不好？虽然还没到穷困潦倒的程度。”

每到星期天，我都出去送货。每天晚上妈妈哼着金子玉《公主的孤独》狐步舞曲，洗白菜、抹调料，做好垂涎欲滴的辣白菜。这些辣白菜不单单是妈妈的希望，也是我的希望。妈妈赚来厚厚的一沓钱时，总是压在屁股下面，突然亮出来给我看，还说：“喂，小丫头，给我做南瓜粥，就可以奖励你十元。”一直开心乐观、充满阳光的妈妈对我说，她有一个梦想，希望将来回到老家，用积攒下来的钱买一个小小的店面，再雇几个人卖咸菜，用咸菜生意打拼人生，决一胜负。

“妈妈，以后我挣大钱给妈妈买一个店铺。”

“丫头，我可不用你的钱。我要靠自己的双手实现梦想，这样实现的梦想才够味呢。”

结束了复读生活回到家里，我正在打扫房子。妈妈拿出藏在衣柜深处的黄色裙子和白色衬衫说：“你看这是什么？你想穿吗？”然后就像扔垃圾一样扔到了一边。和妈妈穿在身上的皮筋裤和棉质上衣相比，这确实是一些奇怪的衣服。

不懂事理，整天笑嘻嘻的女人；把不到一周岁的女儿捆在黄狗身上，自己睡觉的女人；丈夫去世不到半个月，就骄傲地说会做可口的咸菜的女人；卖咸菜时讨厌对面的男人来纠缠，不满地挠着鼻尖的女人；到现在也嘀咕没有像爸爸那么好的男人，可以笑着讲恋爱时的故事的女人；有着自己梦想的女人……现在她再也不是柔弱无助的青鸟，而是堂堂正正的卖咸菜的大嫂，是一个非常非常可爱的女人。

女儿出嫁的日子

◎洪满浩 著

晚八点，从首尔出发的飞机正点抵达哈尔滨机场。

没等飞机平稳地着陆，她急忙从座位上站起来，收拾好行李，准备下飞机。这是她阔别故乡七年之后，第一次踏上回乡之路。她穿过熙熙攘攘的人群，急匆匆地向机场出口走去。周围的人群，新建的机场，丝毫也不能引起她的注意。她的眼前晃动的只有七年未见的女儿的身影。此时此刻，女儿一定在出口焦急地等待我吧。女儿会长成什么样子呢？她能一下子认出我吗？

她推着满载旅行包的行李车走进机场出口。站在栏杆边接站的人群中却看不见女儿的身影。她走出出口，停下脚步，环顾四周，还是没有发现女儿。莫名的失落感涌上心头，顿觉两腿瘫软无力。

旅客们陆陆续续地离开出口。突然，她看见有人举着接站牌，牌子上醒目地写着“白顺子”三个字。

顺子抬头看了一眼举着接站牌的人。一个身材修长、慈眉善目的青年。顺子走近他。

“是小程吧？”

“对，您是岳母？！”小程放下接站牌，向前走了一步，接过行李车。

“岳母，您一路上辛苦了。我猜可能是您，可不太敢确认，接晚了。对不起啊。”

小程边推着行李车，边走出机场，还一口一个岳母地叫。这倒让顺子觉得不自在。

“小玉呢？要是小玉一起出来，不就一眼能认出我吗？”

顺子有些不悦。

“可现在是她最忙的时候……所以，我替她出来接您。”

顺子坐上了小轿车，没有再言语。很快，轿车驶离机场，上了高速路。嫩绿的杨树，从车窗前一闪而过。

再过几天，小程就是她家的女婿了。可顺子总是甩不掉心中的不悦。她一直企盼着女儿有个幸福的归宿。她暗自想：即使女儿没考上大学，至少也要找一个大学生女婿，或者有正当职业的女婿。可是，他算什么？无业游民，加上又不是朝鲜族。确实，他不是什么陌生人，是她丈夫同事的儿子，还是小玉儿时的伙伴。听说，半年前小程和小玉一起开了一家小餐馆，这又是她最讨厌的一件事。她在韩国餐馆拼命地干活赚钱，难道就是为了这样一个结果？

顺子曾极力地反对过这桩婚事。她警告过女儿，如果女儿不和小程分手，就不再认女儿；也威胁过小程，小玉准备去韩国定居，不要再纠缠小玉，早点离开小玉。可是，女儿根本听不进她的话，依然我行我素。结果，顺子最终也没能说服女儿，就向女儿举手投降了。这让顺子觉得很尴尬。

“现在，你是不是还在埋怨我？”顺子对默默开车的小程说。

小程连连摇头说：“不会，不会。”

“你对结婚有什么打算？”

“没太想好，我想按照您的意思来办。”

那就好。过去，我不是一直都在做让步吗？可这次婚礼，说什么也得按照我的意思来办。我要把婚礼办得热热闹闹，风风光光，让女儿感激不尽，让邻居刮目相看。虽说，这次我还谈不上是衣锦还乡，可也得让乡邻们知道，我顺子已经不是过去穷山沟里的村妇，而是在首尔大都市见过大世面的女人。

想到这些，顺子不知不觉地仰起头挺起胸。可是，一想起接站时的情景，心里又觉得愤愤不平。我难得回来一次，也不来接站，死丫头！

小玉很晚才回到家里。尽管小程一再催促她早点回家，她自己也觉得该早点回家见见母亲，可不知为什么，她回家的脚步却如此沉重。

已经整整七年了！她多么盼望母亲回家的这一刻！她曾想一步飞回家，投进母亲的怀里，痛痛快快地哭诉这些年来的遭遇和苦水。可是，现在她却无法这么做。甚至感到有些害怕，害怕见到如今的母亲。对母亲，她心里只留下七年前那个遥远的记忆。

她悄悄地推开门走进屋里，一眼就认出了母亲。母亲朝门站着，好像在等待着她回来，就像七年前，每天都做好晚饭，等待着放学回家的女儿一样。

母亲的穿戴十分整洁，但苍老了许多。这让她感到一阵心酸。

母亲也一眼认出了女儿。女儿不知不觉中已经长大，还出落得如此美丽端庄。母亲出神地盯着女儿。

两个人的目光相遇，相互凝视了几分钟。

“妈妈！”

小玉轻轻地叫了一声。然后就站在那里，一动不动，好像被钉住似的。

“小玉！”

母亲张开双臂走上前去，紧紧地抱住女儿，流下了眼泪。女儿的眼里也浸满了泪水。

母女二人相拥着泪如雨下。过了一阵，母亲轻轻地挽着女儿的手坐下来，仔细地端详着女儿。此时，女儿看到母亲青筋凸起、失去光泽的粗糙的双手，心里一阵难过。

“孩子，这些年你受苦了，妈妈对不起你！”母亲说。

女儿张了张嘴似乎想说点什么，可又闭上了嘴。看着母亲略带夸张的表情，听着母亲陌生的首尔口音，女儿觉得十分别扭。女儿把目光转向了窗外，眼前浮现出七年前爽朗亲切、朴实可亲的母亲，什么话也说不出来。而此刻，母亲凝视着面无表情的女儿，脑海里闪现出七年前那个活泼可爱的女儿，心里倏地涌起一股难以名状的陌生感。母女二人就这样默默地相对而坐，她们之间似乎隔着厚厚的一堵墙。

“哎，你瞧瞧我这记性。”

母亲突然开口说话，打破了屋里的沉默。女儿不禁怔了一下。母亲好像想起了什么，快步走进里屋。那里放着母亲带来的大旅行包，里面装着母亲为女儿买来的结婚物品。母亲打开旅行包，从里面一件一件地拿出带来的结婚物品给女儿看。西服、韩服、鞋、床上用品以及化妆品一应俱全。母亲炫耀着说，这些东西都是目前韩国最流行的结婚物品。

“这是我到一家著名的韩服店专门为你定做的。看看这颜色，多漂亮！再看看这玉色小袄怎么样？和你的脸色多搭配啊。不想试一试吗？”母亲轻轻地抚摩着衣服，问女儿，“这是给你买来的两套西服，两件式套装，三件式套装。摸一摸看看，这料子质地有多好。乐天百货的东西就是不一样。这是给你婆家买的礼品，一共七件，每人一件。还有，这是给姑爷买的……”

听着母亲的介绍，看着母亲手里的物品，小玉好像在参观一场精品展销会。这些东西虽然都是高档精品，可小玉觉得这些都与自己毫不相干。母亲炫耀了一番带来的物品之后，又从小包里拿出一个包装精致的小盒子。里面的首饰闪闪发光，母亲的眼里闪烁着喜悦的光芒。

“这是一串钻石项链，要是你戴上它，皇帝的女儿都会羡慕得眼红。”

母亲正在兴致勃勃地展示自己的战利品时，却发生了出乎她意料的事情。一直坐在旁边，就像牛看鸡一样无动于衷地点着头的女儿，突然伸了一个懒腰，打了一个哈欠，说：

“妈，我困了，我们睡吧。”

说完，女儿心不在焉地站起身，回到自己的房间。

怎么，她怎么可以这样做？太过分了。呆呆地望着女儿离去的背影，顺子顿觉一股寒意涌上心头。她知道女儿一直怨她、恨她。可是顺子认为母女之间毕竟血脉相连，见面后敞开心扉相互沟通，母女之间的误解和怨恨是可以逐渐消除的。何况，这次，自己为女儿精心置办了结婚用品，女儿看过这些物品之后，会理解自己的一片苦心，也能原谅自己的。这些东西不仅仅是她送给女儿的结婚礼物，更是饱含着她对女儿的一片深情。为了购买这些东西，她花费了多少心血，跑遍了多少地方。这些东西花去了她几乎所有的积蓄。但是，现在，女儿竟然对这些东西不屑一顾，视若无睹。她真是我女儿吗？按照顺子以往的性格，真想马上跟进去教训女儿。可是，她现在不能这么做。毕竟七年之别就像一堵厚厚的墙把她们隔得远远的。

委屈、痛心和怨恨交织在一起撕扯着顺子的心。就在这时，响起了敲门声，是听说顺子回来的消息，亲友们前来探望。

此时，小玉回到自己的房间也感到怅然落失，心乱如麻。她也讨厌自己在母亲面前的表现。自己怎么可以这样对待七年未见的母亲？本来她也没想这么做。可不知为什么，一面对母亲，事情就会变得如此糟糕。

七年前的那个夜晚，她躺在床上翻来覆去，久久难以入睡。当时，她在读高中二年级，正是“三八”节前夕。有一天，母亲突然告诉她，自己要去韩国。母亲说，现在她看不到生活的希望，她要去韩国挣钱。当时，小玉正在准备参加第二年的高考。突然听说母亲要去韩国，而且还要嫁给一个比母亲大很多的韩国老人，小玉觉得全身的血液都在倒流。她再三劝阻母亲，可母亲根本听不进她的劝告。于是，她和母亲大吵大嚷，然后回到房间锁上房门，痛哭了一宿。第二天，当她揉着红肿的眼睛起床时，发现母亲已经走了。她手里拿着准备在“三八”节送给母亲的围巾，狠狠地揉搓着，伤心欲绝。从此，她对母亲的怨和恨就从未消失过。

母亲走后，奶奶照顾小玉的起居生活。母亲经常寄来生活费，她们的生活还很平静。但是第二年春天，当她家门前的老柳树吐出新绿的时候，不幸悄然降落到祖孙二人的生活里。有一天，小玉放学回家，看见奶奶呆呆地坐在床头，连小玉走近身边都毫无察觉。小玉十分吃惊，马上扶着奶奶去了医院。医院诊断说奶奶患了老年痴呆症。回到家里，小玉扑到奶奶的怀里号啕大哭。可是奶奶定定地瞅着她，嘻嘻地傻笑。见此情景，小玉惊恐万分，一下子站起身，逃出奶奶的房间。她在屋里不安地来回走动，急切地想找人倾诉。她拿起话筒，按下电话键。从另一端传来“电话号码是空号”的提示。重新按了几次都是一样。她有气无力地松开了话筒，眼泪簌簌而下。她这时才想起，她已经好久没有和母亲联系了。年初开始母亲就杳无音信。

此后，照顾奶奶、料理家务的事就落到小玉羸弱的肩膀上。小玉要做饭、洗衣服、照顾奶奶。忙碌一整天后，晚上还要熬夜学习。有时，学着学着就趴在桌子上睡着了。艰苦的生活一天天地持续着。

终于挨到了高考的日子。小玉心里明白参加高考希望渺茫，可是作为十二年学习生活的总结，她一定要走进考场。高考那天，小玉交完试卷走出考场，她看到许多同学的父母站在考场前焦急地等待着子女。眼前的景象刺痛着她的心，泪水夺眶而出。她捂着嘴冲出了人群。这时，她的脑海里浮现出母亲的身影，她在心里呐喊：每次我最需要的时候，妈妈，您到底在哪里，为什么总是不能陪伴着我呀？小玉对母亲的怨和恨从来没有像这个时候这么强烈过。

毕业后，小玉在家里专心照顾奶奶。这时，奶奶已生活不能自理，分不清大小便。每次为奶奶接大小便，为奶奶洗内衣内裤，都让小玉痛苦难耐。弥漫在屋里的刺鼻的臭味，搅得她几天吃不下饭菜。随着时间的推移，她逐渐习惯了这种生活。可是，时间的流逝，也使小玉对母亲的怨恨之情与日俱增，她认为是母亲毁掉了自己的前途。

两年后，奶奶去世了。

葬礼结束后，她收到了母亲从韩国托人捎来的信和钱。母亲的信写得很简单："我从朋友那里得知你奶奶去世的不幸消息。虽然想马上飞回家去，可是我现在的处境不能让我这么做。只能给你捎去一些钱。这是我的一点心意。其他的事情以后见面后再说。时刻想念你的母亲。"

读完信，小玉把信撕得粉碎。

现在，母亲终于回来了。她又见到了母亲。可是，她已经无法向母亲敞开心扉，也说不出话来。究竟是谁的错？是我的错，还是母亲的错？

旁边的卧室里，母亲和亲友们谈笑风生，好像母女之间根本没发生过什么事似的。

尽管母女的关系很冷漠，但顺子还是按照自己的想法继续推进女儿的婚事。双方的家长会面后，选定了纳币[1]和结婚的日期。当然，这些

---

① 纳币：是朝鲜族婚礼中的一个重要程序，指新郎家送彩礼给新娘家。

都是按照顺子的意见办的。按照顺子的意见，婚礼完全按照朝鲜族的风俗举行，先在新娘家举行仪式，然后双方举行婚宴。虽然小玉很想把婚礼办得简朴一些，可还是拗不过母亲，只好顺着母亲的意见办了。

几天后，到了纳币的日了。小程带着用缎子包好的婚函[①]和朋友一起来到小玉家。

大家进屋坐定后，准新郎恭恭敬敬地给准岳母磕头，行大礼。

顺子打开了准女婿带来的婚函。她慢慢地从婚函里一件一件地拿出彩礼给大家看。前来祝贺的亲友们不断地发出惊叹声。

看过彩礼后，小玉家里就摆上了酒席。屋里觥筹交错，气氛异常热烈。这时，顺子看到小玉一反常态。小玉喜气洋洋地端菜、倒酒，和女婿一道给母亲敬酒，和朋友们对饮，充满了活力。顺子回家后还是第一次看见小玉这么高兴。看到小玉脸上绽放出开心的笑容，顺子觉得心里暖融融的，感到有些轻松。

可是，顺子的喜悦之情并没有持续多久。亲友离开后，家里只剩下女儿女婿，女儿又恢复了原样。顺子本想借这个机会和女儿敞开心扉说说贴心话。可女儿忙着收拾桌子、洗刷碗筷，根本不理睬她。顺子耐着性子对女儿说，等一会儿再收拾桌子，先聊一聊吧。女儿就像没听见一样，收拾好桌子，二话不说，径自回到自己的房间里去了。

顺子默默地注视着女儿的一举一动，无可奈何地长叹一声。然后提高嗓门对女婿喊道：

“现在就剩下我们两个人了。小程，你不会走吧。你要走，就把婚函给退回去。”

“哪能走呢？”

“那好，我们一起来喝一杯。”

---

① 婚函：新郎家送给新娘家的彩礼都装在一个箱子里，叫婚函。

小程举起了酒杯。顺子先干为敬。小程按朝鲜族习俗礼貌地转过身也一饮而尽。

“我理解小玉。对她我只有愧疚感。我扔下准备考大学的小玉，把家务都甩给她一个人，就离开了……可是，我不离开又有什么办法呢？在这里，我一个寡妇就是拼命赚钱又能赚多少呢？不是吗？”

顺子的声音至少也提高了七分贝。与其说是让女婿听的，不如说是让女儿听的。小程只是恭顺地应着“对、对”。

“即使小玉考上大学了，又有谁能继续供她上大学？难道不是我吗？不是我……”

“对。”

“我也是没办法啊。”

“您说得对。”

“要是她觉得委屈，难道我就没有委屈吗？”

“我理解。”

“你理解？”顺子眯着眼睛看着小程，“但是小玉不理解，所以我心痛啊。在国外吃尽苦头，也没觉得这样心痛过……究竟是为什么？唉，别提了，来喝酒。”

顺子给小程倒了一杯酒。两个人碰了碰杯，然后一饮而尽。

“那个时候，我们家的生活很艰难啊。奶奶年老体弱、小玉在上中学，加上小玉她爸病逝后欠下一屁股债，我们家就靠几亩薄田维持生计，我眼前一片黑暗，生活一点盼头也没有。就在这个节骨眼上，我们这里吹起了伪装结婚的风。就是和韩国男人办理假结婚手续，拿到韩国签证，然后去韩国。到韩国后，解除和韩国男人的婚姻关系，自由自在地在韩国打工赚钱。在我们这里，有些女人甚至和好端端的丈夫办离婚后，和韩国男人办理所谓的伪装结婚去韩国挣钱。没想到这种事情也降落到我的身上。我不想放弃这个难得的机会。对我的选择，奶奶倒没反对。可小玉一听到这个消息，哭着嚷着不让我走。她说，不管是假结婚还是真结婚，只要是妈妈走了，她再也不认我这个妈妈了。可我能说什么？我只能在心里流泪啊……”

她一仰头，又喝了一杯。

“离开家的那天，我精心地为奶奶和小玉做了最后一顿饭。摆上饭桌之后，我去敲小玉的房门，小玉根本不理我。我一个人伤心地去飞机场，只能把眼泪吞在肚里……”

泪水在顺子的眼眶里打转，最后一滴一滴地掉进酒杯里。她抬起手抹了一把眼泪，又干了一杯。

“你看，我的酒量怎么样？”

“我敢说您海量啊！”

“很意外吧？可是谁都不知道我这酒量是怎么培养出来的。我到韩国之后才知道，我被骗了。所谓的伪装结婚变成了真结婚，真结婚也没有一点自由。我去一家餐馆干活，一天一干就是十几个小时。可挣来的钱都被那个老头控制了。我只好瞒着他，偷偷地往家里寄钱。万一被他发现，就要挨一顿毒打。你看！”说着说着，她挽起袖子露出胳膊，胳膊上伤痕累累。她接着说：“那个时候我满身都是伤。我要是反抗，他就边打边威胁我说，他要告我非法滞留韩国。根据韩国的法律规定，中国人和韩国人结婚三年后才可以获得韩国国籍。为了得到这个该死的韩国国籍，我忍气吞声熬了三年。可是，那个老头怕我获得韩国国籍后就离开他，迟迟不给我办手续。你知道，我也不是什么软柿子，让他捏来捏去的。他妈的，我豁出去了。那时，我一边哄着他，一边偷偷地向韩国政府申请办绿卡……那些年，我最难熬的时候，陪伴我的是什么？……就是酒，酒啊——我借酒浇愁，借酒壮胆。就是想念小玉想得要发疯的时候，就是意志消沉需要振作的时候，我都要拼命地喝酒，从此，酒成了我最好的朋友。”

她盯着小程，忽然把放到嘴边的酒杯放下来。心想，小程还没有和女儿举行婚礼，对他倾诉这些是不是自己太浅薄了。可转念一想，除了小程，现在她还能对谁诉说自己这些年来所遭受的痛苦呢？她又打开了话匣子。

“其实，奶奶患病的消息我是后来才听说的。确实是后来才知道的。可那时我没法回来。一旦回来，我就再也去不成韩国了。如果那样，我那几年受的苦也都算白费了。我不能放弃我的追求，绝对不能。我是不是太自私了？是不是？”

“不是，一点都不。”

“别净拣好听的话说！说实话，我也曾怀疑过我是不是太自私了。可我顾不了那么多了。我想我也有权利选择我的人生。不要笑话我说一些时髦的话。过去我只知道顺从和牺牲，认为一切都是命中注定。但是，我出来一看，不是那么回事。你连自个儿都顾不了，怎么能去照顾别人？你牺牲也得牺牲出个名堂来吧。你说是不是这个理？”

顺子说到这儿，停下来，抬起头深深地凝视着天棚。

“好了，不说了，真的不说了，咱们喝酒。今天怎么不醉呢？来，换个大杯，这小盅没意思。今天咱们俩喝他个一醉方休……”

就这样，准丈母娘和准女婿话越说越长，酒越喝越多，不经意之间夜已经深了。

小玉躺在床上辗转反侧。她本来想：今天晚上，无论如何也要和母亲好好聊一聊。至少也要和母亲单独相处。可是，事与愿违。隔着房门，母亲的倾诉娓娓地流入她的耳际。母亲在韩国的遭遇，她多少了解一些，因为她也从韩国回来的妇女嘴里听说过。可是，究竟是什么东西一直把她和母亲隔得如此遥远呢？

奶奶去世后，小玉又恢复了和母亲的联系。母亲每隔一两个月给小玉寄来生活费。小玉心里虽然怨恨母亲，可是对母亲寄来的钱却来者不拒。她认为她理应接受这些钱，这些钱是母亲应该给自己的一种补偿。但是，金钱无法排解她心中的寂寞和苦闷。空虚和寂寞像化不开的浓云压在她的心里，让她无法忍受。为了排解孤独和寂寞，她开始进出网吧，迷恋电子游戏和网上聊天。小玉还结交了社会上一些游手好闲的人，和他们鬼混在一起，经常出入酒吧、舞厅和练歌厅。

就在此时，小玉经历了让她痛不欲生的不幸事件。

有一天，小玉打扮得花枝招展地和一些朋友去娱乐城潇洒。潇洒过后，她乘坐出租车返回家里。那时，已经夜深人静。她走下出租车刚走几步，只见从身后开来一辆吉普车停在她的身边。两个戴着面罩的人不由分说地扭住她，把她推进车里。然后，迅速地堵住她的眼睛和嘴巴，开动了车。不久，车停下来，戴着面罩的两个人把她带到一个小屋里，绑在一张椅子上。

小玉吓得浑身发抖，她想这下完了。这时，绑架她的人开口说道：

“我们不想伤害你，只要你乖乖地拿出你的存折。”

小玉不停地颤抖。

“我们知道你妈妈给你邮来了很多钱。快把存折拿出来。”

小玉哆嗦着，摇了摇头。

“别装傻了，我们知道存折放在什么地方。”

小玉慢慢从惊吓中恢复了神志。他们究竟是什么人，怎么这么了解我的情况？小玉倒吸了一口冷气。她一边呜呜地哭着，一边拼命地摇头。

“快点说，要是不说，我们就不客气了。”

小玉满脸惊恐地看着他们。见状，有一个人走过来，粗鲁地把手伸进了她的胸口。小玉惊叫着，躲闪着身体。

“说不说，存折到底放在哪儿？要是不说，就扒光你的衣服，让兄弟们开开眼。”

见小玉拼命地挣扎，那个人一下子撕开了小玉的前襟。霎时，小玉洁白的胸脯暴露无遗。小玉就像触到燃烧的火炉，浑身火辣辣地发烫。她发疯似的叫着、挣扎着，泪水倾泻而下。旁边的劫匪却狰狞地大笑。

“要是再不说，就把你的裤子也扒下来。”

一个劫匪恶狠狠地说。

劫匪气势汹汹的威胁终于使小玉屈服，小玉点点头。一个家伙给小玉解开一只手。小玉把内衣口袋里的存折拿出来递给他们，并写下了存折密码……

第二天早晨，当小程骑着自行车路过一个破旧的平房时，听到里面传来奇怪的声音。他进去一看，发现一个女孩被绑在一根柱子上。让他意外的是，这个女孩不是别人正是他儿时的伙伴小玉。

虽然小玉获救了，但是由于受精神刺激，变得神情恍惚。接连几天，小玉不吃不喝，梦里经常说胡话。也许是命运的安排，此后，小程承担了保护小玉的责任。他带着小玉去医院看病，尽其所能帮助小玉摆脱痛苦。经过一段时间的治疗，小玉渐渐地恢复了健康。但是小玉的性格完全变了，变得郁郁寡欢，不愿意出门。从此，再也看不到活泼开朗的小玉了。

不堪回首的往事就像一场噩梦时常缠绕在小玉的心头，撕扯她的心。小玉的眼前会不时闪现出劫匪疯狂数钱的狰狞的面孔，而在一张张美元里又重叠着母亲疲惫的身影。

从另一间卧室里传来了母亲醉醺醺的说话声。现在，再追究谁对谁错都已经毫无意义。只是，小玉再也不会像七年前那样，枕着母亲柔软的大腿，津津有味地倾听母亲那些饶有兴致的故事。这些又让小玉黯然神伤。

终于到了女儿出嫁的这一天，顺子的母爱工程也到了收尾阶段。她在女儿的终身大事上倾注了全部的热情和心血。她不怕路途遥远，来到延吉买来了在婚礼大桌[①]上摆放的各种食品。结婚当日，顺子的朋友为了帮助顺子摆婚礼大桌，一大早就赶到了结婚礼堂。可是，顺子比她们来得还早，早已在礼堂大殿里忙碌了半天。顺子仔细地考虑着大桌上的各种食品应该怎么摆放，比如含着红辣椒的整鸡要放在什么位置，松子塔和大枣塔应该放在什么地方，水果和米花果要放在哪里。她琢磨好之后，按照传统习俗，在桌子的前后左右一一地摆放好各种食品，然后轻轻地舒了一口气，离开了结婚礼堂。回到家里，顺子派人把女儿的陪嫁送过去。这才急急忙忙地做着迎接新郎的准备。年近半百的女人不知哪来的这股劲头，一大早的工夫就把这么多的事情做得如此麻利，这不能不让人惊奇。

上午九点左右，一切准备就绪。鼓乐齐鸣，爆竹声声。伴随着喜庆的音乐声、爆竹声，新郎前来迎娶新娘。

顺子身着华丽的韩服，正襟危坐，接受新郎新娘的叩首大礼。接受完大礼，新郎对顺子说：

“岳母，今天，您把精心抚养二十多年的女儿嫁给我，我不知道应该怎样感谢您。我发誓一辈子都会疼爱她、呵护她，保证让她过上幸福的生活。今后我们一定会好好孝顺两家老人，争取做最好的儿女！”

---

① 婚礼大桌：一般是新娘给新郎或新郎给新娘准备的。大桌上摆鲜鱼、水果、糕饼、糖果、酒肉等食物，琳琅满目。大桌上摆上蒸熟的大公鸡是必不可少的，公鸡象征婚姻之喜。一般公鸡的嘴里含着尖尖的红辣椒，象征新人心心相印，日子越过越红火。

接受女儿女婿的大礼，听了女婿的一番话，顺子百感交集，眼眶也湿润了。她顿了一会儿，郑重其事地说：“我希望你们相亲相爱，白头偕老，幸福美满。”然后转向女婿，说，“你一定要好好待小玉。如果让小玉哭鼻子，我可要打断你的腿，饶不了你。听清楚了吗？”顺子半认真半开玩笑的叮嘱，引起了身边亲友们的一阵哄堂大笑。

随后，大家纷纷乘坐轿车，向结婚礼堂驶去。新郎新娘乘坐了用鲜花装扮一新的奔驰车。

婚礼在市郊的高级宾馆宴会厅举行。大多数客人是顺子的朋友和邻里乡亲。摆放着五颜六色、垂涎欲滴的食品的婚礼大桌用鲜花装扮，格外吸引人们的眼光。围着大桌亲友们啧啧称赞。听到人们的赞叹声，顺子掩饰不住内心的喜悦。婚礼在庄严而热烈的气氛中进行着。新郎高兴得合不拢嘴。新娘含羞低眉，脸上泛出幸福的微笑。

婚礼仪式结束后，新郎和新娘向母亲举行告别仪式。小玉弯下身深深地向母亲鞠了躬。当她起身时，顺子看到小玉的眼睛里闪烁着泪花。不久，眼泪簌簌而下，滴落到新衣上。顺子心头一酸，抚摩着女儿颤抖的双肩，轻轻地擦去眼泪，然后期待着女儿扑到自己的怀里，依依不舍地和自己告别。可是，这样的奇迹并没有发生。小玉最终也没能缩短和母亲的距离。她把头转向一边，提起裙摆匆匆地离开了。呆呆地望着女儿微微颤动的背影，顺子感到自己的头发瞬间在变白。一直强忍着的泪水终于控制不住哗哗地流了下来。

过了好久，顺子从卫生间出来，又恢复了常态。

在悠扬的伴奏声和优美的歌声中，庆宴和娱乐开始了。顺子给客人挨桌敬酒。祝贺声此起彼伏。久未谋面的朋友们聚在一起，为新人的幸福干杯，为顺子的成功干杯。顺子的脸上微微泛着红晕，她借着酒劲，自告奋勇地唱了一首歌。顺子在韩国时去练歌厅唱卡拉OK，那是为了排解心中的苦闷；而今天她在这里引吭高歌，是为了衣锦还乡的荣耀。此时，朋友们也特别理解她的心情，伴着歌声翩翩起舞。

宴会结束时，顺子已经酩酊大醉，几个亲友送她回家。朋友们在她面前，对她的女儿女婿赞不绝口。

“现在，孩子们结婚时只顾着自己高兴，可小玉多懂事啊。告别的时候看着妈妈哭得那么伤心。你们母女俩分开这么久，难怪母女情深啊！”

“可不是嘛！现在的女孩子只要有钱就喜欢穿金戴银，招摇过市。可小玉呢，多孝顺，精心照顾奶奶，最后给奶奶送终，从不乱花妈妈寄来的钱，一分一分地攒下来自己开饭店。现在，到哪儿去找这么懂事的孩子？”

“女婿也很好啊。虽说因为是汉族多少有些遗憾，可人长得多帅气，对小玉还知冷知热的。他一招一式都按照我们的习俗来做，以后肯定会好好孝顺岳母的。”

顺子含含糊糊地应着，始终没有说一句话。

朋友们七嘴八舌地聊到天黑就各自回家去了。房间里只剩下顺子孤零零的一个人。空荡荡的房子、空落落的心，从未有过的失落、寂寞和悲伤一起涌上顺子的心头。她拖着沉重的双腿，摇摇晃晃地走进了女儿的房间。她像一个吸足了烟的大烟囱重重地栽倒在女儿的床上。不久，房间里传来低低的哭泣声，哭泣声逐渐由小变大，变成汹涌澎湃的波涛声。

第二天下午一点半，顺子手里只拿着一个提包去了飞机场。按照朝鲜族习俗，女方的父母至少要等到第三天，女儿回娘家省亲，招待女儿女婿之后才能离开。但是，顺子却毅然决然地准备离开这里。

仍然是小程来送机。她和女婿告别后，正要走进安检入口处时，小程递给她一个小提包。

下午两点半，飞往韩国仁川的飞机正点起飞。飞机缓缓地飞向哈尔滨的上空。这时，顺子从小程送给她的手提包里拿出小包裹。打开包裹露出桔梗色的围巾。折叠得整整齐齐的围巾上绣有“我爱你，妈妈。三月八日”字样。这是顺子第一次离开家时，小玉准备送给顺子的那条围巾。当年，小玉还没来得及送给顺子这个礼物，顺子就离开了小玉。

顺子轻轻地抚摩着围巾，是她喜欢的桔梗色。她把围巾贴在脸上，仿佛闻到了女儿身上散发出的丝丝清香。突然，她好像想起了什么，扭头向窗外俯瞰，只见她泪水迷蒙的眼下延伸着一望无际的田野，田野上冒出嫩绿的新芽……

飞吧，龙龙龙

⊙朴草兰 著

还是老样子！

一切犹如干枯的水井，仿佛是我记忆中干巴巴地裸露着的井底一般。崭新的、高耸入云的大厦进入我的视线，可这些又算什么！也许是在我生活的那座城市里见惯了这些？我对眼前的一切竟如此不以为意！

踏高嘎西吾达。（朝鲜语，意为坐车走吧）

怎么回事？！本以为是汉族人，说的却是朝鲜语。听起来有些别扭，不过，是朝鲜语，千真万确。

您是朝鲜族吗？我用汉语问道。

话一说出口，马上就意识到自己太傻了。以前不就是这样吗？延边的汉族时常会说朝鲜语。

从超市里出来，怀里抱着满满的一大堆食品。心里正想着要赶紧放下这些东西时，一个略显苍老的人力车夫抢上前来接下我手里的东西，大步流星地朝着停放人力车的方向走去。我傻头傻脑地跟在后面。记得在北京，很多游客争抢着坐这种人力车哩。

龙门桥!

过了西市场，再过名胜地水井——龙吊井，龙门桥便赫然出现在眼前。我姑姑的家在这座桥的附近，不，准确地说现在应该是姑父家。自八年前姑姑去世之后，我一次都没有回来探望过。现在，我却带着一大堆食品，坐着人力车，驶向这里。龙井这座小城，毫不羞涩地裸露着漫长岁月堆积下来的皱纹，有些狰狞地、又有些亲切地迎接着已经二十七岁的我。荒漠般的街道慢慢地进入我的视线……有些恍惚，这是二十七岁的我刚刚踏上的龙井，还是十九岁时的我曾经生活过的龙井?

姑父再婚了?

我告诉姑父我要去龙井办护照，而姑父告诉我他已经再婚了。说来也巧，姑父找的新姑母是我妈妈儿时的朋友。

爸爸一再叮嘱，这次无论如何也要抽空去看望姑父，就是看在爸爸的分上……

一眼就可以望到龙吊井。人力车颠簸着行进在正在施工的披着厚厚的尘土的街道上。传说曾经有一条飞龙潜入这口井，听着龙井的传说长大的女孩子，有多少个夜晚辗转反侧、冥思苦想?然而心中的困惑又伴随着第二天灼热的太阳在漫天尘埃中升腾，仿佛秋天芦苇地里徐徐升起的月亮，幽幽地、又有些凄凉地。

龙到底去了什么地方?那条龙背着跳井的女子究竟飞到哪里去了呢?

飞出去的龙现在是否已经回到井里?

向右拐，就可以从正面看到那口井了。

那个地方很难说像公园，更不能说像旅游胜地……究竟是那个地方变小了，还是我变大了呢？

嘴里落进了尘土，咯吱吱咯吱吱，像嚼碎甘蔗棒一样，嚼够了吐出去，呸

仿佛游走在梦幻与现实之间，突然想停下来……非常渴望停下来。深埋在心底的污垢和灰尘，翻滚着炙烤着，叫嚣着哀求着，试图冲向外面的世界。我依然清晰地记得，这里曾是奔涌着汩汩的清泉，如今却已经干涸枯竭，上面尘土飞扬。不知从哪片沙漠上飘过来的沙尘不时地盘绕在拔地而起的红楼下……有人说过，城市好比巨大的水泥丛林吧？在这片水泥丛林中，我的心逐渐干涸枯萎，裸露出干裂的底层，一点一点地变成沙漠。干脆就变成一片沙漠好了……说不定会有骆驼光顾，时而会为见到绿洲开心。我正在变成一口封闭的干枯的水井，正在钻进同样干枯的、裸露着皲裂的井底的边陲小镇，传说中飞龙潜入的那口井所在的城市——龙井。

你以为挣钱容易吗？

从小长到大，听妈妈唠叨最多的就是这句话，你以为挣钱容易啊？每当我伸手向妈妈要学杂费、生活费、书费等各种费用，她都会一边给钱，一边还不忘唠叨：你以为挣钱容易啊？当时的我心里不知道有多厌烦。可是，当我从专科学校毕业后，独自前往儿时就心驰神往的首都北京时，当我拿着招聘广告四处碰壁时，当我手里攥着比本科生少得可怜的工资时，当我和房东为几十块钱讨价还价时……我就像妈妈一样，不知不觉地在心里反复念叨：唉，你以为挣钱容易呀？

记得我曾经读过这样一篇文章。

“1900 年，占世界 13% 的人口居住在城市。而现在，全球约有 50% 以上的人口生活在城市。在不到一个世纪的时间里，城市人口激增了 4 倍。中国的城市化进程在不断加快，目前城市人口已达到 40% 左右。中国的朝鲜族城市化进程更快，城市人口在 60% 以上，与其他少数民族相比是城市化进程较快的一个民族……”

和我一同毕业的朝鲜族同学离开延边外出打工，如今没有一个回到延边。理由很简单，住惯了城市，心里就更向往城市生活。也许像有些人说的那样，这是收入上的差异导致的。也许还有更重要的原因，那就是：城市，特别是首都北京，是一座魅力四射的文化古都吧。

“据统计，截止到 2005 年，离开朝鲜族聚居地东北三省，前往沿海经济发达城市生活的朝鲜族人口大约有 60 万人，而远赴日本、美国等发达国家的朝鲜族人口约有 40 万人。目前东北三省的朝鲜族人口已经不足原来的一半，其中约有 50 万人居住在城市中……”据说，一般在发生世界大战或者发生毁灭性的大灾难时才有可能出现如此巨大的人口流动。而现在，却出现了这种人口大流动的现象，实属罕见。我看到这篇题为《向经济文化中心转移的朝鲜族》一文时，脑海里忽然跳出“浩浩荡荡”这个词语。

对，浩浩荡荡！

我只不过是融入这“浩浩荡荡”的洪流之中，汇入到了首都北京。

我带着一本《在中国古代史中留名的朝鲜族人》和妈妈从韩国寄来的几件衣服、一双运动鞋、浅蓝色咖啡杯，还有用自己打工赚钱买的巴掌大的 CD 机和几张光盘，几张我最喜欢的伴奏带，来到北京。

记得，我背着行囊准备离开的那天，长春细雨蒙蒙。爸爸在电话里苦口婆心地劝我回家乡当一名中学数学老师。

“你要是现在不听我的话，以后，你就永远别回来！”

“我知道了。”

我坚定地挂断电话，抹了一会儿眼泪，抬起头痴痴地望了一会儿放在桌子上的火车票。终于，忍不住像孩子似的号啕大哭起来。咔嚓，拎着我和爸爸的那根细线突然被剪断了，那声音久久回荡在我的内心深处。

我们也进城呀？

我们家原来住在龙井市附近的一个小村子里。我六岁那年，突然有一天，妈妈提议说：“我们到城里生活吧？”简简单单的一句话，让我们全家人收拾起行李搬到了城里。进城后，妈妈在西市场租了一个摊位，高高兴兴地卖起了背心、裤衩、袜子、毛巾等小商品。妈妈把“你以为挣钱容易呀”当作是她知难而上的生活信仰。在这个“信仰”的支撑下，妈妈铆足劲拼命地赚钱、攒钱。妈妈的这股劲，渐渐地让进城好久也找不到工作的爸爸似乎满足于做“家庭妇男”，在家里专心料理起家务来。那时，爸爸偶尔会带着我和哥哥去姑姑家串门。可我从不记得和妈妈一起去过。一年三百六十五天，妈妈几乎每天都去西市场卖货。起初，爸爸去西市场帮着妈妈照看摊位。可是没过多久，妈妈就絮絮叨叨地埋怨爸爸不会做生意，爸爸只是呵呵呵地笑着。后来，他只帮着妈妈把放在墙角旮旯里的包裹一件一件地送到西市场去。

20 世纪 90 年代气喘吁吁地步入了后半期，许多工厂关门倒闭。原来端着铁饭碗的姑父下岗失业了。无所事事的姑父，整天混在老人堆里看他们下棋。这时，姑父一家四口人的生计全靠姑姑一人支撑，就像我们全家依靠妈妈一个人做生意维持。姑姑在通往东城的一家工厂里当清洁工。当清洁工的微薄收入远远不够供两个孩子上学。为了增加收入，补贴家用，姑姑每天从工厂下班后，又急匆匆地跑到西市场去当清扫工。夜幕降临，姑姑从西市场附近拣些商贩们丢弃的菜叶、烂水果，偷偷地装进兜子里拿回家。有时，我和爸爸估摸着姑姑回家了，去姑姑家串门。这时，累了一天，恨不得放下碗筷就要躺下休息的妈妈和准备迎战高考的哥哥会留在家里。见我们来，姑姑会发出与她瘦弱的身材极不相称的尖高音迎接我们："哥哥来了，快进屋吧。爸爸的小尾巴也跟着来了。"然后一边热情地让我们进屋，一边塞给我糖块呀、饼干呀等零食。从幼年时期到中学时代，姑姑一直都这么待我。每次见到她，她脸上总是挂着像喇叭花一样灿烂的笑容。喇叭花一样的笑容，为什么姑姑会给我留下这样的印象呢？也许，在我眼前喜欢"嘀嘀嗒嗒"吹喇叭般地欢叫的姑姑，背过身去会像被打蔫的喇叭花一样无精打采吧。想起姑姑，就会隐隐地生出这种奇怪的感觉。

姑父和爸爸在上房下象棋，我和大我两岁的堂哥饶有兴致地看漫画书的当儿，姑姑会一溜烟地跑到厨房，飞快地刷锅、点火、做饭、熬汤。等到姑姑一家吃饭时，爸爸在一边看着《延边新闻》，一边用眼角瞟着吃饭的姑姑，有些担忧地说："你吃那么点儿饭，哪来的劲干那么多活儿啊？"

姑姑咬下一口蘸着辣椒酱的黄瓜，爽朗地笑着说：

"哥，你可别小瞧我，我身上有的是力气。难道你不知道，我这小身板还是在农村练硬实的？……哥，其实你也有一身好力气。可在城里光有力气有啥用？……嫂子没埋怨你，这么多年一直这么闲待着？"

"她能说啥呀？当初，要不是她鼓动进城，唉……"

爸爸的话音落处总是沉重的叹息声。不料，爸爸的叹息声还没收住，姑父的叹息声接踵而来。重重的叹息声几乎要把火炕震塌下来似的。

"即使有使不完的劲，找不到合适的活儿，又有啥用啊！现在，工厂一个个倒闭，孩子交学费都成问题。大儿子还嚷着要上大学呢……大哥您有一身好力气，可以拉人力车。你看看……我这身体，病病恹恹的，还能干啥体力活？唉……咕噜噜。”

姑父欲言又止，拿起姑姑端来的锅巴水，咕噜噜地漱着口。姑姑在一边斜睨着姑父，不满地嚷道：“再穷也不能让我哥当人力车夫啊？我哥在农村的时候，好歹还是生产队的会计呢……想当年追他的姑娘都排长队了。要不是进城，我哥也不至于落到这个地步，……可话又说回来，这几年，不知为什么人力车突然增多了不少呀，走路都得小心被撞着！”

“你看看你，你不准你哥拉人力车，为什么偏让我拉？昨天你不是还鼓动我去拉人力车吗？”姑父狠狠地瞪着姑姑，满脸怒气。

爸爸“咳”的一声急忙打岔，转移了话题：

“现在这年头，光四肢发达也没用，自己都养活不了自己。唉……”

眼看要“火山爆发”，爸爸转身大声叫我：

“丫头，别玩了，咱们该回家了！”

爸爸向喋喋不休的姑姑扔一句，“明天还得上班，你们早点休息吧”，之后就下炕穿上鞋，朝着灯光闪烁的大街走去。

“你姑姑受了不少苦啊。”

穿过肮脏阴暗的小巷时爸爸说道。

“当初，你姑姑为了让我继续读书，不得不辍学。你奶奶一个人供不起你姑姑和我两个孩子一起上学。其实，小时候你姑姑书读得比我好。可她说男孩子怎么也应该多读书，自己偷偷地办了退学，然后嫁给了你姑父。要是知道她现在会过这种苦日子，嗨，当初就不该……”

说到这儿，爸爸就沉默不语。我悄悄地握住爸爸温厚的大手，爸爸就紧紧地牵着我的小手，默默地向前走，离灯光闪烁的大街，还有一小段路。

我要去韩国赚钱!

那时我头一回看见妈妈如此伤心地哭泣。几个月来，妈妈的生意一直都很萧条。妈妈辛辛苦苦打拼一年赚来的钱，还没有别人去韩国打工两个月赚的钱多，这让她受到很大的打击。去韩国只有两年的小姨，用洗盘子刷碗赚来的钱在延吉买了一套新房。听到这个消息，妈妈再也坐不住了。妈妈出兑了西市场的摊位，取出几乎所有的积蓄办了出国手续，最后如愿以偿地踏上了韩国的土地。此后，我们一家三口人心安理得地花着妈妈从韩国打工寄来的钱过日子。爸爸依然在家里做饭、刷碗，跟着姑父到下象棋的地方消磨时光。这期间，哥哥大学毕业，我也考上了长春的一所大学。

20 世纪 90 年代，席卷中国的“韩国打工潮”和“韩国发财梦”，吸引数以万计的中国朝鲜族人拥入韩国。黑心中介公司变换着花样实施诈骗，而不少朝鲜族人为了实现发财梦想方设法挤入“机会之国”——韩国。有些人甚至不惜以全家人的生活为赌注，以全家人的幸福为代价，前赴后继地拥向韩国。这震撼人心的“韩潮”涌动，让我不得不瞪大了双眼。

时光飞逝，转眼进入了 21 世纪的新千年——2000 年。听说，妈妈在韩国四处打“游击”，因为签证已经过期，她成为在韩非法滞留人员。就在这一年，一直在天津一家韩国公司上班的堂姐也嫁到了韩国。听说，她的丈夫是和堂姐在同一家公司上班的韩国同事。我大学毕业时，堂姐已经是两个孩子的妈妈了。大我两岁的堂哥初中没有毕业，在我考上大学之前去广州打拼了。他在一家制衣厂上班，经常在网上和我视频聊天。我至今还清晰地记得，有一次由于堂哥使用药品不当，手像被烫伤的猪皮一样一层一层地剥落的惨状。曾经和我一起嬉笑着看漫画的堂哥，在我进京前不久结了婚，听说他找的妻子是当地的一个汉族女孩。那时，姑父还是孑然一身。他花着堂姐从韩国寄来的钱和堂哥从广州寄来的生活费，打扮时髦地过着悠闲的日子，外表显得年轻了不少。“你姑父现在可会赶时髦，摆阔气了，拿孩子们的钱他显摆什么呀？！”爸爸看不惯姑父，语气中充满了鄙夷。大家都在悄悄地发生着变化，唯独爸爸孤零零一个人留在原地。不经意间，我在电话中总会夹上一句：你还有事吗？很久以后我才意识到，在这句话的背后，其实隐藏着我对爸爸的一丝怜悯和一股怨气。

我已经活够了

从堂姐那里听到爸爸说出这样的话时，我不禁心里一沉，感到一阵战栗。“爸爸会像那座古老的龙吊井一样永远在原地吗？”好像，我从来没有想过有一天爸爸也会飘然而逝的。原想，只要按月把钱寄给爸爸，就尽了女儿的一份孝心。可回过头来细想，其实我这么做，除了考虑到爸爸年岁已高、需要女儿的关心，还有一个更为重要的原因，就是为了减少对爸爸的怨气，爸爸还没有觉察到的那股怨气。我多么希望爸爸的晚年能悠闲地和朋友聚会，轻松地出门旅行呀。可让我遗憾的是，爸爸至今也没有去过像长白山、镜泊湖这种我们周围很多人已经去过很多次的地方。据我所知，爸爸和老年协会的人一同去过两次延吉公园，这是他全部的旅游经历。我多次邀请爸爸到北京旅游，哥哥也动员爸爸去深圳住他的新房，可是爸爸都无动于衷，婉言谢绝了我们。爸爸嘴上永远挂着这样一句话：

“我要守在这里等我的老伴回来。我去那儿干什么？”

“你爸爸我也老了。上次见你妈妈的时候，她告诉我现在她还不想回来。你妈妈已经走了几年了？算一算，已经有十多年了吧。现在，你妈妈也该攒足了钱吧？……你要抽空回家看看爸爸，死丫头。你怎么也这么冷漠啊？原来以为只有你妈妈是冷血动物……你比她还冷血啊？”

因为我和堂姐年龄相差悬殊，我几乎不记得和堂姐玩耍过。可是血缘这个纽带将我们紧紧地联系在了一起。堂姐喜欢写文章发表在杂志上，这让我非常钦佩。我的第三份工作还是堂姐给介绍的。在这家公司上班收入不错。有一天，堂姐突然问我：

“想不想嫁到韩国来？现在有个不错的男人……你要是能嫁到韩国，可以和我做伴，我也不觉得孤单。不想来吗？”

我曾经非常渴望自己是韩国人。在无人的角落里，我偷偷地为自己不是韩国人而扼腕叹息过。我像我妈妈一样，说起了蹩脚的韩国话。我说服自己，既然在韩国公司上班，说韩国话是理所当然的事情。可是，我说韩国话的真正原因是什么？实际上是觉得延边话太土了。每当我说起“土得快要掉渣”的延边话，公司的韩国职员或者比我早入职的朝鲜族员工都投过来异样的眼神，还在一边哧哧地发笑。

难道是因为这个原因？对！就是因为这个原因，我才说起了韩国话。开始我还觉得有些别扭，可是当我逐渐习惯了这种别扭的感觉时，却觉得自己非常可悲！是从什么时候起，我突然想从中国人的行列中悄悄地溜掉，是因为大行其道的“韩流”，还是因为投向韩国人的艳羡的目光？我越来越说不好汉语，磕磕绊绊，结结巴巴，为什么？为什么！我非常难过，觉得磕磕巴巴的自己像一个小丑。

你姑姑死了，仅仅为了两棵白菜

爸爸用妈妈寄来的钱买的手机给我打来的第一个电话就是姑姑死亡的噩耗。听到这个噩耗，眼前浮现出姑姑往我手里放糖块和饼干的情景，耳边萦绕着姑姑的声音："爸爸的小尾巴又跟着来了？"随着年龄的增大，我去姑姑家的次数明显地减少了。有时跟着爸爸上姑姑家串门，每到这时，姑姑还像小时候一样塞给我糖块呀、饼干呀等。可我开始有些厌烦这些，也开始讨厌穿过姑姑家门前那条阴森森的小巷。临近中学毕业时，我们家搬入新楼，购房款当然都是妈妈从韩国寄来的。我有了完全属于自己的房间。

"现在，你堂姐和堂哥都工作了，生活好起来了，真不明白你姑姑为什么还到西市场做清洁工？……这回，她告诉我不用买白菜，她会准备所有过冬辣白菜。那天她说要去买白菜，我问她用不用我帮忙，她说雇个人力车就行了，不用我去。晚上刚播《晚间新闻》，就接到了你姑父的电话，说你姑姑被送到市医院了。你姑父说，那天下午你姑姑买回白菜后发现少了两棵。为了找回那两棵白菜，她返回市场。可是，整整过了两个小时，也不见她回来，你姑父就急忙上市场去找她。周围的人告诉他说，那个大嫂晕倒后被送往医院了。据说，她和那个卖白菜的小贩吵得很凶。你姑姑心脏本来就不好，可能是心脏病突然发作。凌晨两点多去世了。"

爸爸挂断了电话。姑姑家门前那条阴森森的小巷又浮现在我的眼前，下雨后，泥泞不堪的小巷，整个夏季都散发出熏人的臭味。

我考上大学后一直没有回过家乡。每次爸爸打电话问我什么时候回家，我都要找出种种理由搪塞过去，不是说路太远，就是说学习太紧张，抽不出时间来，一次次地拖延回家的行程。那时，我挤出所有课余时间疯狂地打工赚钱。当时，在深圳一家著名的韩国公司上班的哥哥也和我一样，拼命地挣钱。就这样，我们一家四口人天各一方，辛苦打拼。很难想象爸爸当时的心境，孤身一人留在家里的爸爸可曾想过，将来有一天妈妈、哥哥和我回家的情景？更加难以想象在失去唯一的妹妹之后，爸爸是如何排遣心中的悲伤和痛苦的。听说，自从姑姑去世后，爸爸开始酗酒。这么喝酒怎么得了啊……这是堂哥转述姑父担心爸爸说的话。爸爸借酒浇愁的时候，我结交了男朋友。不是堂姐介绍的韩国男人，而是中国的朝鲜族男人。我在北京结识的寥寥无几的几个人中挑选了一个，只交往了半年就分手了。他是一个无论在什么场合，无论遇到什么人，韩国人、中国朝鲜族人、还是朝鲜人，都会自信满满地说一口流利的延边话的一个洒脱的男人。他有一个特点，比起挣钱他更会花钱，这一点我无论如何也忍受不了。不过，他也有一点让我至今念念不忘的优点。就是这个男人让我能毫无顾忌地很自然地说出一口流利的延边话，我一直认为这一点不是所有的人都可以做到的。和他交往之后，我就像他一样，可以和任何人毫不羞涩大大方方地用很“土”的延边话自然地交谈了，而且和任何人自豪地说我是朝鲜族，这不是所有人都可以做到的。

朝鲜族？从哪儿来的？是北朝鲜？还是南朝鲜？对了，近来是说韩国吧？

不，是中国人。

中国人？真的吗？在哪儿啊？

延边！吉林省延边，听说过吗？长白山，天池。

中国的朝鲜族。

你姑姑她呀！

爸爸每次都是用这样的口吻和我提起姑姑的往事。他实在不忍心看到自己唯一的妹妹揽过来所有的活辛辛苦苦地过日子。

读高中时，为了迎战高考，我夜以继日地勤奋苦读，好像赤日炎炎下快要晒干的花叶。午夜时分，爸爸从姑姑家回来，冲着坐在书桌前的我，不满地发着牢骚：

“你姑姑活该受罪！自己累的时候就不知道让你姑父帮着做做晚饭，或者收拾碗筷，做一些家务啊？！她真傻，只知道自己把所有的活都揽过来干。连喘口气的工夫都没有。我实在看不过去，就劝了她一句，你知道你姑姑怎么说的？‘我还看不惯哥哥你整天戴着围裙，围着锅台转的样子呢。’丫头，我想问你，你是不是也这么想？难道你也看不惯爸爸整天待在家里干家务吗？嘿，想想我自己，既没当好哥哥，也没有当好爸爸……真是惭愧啊。”

“假如我妈妈有个像爸爸这样的哥哥，说不定她也会一样难过吧。”

有一天，爸爸接到妈妈打来的电话，听到妈妈在骑车上班途中，由于路面湿滑摔断了腿的消息。拿着话筒，爸爸连一句安慰的话都没说。当时，我只觉得一股无名火直往上蹿，虽然清楚这股火不是冲着爸爸的，可我无法直视爸爸的眼睛。爸爸是个好人，姑姑也是好人，姑父也不是什么坏人，可是现在的世界为什么偏偏让这些普通人日子过得如此艰难呢？难道妈妈就喜欢孤零零一个人在异国他乡辛苦打拼吗？这个世界突然让我感到一阵晕眩。而站在我眼前的我挚爱的爸爸却无法给我摆脱眩晕的解药，十八岁的我猛然间意识到，这个世界不会因为你善良而善待你。这种想法如尖尖的松树叶钻心地刺痛着我，好像尖刺携带着毒汁在我身上迅速扩散，让我猛然间醒悟到我再也不能像打蔫的花叶一样无精打采地混日子了。

你以为铁饭碗就香吗？

姑姑对姑父的一切都不满意。姑父比姑姑大六岁，长相显老不说，人还特别懒。他上有年迈的父母，下有离婚回家住的兄弟。一提起姑父，姑姑嘴上像念经一样不停地叨咕：

“当初还不是看上他端着铁饭碗！”

就像姑姑说的那样，姑姑嫁给姑父是看中了姑父端着的是铁饭碗。可是，姑姑嫁给姑父后没有过过一天舒心的日子。刚结婚的那些年，她忙着赡养年迈的父母；有了子女之后，她又忙着抚养子女；等到孩子们长大成年后，辛苦忙碌已成为一种习惯，渗透到她身体的每一个细胞里，过起清闲的日子反倒觉得不习惯，所以她依然紧张忙碌着。姑姑的人生航船一直剧烈地颠簸着、晕眩着，而长期的晕眩让她习以为常，如果没有晕眩，她反倒觉得极不正常。

看韩剧的时候，姑姑喃喃自语：

“整天无所事事，过着衣来伸手、饭来张口、逗着巴儿狗玩的生活，过这种日子的女人会有什么生活乐趣？”

明年我就回家喽！

妈妈常说：我熬到今年，明年就回去。而爸爸在我违背他的心意，独自进京之后，常常念叨着去韩国和妈妈相聚。他说，要是能通过劳务输出去韩国，就是到工地搬砖头也行。

“你知道那种活有多累吗？千万别着急，再耐心地等等。”妈妈说话的口气完全变了，我都感到有些别扭，估计爸爸也会和我有同感。

不知出于什么原因，妈妈坚决反对爸爸去韩国打工。于是，爸爸去韩国的想法被迫搁浅，时间就这样一年一年地无情地流逝，妈妈也把归程一年一年地向后推迟。不知从什么时候起，爸爸再也不提去韩国的事了。

爸爸孤零零一个人逐渐衰老，我也是孤身一人，形影相吊。我独自散步，独自吃饭，独自在陌生的咖啡店里品尝咖啡。在熙熙攘攘的人群中，我时常会感到孤独，孤独像黏黏的口香糖一样牢牢地粘在我的身上。这让我开始怀疑生活的本质，生活原本就是一种孤独吗？有一天，我在颐和园散步时，突然发现原来我非常喜欢孤独。冥冥之中，我内心里是否渴望孤独这根线把我和爸爸紧紧地拴在一起呢？午夜梦回，我依稀看到爸爸孤身一人自斟自饮、唉声叹气的身影。

妈妈回来了。自从韩币大幅下跌之后，妈妈终于把推迟了一年又一年的归国行程变成了现实。这时已临近秋季，妈妈在回家途中，顺路在延吉购置了一套新房。

妈妈说：“你们知道韩国有多干净吗？这里也太脏了。昨天去西市场都不敢睁开眼。说实在的，还是韩国的生活条件好啊。在延吉买了一套房子，最近装修，是三室一厅的。以后你和你哥哥回家都会有自己的房间了。现在真不敢想象，过去我们在那个狭窄的小平房里是怎么过的日子。炕上躺着一排人，一个挨着一个，在同一张炕上睡觉、吃饭、学习……现在，你爸爸也不知道打扮自己，头发都变白了。让他染头发他都听不进去。他说自然颜色最好，还染什么头发？我真是拿他没办法。你爸爸现在刚刚五十出头，完全像个糟老头子。妈妈回家了，你不想回家看看吗？在外地待着舒服吗？请假回家一趟吧。爸爸现在不再埋怨你出去啦。”

口口声声说还是韩国好的妈妈，仅仅过了一个月，说话的口音就完全扳回来了，说起了地地道道的延边话。拿起电话，妈妈就舍不得放下，好像有说不完的话。现在，妈妈终于回来了！呼——我的老爸。我终于可以替我老爸松一口气了……

快到冬天的时候，妈妈和爸爸终于搬进了新居。爸爸在电话里不满地向我发着牢骚，这么一大把岁数了，住在龙井不挺好的吗，干吗非要搬到延吉来住呢？牢骚归牢骚，在他的牢骚里没有了往日暗涌的烦闷之情。不久又到了新年，也就是 2009 年。

春节一定回去

爸爸似乎忘了曾经跟我说过“以后永远别再回来”的话。每次给我打电话都要催促我早点回家看看。那一天，北京飘起了漫天大雪。我站在纷纷扬扬的鹅毛大雪中，头一次开心地畅快地笑了起来，像儿时那样，咯咯咯——

手机响了。

“妈妈，这里正在下大雪呢。你们那儿也下雪吗？”

“喂，你赶紧回家，你爸爸他不行了。这可怎么办？怎么办啊？”

爸爸突然晕倒了。几天前，妈妈还用兴奋得可以挤出水滴的语气打电话告诉我说，为了给身体虚弱的妈妈补身子，前一天爸爸亲自下厨炖鸡给妈妈吃。可是现在……我急匆匆地预订了回家的机票。回家的决心一下，才发现原来只需要两个小时的行程，竟然被我推迟了这么久……

“这是我闺女吗？”

爸爸吃力地张开双臂迎接着我。

“这还会错呀？不过，这丫头怎么越长越像她姑姑呀！”

我一直认为爸爸会照顾好自己的饮食和日常生活的，因为做家务、料理一日三餐是爸爸的专职啊。我从来也没有想过爸爸会得胃病。爸爸时常叮嘱我，一定要按时吃饭，万一得了胃病就不好治啦。可是，爸爸却偏偏不注意自己的身体。

“不用担心。胃切除之后还会慢慢变大。”

爸爸笑了，脸色苍白。他固执地一直没有染发，他的头发依然花白。

“现在，整个世界都在剧烈地震荡，哪有不晕的道理？这点胃病又算得了什么？有些地方整个都翻个过了……有时间，你到咱们以前住过的村子里去转转，人全没了，只剩下老人。小村子用小村子的方式，大村子用大村子的方式，小城市用小城市的方式，大城市用大城市的方式，小国用小国的方式，大国用大国的方式……整个世界都在用各自的方式在剧烈地摇晃、震荡。看了这两天的新闻吧，美国的经济被震得一塌糊涂，韩国的经济也被晃得一团糟，韩币大幅下跌……现在，整个世界都犯病喽。我看呀，就现在这种情况，别指望到别处去寻找解药，还是依靠自己的力量稳稳地掌舵驾船。这方面，咱们中国政府做得真的不错啊，还是中国了不起啊。最近，我从报纸上看到，美国的金融危机也冲击了中国，可对中国的影响不太大呀。中国现在已经发展壮大，和美国一起成为世界上的两大经济体。美国经济衰退，中国不会受太大冲击啦。从今以后，咱们可以安心地在中国挣钱生活了，是吧？”

即使爸爸身患重病，也从不落下一次《新闻联播》。他说，看了新闻才能知道世界是怎么转的，对这些四处漂泊辛苦打拼的亲人少一分担忧。

“你上班的那家公司情况怎么样？金融危机中没受影响吗？”

“怎么不受影响？您知道吗？现在，我们公司里已经结婚的女人都忙着生孩子呢……因为法律上有规定，妇女妊娠期和哺乳期内公司是不能解雇的。现在这个年头，女人为了守住自己的饭碗，连孩子都动员起来了。”

“天啊！”妈妈张大了嘴巴。

这时，一直忍着疼痛，强作笑颜的爸爸皱紧了眉头，微闭着双眼。爸爸花白的头发从头顶纷纷散落下来，仿佛冬季头顶白雪的天池，又仿佛辽阔宇宙中的一口井，喷涌着汩汩清泉，滋润着我这口干涸的枯井。忽然，我明白了一个道理：无数个日日夜夜，守在家里做饭、刷碗的爸爸，其实一直稳掌着我们家航行的舵。是他拼尽全力在惊涛骇浪中劈波斩浪，引导着我们家稳步前行。

快进屋！

姑父从我手里接过沉甸甸的食品袋子放到地下。然后，他轻轻地捋着后脑勺上稀稀疏疏的几绺头发，把五十多岁的新姑母推到我的面前。看起来，这是一张没有经受多少风雨的脸。在这张脸上似乎反射出姑姑那张疲惫不堪却始终洋溢着清晨喇叭花一般灿烂笑容的脸。不知为什么，看着这张比姑姑略显白净的脸，我的心里波涛翻滚，只感到一阵晕眩。

“顺任的女儿？长得真像妈妈呀。”新姑母轻轻地握住了我的手。我的手被她这么握着，觉得很不自在。

“您好，新姑母。”

见到大人要问好，从小我们就受了这样的教育，我向她鞠了个躬。

“爸爸的病好转些了吗？明天得去看看他。”听说爸爸病倒后，姑父几乎每周都要抽空来看望爸爸。

“仁子啊，我和你爸爸见面的机会是越来越少了，见一次就少一次啊。这些年，你爸爸一个人过得并不容易。他一直惦记着你，盼着你早点回来。……怪就怪他自己的命不好……喝那么多酒，怎么劝他也不听……这次回家能多住一些时候吧？”

姑父递给我新姑母削好的苹果。

“来，先吃一个苹果，别怪我多嘴。”

突然，耳边响起姑姑一边给我抓糖果，一边不住地唠叨的声音：“爸爸的小尾巴又跟着来了。”

也记不清是从什么时候起我再也不做爸爸的小尾巴了。逝去的岁月已渐渐离我们远去，也不知爸爸一个人究竟是怎样走过那些漫漫岁月的。一定是爸爸一个人草草地做饭、吃饭、刷碗，然后孤零零一个人往返于姑父和我们家之间。我在想，也许，是爸爸一直也没有找到自己要抵达的理想海岸，还是一开始他就放弃了追寻理想呢？我时常为这个问题感到困惑。曾几何时，我害怕面对这样的爸爸，这是事实。也许是我担心爸爸会看出隐藏在我瞳孔背后的那些关于爸爸的并不坦然的感觉碎片……可是现在，还没有抵达海岸，爸爸就要从人生的航船上提前走下去了。

“你的工作还顺利吗？”

姑父问道。

我上班四年，已经换过三次工作了。现在的工作眼看也要有新的变动了。有一个和我年龄相仿，几乎同时进公司，又在同一个部门共事的同事，已经怀孕两个月。按照规定，她应该不会被列入裁员范围内，这一点我心里很清楚。我知道，总公司已经下达了裁员令，毫无疑问，这次该轮到我下岗了。“你以为赚钱容易啊？”我一直把妈妈的这句话当作人生信条，在孤身前往北京的列车上，我曾经暗下决心，我的另一半一定要找一个赚钱轻松的人。现在看来，妈妈的这句话，反成了我身上的一种魔咒。那个时候，我谈过两次恋爱，有一次是和男友同居了。可是最后，我们俩还是没有走进婚姻的殿堂。记得有一天，我给同居的男友做醒酒汤时，突然发现原来他赚钱也并不容易。那些日子里，我每每看到他工作到深夜，醉醺醺地回到家里，疲惫不堪地躺倒在床上沉睡的样子，心里备受煎熬。他是无论做什么事都非常认真、非常投入的一个人，喝一口水也如此。他做事一丝不苟，对待恋人更是精心呵护。可是，我发现他沉睡的脸上写满了白天极力掩饰的疲惫和艰辛。那一刻，我忽然明白，我再也不能过这种望着疲惫不堪的脸勉强入睡的生活了。我宁愿面对冰冷的墙壁独自入眠。……和他分手后，很长一段时间我都是孤零零一个人生活的。后来，我的惆怅和失意渐渐淡去时，我找到了希望和我一起去日本生活的日本男友。这年我二十七岁。我经人介绍与这个日本男人相亲，而这种方式是我过去如此不屑一顾的。如果说这次我选择的是一个日本男人，不如说我选择的是这个日本男人的富裕……

“别着急，干活要慢慢干。干活哪有个头啊。注意休息……看看我们这个房子不错吧！还是活着好啊。房子动迁，想不到还能搬到楼房里来住。是你堂哥和堂姐筹的钱。不管怎么说，最可怜的还是你姑姑啊。”姑父说完笑了笑。他的笑容很健康，让人看着很舒坦。

我拒绝了一再挽留我吃午饭的姑父，说了一句以后再来的客套话之后，离开了姑父的家。我的手里空落落的，只能抓住一把把空气。想起爸爸温润厚实的大手，心里觉得踏实了一些。

我和汉语说得比我强好几倍的日本男人约会后，走在回家的路上，不禁想起了姑姑。“当初还不是看上了你姑父端着铁饭碗，才找的他呀。”

如果我和这个男人结婚——

我是不是也会像我姑姑那样，嘴上念经一样地反复念叨这句话："还不是看上了你是日本人，才找的你呀！"

心里虽然这么想，可我办理日本护照的决心丝毫也没有改变。这么做是不是因为我坚信，在我的人生中绝对不会发生像姑姑那样为了两棵白菜而死的悲剧呢？

与年近四旬的日本男人交往后，我不由自主地掰着手指头算起了自己的年龄。过去，我一直以为，随着时间的推移，年龄逐年增大的我红颜已老。可这时却惊异地发现自己没有想象中那么老，还年轻得很啊。

尽管我没有漂亮的尾巴，可我从来也没有想过有一天在屁股上插鸡毛，硬充外国鸟。我已经过了这样的年龄。说实话，我感到很孤独，我只想游出这口孤独的枯井。我一直在苦苦地寻找能够填满这口枯井的人，虽然知道希望很渺茫，可我却不停地、苦苦地寻找着这样的一个人。

天……太蓝了！

下午，办完护照出来，发现万里晴空如梦境一般美妙。好久没有见到如此蔚蓝的天空了，我深深地吸了一口气，似乎要把满天的碧蓝全部吸进心里。突然，我觉得自己被蓝色浸染了一般，变得生气勃勃起来。

就在这时，从远处飘来孩子们的歌声，是我们朝鲜族的歌曲。这些歌曲听起来如此悦耳，我的心情顿时格外清爽。嘘——轻轻地呼出一口气，觉得随意倒在街上的一棵枯树下也可以沉沉入睡了。每到深夜，北京三环路边我的小出租屋旁车辆川流不息，这一切已恍然如梦。一个大龄的日本男人，我和他恍惚前世有缘，还有那个晃晃悠悠的龙吊井——

黄沙弥漫厚厚地覆盖了街道，担心没有骆驼就难以出行的那年夏天，我乘坐地铁外出。那是我平生第一次坐地铁。我惊诧地发现地下还会有熙熙攘攘、川流不息的人群。列车像一条巨龙扭动着身躯飞驰在这座城市的地下。我没有骆驼可骑，我不敢游走在黄沙飞舞的地面。况且，在北京我人生地不熟，除了一个朋友，没有其他人可以求助。工作出乎意料地难找，我的未来就像飘落的树叶一样凋零。

每次和妈妈通话，她都催我去韩国。让我嫁给韩国人。为什么要嫁给韩国人？我问妈妈，妈妈笑呵呵地说因为韩国的生活比中国好，所以你堂姐也会嫁到韩国来的嘛。现在不是有很多人要到韩国来吗？有多少女子已经嫁到韩国去了？而我所在的这座城市并不肯轻易地向专科生的我敞开大门，除了这个地下室。半年前，捷足先登这座城市的我的一个朋友就住在这个地下室里。一整天待在地下室里，走出去会觉得眼花缭乱，突然，我感觉走进了一个禁地，觉得周围的世界那么陌生。阳光，树木，飞鸟，人群……

坐在地铁里，望着车窗外飞速闪过的景物，心里默默地想，要是明天再找不到工作，就到茶座、饭店当服务员吧……这时，车突然停了下来。乘务员嘴里在说着什么，可是，地铁就这么永远地停在地下……好像我丝毫也不会在意，我只是专注地想着自己的心事。

就在这时。

从车窗外倏地飞进来一位白发老人。车窗是封闭的，车门也是紧闭着的……白发老人轻飘飘地移过来，坐到我的身边。可周围的人似乎什么也没有察觉到，面无表情，我望着老人。他笑容可掬，银光四射，我瞪大眼睛，白光刺目，从我的眼眸里似乎有什么东西忽悠悠地往外冒，化作一条小巧玲珑、璀璨夺目的银龙，轻飘飘地落在老人的掌心里。

咦，是一条龙！

爷爷莞尔一笑，手里握紧那条龙，一跃跳出了列车。望着爷爷远去的背影，我大叫一声。可是，喉咙里一点声音也发不出来。

列车开始狂奔。突然，我觉得自己变成了一口枯井，怎么会这样？此后，我觉得自己逐渐枯萎变老，再也年轻不起来，那时我才二十二岁。

之后，这口井无论如何也填不满。电脑来了，新款手机来了，新潮衣服来了，宝石来了，高级咖啡和咖啡杯、洋酒还有小轿车来了。可是，所有这些东西都无法填满这口井。为了填满这口井，我几乎拼命地在努力，可是始终无法填满这口井。就是日本男人昂贵的楼房、小轿车也都无法填满这口井。呆呆地注视着这口枯井和干涸的井底，有一天，我的眼前忽然浮现出那位白发老人和小巧玲珑的银龙……

似乎有银光闪烁，莫非，龙吊井里要飞出一条银龙？我在喃喃自语时，在银色的光影里，缓缓呈现出一位银须白发老人。

咦，是那位爷爷？！

我的身上也散发出耀眼的银光。一束束银光散发到天空幻化成一个巨大的问号一直垂落到我的脚下。你以为赚钱容易吗？爷爷在一边发出呵呵的笑声。

“你可不像我的子孙啊。难道你的身上只有这些垃圾废品吗？你身上有夜光珠，你却没有发现，整天为这些垃圾奔波忙碌。我们每个人身上都有一口井，不是枯井，而是流淌着汩汩清泉的水井，那里游动着一条银龙……只可惜，现在的人都已经忘记了，眼前的这口井曾经流淌过汩汩清泉……如果是一口枯井，堆放再多的东西都只是欲望之井。你要看清楚，你自己。现在，请你回到你的真身里去吧。”

“呼——”一束耀眼的银光瞬间变成了一条银龙。是一条银龙？！这是宇宙中的精灵，是舞动着闪闪鳞光的身躯，翱翔在云端。

一眨眼，白发老人消失得无影无踪。

一条巨大的、巨大的银龙缓缓地走近痴痴呆立着的我的眼前：“我就是你一直在寻找的龙吊井里的那条龙啊。”一阵仙风吹过。

“你看看你自己。”

我心里豁然开朗。随即，我呆滞的身躯化成一条银光四射、小巧玲珑的银龙，缓缓地腾空而起。

远远的街灯犹如城市的夜光珠一般，正在散发出耀眼的光芒。

长孙

⊙朴玉南 著

大哥死了。

是我的堂兄，在我们密阳朴氏家族中是长孙，他死了。我们俩堂兄弟，从小在一个村子里像朋友一样一起长大，感情笃厚，胜于亲兄弟。“哥哥已去世”的短信从一个陌生的手机传到我的手机上时，我知道这就是堂兄去世的讣告。人终究会死，这是确信无疑的；可是会死在什么时候，却终究无法预料。不知从什么时候起，堂兄的日子不会太多了的不祥预感，隐隐地缠绕在我的心头，所以当我读到这条讣告时，比起惊愕，心里更多的是“要来的终于来了”的无奈和失落感。

也许早已预料到堂兄会死，所以接到讣告后，我立即动身，前往堂兄家中。我先是乘坐公交车，然后换乘渡轮，再改换坐公交车。前往吊丧的五个多小时的旅途中，我一直在感慨和惋惜：人千辛万苦地来一遭人世，活得竟如此短暂、走得竟如此匆忙！

窗外的景色走马灯似的从眼前闪过，绿色葱茏的夏季悄悄地躲藏了踪影，泛黄的秋叶零零碎碎地飘落在街头，眼前呈现出一幅初秋萧瑟的景色。抬头远望，高处的高粱地和玉米地红黄相间、错落有致；再看低处，一览无余的稻田，犹如山沟里的砖瓦房方方正正、平平整整。昔日，根本不懂水田种植的汉族农民，转眼间熟练地掌握了水稻种植技术，让朝鲜族人都觉得自愧不如。今年的水稻长势非常好，看起来收成应该不错吧。

记得当年在大伯的周旋下，我的爸爸到新立新村当小学教员。我趴在爸爸的后背走进这个村落时，恰巧也是这样的一个初秋时节。我们带着简单得可以说是有些寒酸的行李——两床被褥和两口铁锅，在码头等到了大伯派来的接我们去村里的牛车。不巧的是，突如其来的一场瓢泼大雨，让牛车陷在一锅稀粥般泥泞的土路上，无法前行。坐在牛车上的人全部下车，推着搡着牛车，步履蹒跚地一点一点地艰难前行，终于在夜幕降临的傍晚时分，我们一行才走进了村子。

与新立村紧挨着的中央屯人看中了大伯妙手回春的医术，默默地接纳了大伯介绍来的一车“移民部队”，还为这些移民无偿提供了可以开垦的土地。中央屯的村民认为，只要能得到像大伯这样医术高明的大夫，就是再接收五户移民，也是值得的。此后，新村里陆陆续续地涌进了一些其他移民，村子逐渐扩大，后来具备了一定规模，需要有个能教孩子们读书的老师。这时的新立村与清一色是汉族的中央屯只隔着一条新修的公路，有十三户人家。

进村之后，我们把所有的行李都卸在大伯家里。那时，盖一座泥草房只需要几根原木，可是我们谁都没有这样的条件。所以，在十三户村民中，只有做大夫的大伯一家拥有独门独院的房子，我们也只好寄居在大伯家里。两家人拥挤在一起觉得有些不便，大伯选中了矗立在中央屯中心的村会议室旁边的一间屋子，说这间屋子非常适合做诊疗所，把设置在大伯家里的诊疗所搬到了中央屯。大伯这么做，打破了朝汉泾渭分明的界限，让中央屯的村民感到非常高兴，似乎这是一件姐姐高兴、姐夫也乐意的事情，两个村的村民皆大欢喜。

大伯一天大部分时间都在诊疗所里度过。加上既当护士又当助产士的大娘，时常到诊疗所给大伯打下手，堂兄一整天都待在中央屯。中央屯里全都是汉族村民，和他们相处久了，堂兄汉语说得相当流利，好像在冰面上转动水瓢一样顺顺溜溜。他一张嘴就说出让中央屯人都难以应付的汉语，村里的大人们都禁不住啧啧称赞。

对大夫恭敬如神的中央屯人，把大夫的儿子，我的堂兄，视如皇子王孙一般，捧到手心里，倍加溺爱。像黏玉米饼、葵花子、野鸡等，只要他们认为是珍贵的东西，平时自己都舍不得吃，悄悄地留下来送给堂兄吃。可是，堂兄非常淘气，时常像小猫一样偷偷地爬到村民院子里堆放的干草垛或粮食垛上面，胡闹一气；或者赶着一群鹅在村子里横冲直撞，弄得村子里鸡犬不宁。对堂兄的所作所为，中央屯没有一个村民说长道短，全都默默地包容着。到了该上学的年龄，堂兄也不去上学，整日在两个村子间游荡，自由自在地玩耍。堂兄似乎也不在乎父母的责骂，大伯似乎也不在意儿子的放荡不羁。

比堂兄小一岁的我到了该上学的年龄。我入小学的第一天，爸爸一把抓过来在路边玩得正欢实的堂兄，把我们一起送到了学校，把他安置在和我同一个年级的班上。上学没几天，堂兄就嚷嚷着不去上学。原来在两个村子之间荡来荡去散漫惯了的堂兄，被拘在教室里要规规矩矩地学习，觉得芒刺在身，根本安不下心来读书。因为这件事，我爸爸打了他一顿。没想到这顿打，倒给了堂兄一个不上学的绝好理由。这好比一个人正想哭的时候，恰好有人扇了他一记耳光，堂兄找到了名正言顺的借口。他向大伯告状说，因为叔叔打他，所以他说什么也不去上叔叔教课的学校。要想让他上学，就让他上中央屯的汉族学校。虽说大伯医术高明，但大伯和大娘都没有重视对儿子的教育，所以对儿子的无理取闹一直是听之任之，最后还跟儿子妥协，让儿子上了中央屯的汉族学校。

我想，是不是就在那时，堂兄的命运和中央屯人紧紧地联系在一起，和他们结下了不解之缘呢？

在村外，我远远地听到中央屯人在葬礼上吹响的唢呐声，听着让人有些烦闷。儿时我就看到，不管遇到婚庆等喜事，还是遇到吊唁等丧事，中央屯人都要吹唢呐。我还弄不清楚喜事上吹的唢呐声和丧事上吹的唢呐声有什么区别，只知道，在喜事上听到唢呐声心情会舒畅、丧事中听到唢呐声就会悲伤难过。看来，堂兄的葬礼是按照中央屯人的习俗来举办的。

在村道路中央摆放着祭桌。一张高高的四方桌上，堆放着碗口大的三个白面馒头，拳头大的三个苹果，还有煮熟的紧闭着双眼的一只猪头。桌子的前方摆着一个香炉，香炉里青烟袅袅，如丝般轻飘飘地吹散在天空，仿佛向上天和村民宣告这里正在举办丧事祭奠死者。在祭桌旁，两名吹鼓手歪斜着身子并排站着，无精打采地吹着唢呐。

听到我抵达的消息，好像是堂嫂的女人，干号着，急匆匆地迎接着我，眼里一滴眼泪也没有。她到底是堂兄的第几任妻子，我现在也说不清楚。只是听人说，她的娘家在中央屯。她双腿修长，长相平平，没什么福相。从年龄上推测，她应该和堂兄相差不大。不过，仔细端详，她的年龄好像比堂兄小很多，不会比堂兄大，显得有些稚气。不管怎么说，是她一直守在堂兄身边，即使堂兄花光了大伯留下来的所有家产，身上除了一身的疾病什么都没有。想到这些，我觉得我不应该怠慢她，急忙以礼相待。提起我们朴氏家族虽然很大，可很多人都已经出国去了韩国、日本等各自梦想的地方，这里没有留下什么人。现在家族里有人去世，前来吊丧的人都没有，只有我一个人孤零零地赶来。意外地看见婆婆家里还有人前来吊唁，堂嫂似乎喜出望外，没等我问话，就对着我侃侃而谈。她告诉我，本来她是想按照婆婆家的习俗举行葬礼的，可是她不懂朝鲜族的习俗，只好按照汉族习俗举办葬礼。

堂兄的灵堂设在客厅的一侧，堂兄的遗体用象征千金的一条白布包裹着。不知是因为堂兄个子太高，还是因为白布过于短小，堂兄的两只脚没有被裹进白布里面，露在外头。他脚上穿着手工制成的一双黑布鞋，鞋底上密密麻麻地绣着稚气而华丽的莲花，显得非常奇特。我很早以前就听说中央屯人有种习俗，除了睡觉不肯轻易地脱鞋，可是没想到人死后他们还保留着这种习俗，甚至给死人穿上布鞋，这还是头一回见到。细细想来，这也不足为奇。既然死者已踏上了永远无法回头的不归路，如果不给他穿上鞋，他将如何踏足远行呢？我想揭开白布，最后看一眼堂兄，堂嫂却出面阻拦我，说堂兄患的是不治之症，不看也罢了。这话说得似乎也有道理，死者已矣，在我的脑海里只留下堂兄仪表堂堂的身影，也不是什么坏事，于是我把伸出去的手缩了回来。

五六个左臂上佩戴黑纱的人一窝蜂地拥进了屋子，和我点头行礼。我看了看没有一个我熟悉的面孔。从佩戴黑纱的人推测，这些人大概不是一般的吊唁者，可我不认识他们，也许他们都是堂嫂的娘家人？丧主家里人来人往，出入的人很多，却没有哭丧的人。堂兄一生娶进家里的女人不少，可没有留下什么子嗣。现在他走了，身后为他哭丧的子女都没有，堂兄竟如此凄凉地落下了人生帷幕！也许看出了我心中的悲哀，有一个佩戴黑纱的人，走近我身边悄悄地说：过一会儿，哭丧的人会过来，让我准备好雇用费就行。说什么？请人哭丧？这么说是花钱请哭娘吗？我只听说过花钱买衣服、买东西、买房子、买土地，还从未听说过花钱买哭呢！之前，我从未听说过还有这种事情！

终于传来了哭娘们已抵达的消息。透过窗子向外看，请来的哭娘是一些大婶。她们一边接过堂嫂递过去的白带子慵懒地系在腰上，一边问哭丧时叫谁的名字。

“你们哭丧时叫大哥就行。”

堂嫂说道。

“叫大哥呀？知道了。”

哭娘中好像是做队长的一个女人点头示意她们知道了。她让堂嫂给她们准备一些饭菜，说过一会儿办哭会很费体力，所以事先要垫垫肚子。堂嫂吩咐厨子把饭菜准备好后送出来。过了一阵，厨房里送出来饭菜，哭娘们就像一群乞丐一拥而上，狼吞虎咽，不一会儿就把饭菜一扫而光。

“你们多吃点，哭丧一旦开始，肚子饿了也不能停下来。”

有一个女人抓起一片剩馒头蘸着菜盘子里的剩菜汤，一边塞进嘴里，一边提醒着自己的同伴。

等到这些女人吃完饭菜，队长大婶率领哭娘们，直奔摆在道路中央的祭桌前。令人惊讶的是她们会如此迅速地转悲为哀，悲恸欲绝。

“大哥呀！你怎么说走就走啊？大哥呀！你怎么走得这么快呀？”

队长大婶的手下不约而同地放声痛哭，哭声此起彼伏。哭娘们人人嘴里叫着大哥的名字哀号，哭声嘈嘈杂杂、凄凄切切，混乱一片。站在近处听，仿佛是一群乌鸦在号叫。

可是很奇怪。不管哭喊声是从谁的嘴里发出来的，有了哭声，顿时觉得有了办丧事的氛围，心里得到了一些安慰。这究竟是怎么回事？花钱买来的哭号声竟然引出了我的眼泪，眼泪不住地滚落下来。在大我一岁的堂兄葬礼上，仅仅小他一岁的堂弟我，作为唯一的一个丧主，痴立在灵堂前，为何觉得如此悲凉凄苦呢？

“再大点声哭，哭声再大点。哭声大了，我给加钱。”

有个戴黑纱的人走近哭娘，催促她们大声哭泣的声音，透过窗子传到里屋。而在旁边的屋子里，几个戴黑纱的人，也许觉得身上的衣服和黑纱都是累赘，摘掉了黑纱，脱掉了上衣，光着膀子，热火朝天地搓着麻将。搓麻将时发出的嘈嘈杂杂的声音很像麻雀声，所以有人说麻将的名字由此而来。麻将这东西据说是近几年凡是有手的人都会喜欢玩的一种游戏。

“我们整整哭了两个小时了，怎么办？需不需要再哭一场？”

刚才还像丧主一般哀号的一个哭娘，悄悄地离开祭桌，走近窗口，把头伸进旁边窗户里，向搓麻将的人投过去一句话。

“当然，当然要再哭一场了。”

“好好哭吧。要是你们哭得好，就是你们不求我，下次我也会给你们介绍新活。”

玩得正起劲的邻屋里的人，头也不回地你一句我一句地应答着。

哭丧费是按小时计算的。这些哭娘整整哭了四个小时，一分不多一分也不少，拿起丧主递给她们的哭丧费，嬉笑着离开了丧主家。这回，她们的表情很明朗，似乎刚才哭丧的根本不是她们，好像换了人似的。

自从上了中央屯的汉族学校以后，堂兄结交的多半是中央屯的朋友，喜欢吃的多半是中央屯的食物。每逢春节临近，我妈妈和大娘接连几天熬夜赶制出一大家子人过年吃的松糕、蒸糕、米花果、清酒等朝鲜族的传统食品。可是，堂兄尝都不尝一口，径直去中央屯吃汉族人做的水饺、炒酸汤等食物。中央屯人不管家里有多穷都雷打不动地保留着三十晚上吃水饺的习惯。他们有个观念，饺子包得像古时候的银元宝一样，所以除夕之夜只有吃了饺子，新年才会有好运相随。堂兄最喜欢吃中央屯人做的酸菜汤，这种汤是在剁成一块一块的猪排骨里，放上腌制很久的酸菜丝，长时间熬制而成的。中央屯人常常会把汤里的酸菜挑出来吃完之后，再添一些切成丝的酸菜，熬一段时间，接连吃上好几顿，这是他们的代表性食物，也不知道这种酸菜汤怎么就成了最合堂兄口味的食物。

堂兄外貌精致利索，饮食习惯却没有外貌那么讲究，我猜想是不是受了大娘的影响？大娘在饮食上也不是非常挑剔的人。有时，她代替大伯出诊或者去接生，中央屯人好像对待救世主一样盛情款待她。大娘处置患者的伤口或接生孩子时，偶尔会在衣服上或手上沾上一些血迹。为了擦干血迹或忘掉血迹，开始她学着喝一小口酒，可是时间久了，她的酒量就越来越大，竟然练得比大伯还能喝酒，喝酒成了她的一个嗜好。只要一杯酒下肚，不管中央屯人送她什么下酒菜，她都来者不拒，吃得津津有味，还和他们打趣开玩笑，所以一提起“金姐”，中央屯和附近几个村屯里的村民都认识她。

中央屯人每次给大娘递食物时，似乎非常讲究卫生。他们给大娘拿筷子，盛饭之前一定要拿一块抹布细心地擦了一遍又一遍。然而，他们用的抹布是黑得已经失去原色的一条布块。中央屯人一直相信这样一种说法，人活着的时候使用了多少水，人死后就要经受多大的苦，只有经受了这些苦，死后才能升入天堂。所以中央屯人养成了节约用水，绝不滥用水的习惯。中央屯人似乎人人都不喜欢做擦擦洗洗的事情。看着中央屯人用黑乎乎的抹布反复擦完餐具，装上食物递给大娘，大娘也不嫌弃，接过来食物津津有味地吃掉。她还调侃着说，自己已经产生了免疫力，所以吃了这些东西也不会生病。这不像是一个照料病人的护士应该说的话，然而在她的调侃中这些事情就一笑而过了。其实，在中央屯，能备着这种抹布的人家也算是不错的了。很多中央屯人常常用短笤子代替抹布来使用。他们把要洗的碗和盘子放在水里，把手指头放在碗边和盘子边上轻轻地转几圈，然后用短笤子把渣子扫除干净，根本不用抹布来刷碗。吃玉米锅贴的时候，更是让人大开眼界。如果已经做好的锅贴粘在锅底，发干不好拿下来吃，就在上面洒上水，等浸透了水，然后拿下来吃，而洒水时就用那把笤子。

我们嫌中央屯人做的食物不干净，堂兄却满不在乎，一句嫌弃的话都没有，拿过来他们递过来的食物就吃，然后混在人群中一起玩扑克牌或者打麻将。中央屯人对串门的客人极为热情。我有些怀疑是不是他们的热情融化了堂兄桀骜不驯的心。有时和堂兄一起到中央屯村民的家中去玩，我们一迈进大门，他们就先给我们递烟。嘴里咬着长烟杆吧嗒吧嗒吸烟的老人，见我们进来，就在烟嘴里填满烟丝，点上烟，递给我们。这时候要是拒绝抽烟就相当于拒绝他们的诚意，所以堂兄会毫不客气地接过烟杆津津有味地抽上几口，然后还给老人。可是，我无论如何也做不到这些。一想到这些烟杆是被那些一辈子也不刷牙的黄色牙齿啃咬过，我就没法将它放进我的嘴里。

除夕之夜，没等吃完晚饭，堂兄就跑到中央屯去玩，说去看跳大神。起初，跳大神是中央屯村民家中有久治不愈的疑难症患者，为了驱鬼驱邪而做的法事。在精神生活极为贫瘠的那些年月，跳大神逐渐成了除夕之夜全村人聚集在一起娱乐和欣赏的一种活动。堂兄看跳大神看得非常入迷，一直看到天亮，等到大年初一全家举行祭祖仪式他都忘到脑后，迟迟不肯回家。为此，我们经常要去找堂兄。我们找到堂兄时就会看到他盘腿坐在烟雾缭绕的狭小的房间里，聚精会神地聆听自称是萨满的肥肥胖胖的女人疯疯癫癫地念咒语，根本不在意我们进屋找他。做法事的肥女人像水鬼一样披散着头发，扭动腰肢，挂在腰上的铃铛不住地发出当啷啷当啷啷的响声，她一会儿在甬道上手舞足蹈，一会儿手持小鼓嗵嗵嗵敲打，还发疯一般地横扫房间，嘴里不住地念着咒语。

"贱货，你前世是火狐狸。今世你要是生为女人，会勾引十二个以上的男人，幸亏你现在是男人身。"

然后说虎魂上身，张开双臂做老虎状上蹿下跳，一会儿扑向这儿，一会儿扑向那儿，一会儿呼叫天棚变高了，一会儿喊叫天棚变矮了，好一阵折腾。她张牙舞爪、跳来跳去的时候，腰部上白花花的肥肉，从衣襟下面毫不羞涩地裸露出来，围观的村民觉得眼前一亮，冲着这个老婆子拍手起哄。

“你这个恶妇，当年你抛弃掉还没断气的老公公，现在你老公公变成恶鬼来找你算账。”

这次，萨满倚在房间的门柱上，冲着一个入迷地听她念咒语的村妇的脸指手画脚，突然发出骇人的斥责声。听到斥责，村妇吓得浑身发抖、脸色发青，一下子瘫倒在地上。

“恶妇，你造的孽你心里比谁都清楚。”

让人奇怪的是，这次萨满的声音变成嘶哑的老翁的声音。

“请饶了我吧。”

村妇搓着双手跪地哀求道。

“想让我饶恕你吗？”

萨满继续用沙哑的声音问道。

“是我犯了死罪，你就饶了我吧！”

“那好。你要记住，即将到来的鬼日子夜，到村子中央十字路口给我烧纸钱。当初你趁我毫无防备，硬是把我撵到阴间来，现在我身无分文，一无所有，好可怜啊。”

“我知罪，我知罪。我一定照办。”

女人虔诚地跪倒在萨满的脚上，不住地点头求饶，口口声声地说要遵从萨满的吩咐。

屋子里的气氛顿时变得一片肃静。

“堂兄，快回去吧。大家还等着你回家行祭祖礼呢。”

我小声唤了几声堂兄，堂兄磨磨蹭蹭不肯起来，最后在我多次催促下他才恋恋不舍地跟着我回家。

我们家行祭祖礼的仪式，什么时候都是按照长幼次序进行的。先是大伯和爸爸行礼，然后是堂兄和我们兄弟行礼。

“我们的祭祖仪式到什么时候才是个头啊？干脆像中央屯人一样烧烧纸钱算了。多简单啊！”

堂兄在依次行祭祖礼的空隙里，冲着大娘经常发这样的牢骚。他说的也不是没有道理。其实细想想，堂兄和我出生之前爷爷和奶奶已经去世，他们在我们堂兄弟心里并没有留下什么特别深刻的印象。

在中央屯，堂兄有一位干妈，是寡妇。在中央屯村民当中，她是最干净利索的女人之一，不仅外表清秀，而且心地善良温厚，像观音菩萨一般。大伯一家刚刚在这里落户的时候，因为没有住处，就暂时借住在他们家的偏房里。从那时起，大娘和她和和睦睦地相处，亲如姐妹，来往频繁。每到春节，大娘做好打糕和麦芽糖等可口的食物打好包送到他们家里，而这个女人作为回报，把自己做的黏玉米饼和种的瓜子装进袋子里也送给大娘。有时大娘会忘记这事，可这个女人却从来不忘送东西过来。她非常勤快，也非常厚道，像西红柿一样表里如一。

堂兄无拘无束地出入她们家，胜似出入自己家。这位干妈家里有个叫小华的独生女儿，一双眼睛如玩具娃娃的眼忽闪忽闪、楚楚动人。梳在头两侧的两条辫子已过腰际，在后背上跳来跳去显得非常可爱。有一天，堂兄和小华恋爱的消息在两个村子里传开。十九年来，对儿子的成长缺乏关怀，对儿子的所作所为袖手旁观的大伯和大娘，这时猛然发觉事态严重，匆忙在儿子面前亮起了红灯。在人生路上无所顾忌地急速行驶的堂兄，突然遇到红灯，踩住紧急刹车，发出了金属相撞时刺耳的摩擦声。堂兄的家里好似捅了马蜂窝，被闹得天翻地覆。父母和子女之间冲突不断，争吵不休，双方都不肯做出让步，无情地刺伤对方。家里每天硝烟弥漫，战火纷飞，打得心里血肉模糊。

大伯发出最后通牒，如果堂兄不放弃小华，他们就断绝父子关系，这才让气势汹汹的堂兄软了下来。如果离开了大伯的经济后盾，他无法独立生活，因为他没有战胜各种困难的毅力，也没有勤俭节约的习惯。看来，堂兄还是没有信心放弃在风平浪静的环境中过着无忧无虑、游手好闲的生活。俗话说，苦难会加快人的成长。其实在生活中有一些不足，经历一些苦难，会加快人的成熟，有助于完善人格。可是，我的堂兄一直到他离开人世，也不知道生活中还有缺陷，从这一点上看，堂兄是有父母福气的人，一辈子享尽了父母的恩惠。

堂兄对自己的婚姻大事犹豫不决的时候，大伯家里忙里偷闲给他介绍其他的对象。他们打算找一个结结实实的马桩，要好好地拴住这匹脱缰的野马。媒婆出面做媒，家里的大人聚在一起挑挑拣拣，反复斟酌之后，一致同意找一个同村的农家姑娘和堂兄成婚。要说这个姑娘有什么缺点，应该说腰长腿短是她唯一的不足。论心眼、论外貌她是村里数一数二的好姑娘。她娘家人都很朴实厚道，是我们朴氏家族长孙媳妇非常合适的人选。

堂兄举行婚礼那天，新立村和中央屯以及邻村的村民纷纷赶来参加婚礼，把堂兄家的院子挤得满满的，几乎要挤破了。村民为庆祝婚礼拿来的手巾、袜子、衣服等贺礼堆满了房间，光线毯子就有八条，村里的大婶们羡慕得直咂嘴。中央屯人带来豆油、狍子肉等贺礼，曾让大娘给接生的人家，送来了保温瓶、镜子等当时难得买到的奢侈品，他们的热情空前高涨。

婚礼当日夜晚，同村的年轻人聚在一起举行了热热闹闹的娱乐会，主持人要求新郎新娘来一首合唱，堂兄领唱的就是中央屯人喜欢听的一段京剧。新娘战战兢兢地唱，却总是跟不上调子，闹出了笑话，也为婚礼增添了一个小插曲。中央屯人边听堂兄唱京剧，边鼓掌喝彩。堂兄非常幸运，遇到了像大伯大娘这样的好父母，所以他的婚礼在左邻右舍和四周众多村民们的祝福声中隆重举行，可以说是风光无限。结婚第二年，堂嫂就生了一个儿子。堂兄的幸福生活简直是在闪电中炒出来的大豆一般来得也太快了。然而，堂兄结婚当日，堂兄的干妈带着女儿小华悄悄地回到山东老家。

小华从堂兄的生活中消失了，堂兄结婚后又得到贵子，一直悬挂在大伯大娘心头的一块石头终于落地，大伯大娘认为以前不顺心的事终于过去了。不承想，让大伯大娘操心的事远没有结束。堂兄结婚后，和妻子之外的其他女人或明或暗地频繁交往。也许是继承了大伯的优点，堂兄仪表堂堂，身材挺拔。有些只重外表、以貌取人的轻浮女子，像尾巴一样黏住堂兄。为了扯断堂兄和这些女子的暧昧关系，大娘就好像给蜈蚣脚上穿鞋般不停地奔波忙碌着。有些女人百般耍赖，不肯分手，她就送去抚慰金；有些女人以肚子里的孩子为筹码纠缠不清，她苦口婆心地劝说她们把孩子打掉；有些女人贪图钱财勾引她儿子，她和她们打官司……不管怎么说，这事也就是大娘能处理得得心应手吧。她不仅能说一口流利的汉语，而且她有坚忍不拔的顽强毅力，清理好儿子的男女关系。

虽然经历了很多波折，堂兄的生活态度依然没有太大的改变，根本不想改变自己的恶习。堂嫂每天和堂兄争吵不休，内战接连不断。最后，堂嫂忍无可忍、筋疲力尽，举白旗离家出走。她连自己怀胎十月的亲生骨肉都不要了，毅然决然地离开了堂兄。原以为就像她的外表一样，她的内心会很脆弱，没承想她并不软弱。俗话说，蜈蚣被人踩一脚也会扭动一下身子，何况在苦苦等待中饱受煎熬的一个女人？她终于怀着无处发泄的满腔的怨恨，在朴氏长孙媳妇的位置上递交了辞职信。

此后，在我们朴氏长孙媳妇的位置上陆陆续续地走进来好几个女子，能够坚持到最后的一个都没有。那些女子开始坚信自己能成为堂兄的最后一个女人，毅然走进朴氏家族，可是她们当初的美好愿望都化成了美丽的泡影。第一任堂嫂的儿子，在像跑接力赛一样不断更替的继母身边，勉勉强强地度过了童年。他连亲生母亲的长相都不记得，整天在父亲和继母的连绵战火中成长，最后没能完成学业，也像自己的母亲一样离家出走了。

他离家之前也没有什么迹象，悄无声息地离开了家。家里人一直以为他到别人家里去当保姆了，或者是去找自己的生母了。可是有一天，有人说在省政府所在地某娱乐场看见过堂兄的儿子当服务员。这个消息让家里人稍稍感到一些安慰，同时又感到有些惋惜。如果这个孩子心思缜密，很早就有离家出走的打算或者外出打工的计划，就不应该找娱乐场服务员这样的差事，应该找一份更好的工作。俗话说，青蛙再跳也跳不出田埂，也许他的命运就该如此吧。所以这一切也不能全怪他，他要是有些知识，也许能选择更好的生活。

不管怎么说，他不像他爸爸，最起码他还能够自食其力，走出家门到世界闯一闯，为了这一点我们也应该竖起大拇指。我们全家人对侄子的遭遇感到少许的安慰，又感到有些惋惜。然而，天有不测风云，突然传来了令全家人万分震惊的消息，犹如晴天霹雳，打破了家里的宁静。法院送来传票说侄子杀人了。大伯拿着那份写明开庭日期和地点的传票时，突然晕倒。六个小时的紧急抢救也没能挽救大伯的生命，大伯含恨离开了人世。

听说侄子那日自作主张，拿起菜刀，冲进了跟酒店老板无理取闹的一群地痞无赖当中，闹事的一名无赖被刀尖刺伤，流血过多最后死亡。被刺死的家伙当然晦气，而我的侄子也很倒霉。原来拿刀冲进去只是为了吓唬对方，哪承想晦气的家伙偏偏中刀身亡？！也怪这个孩子，要是有勇有谋，挥起拳头教训一下地痞无赖就可以了，何必持刀打架呢？打架时哪有比操起家伙、拿起棍子更软弱无能的人呢？打架时，一直在背后煽风点火的酒店老板，一看事情不妙，卷起铺盖逃之夭夭，剩下我可怜的侄子被抓捕归案。

侄子被判九年徒刑。大娘变卖了看病积攒下来的一些家产，请来了辩护律师，疏通各种关系，尽了最大努力，才从轻处罚判了九年徒刑。人的一生当中能有几个九年？服完刑出来，侄子就到了而立之年。本应该确立人生目标，奠定人生基础的时期，侄子却要到他人嗤之以鼻的监狱，浪费宝贵的青春，然后两手空空地回归社会，到时他的人生还会有什么意义，还能实现什么价值呢？也许，九年的时光中，他可以深刻地反省自己的无知和冲动付出的沉重代价，能够迷途知返。也许，九年的时光中，他要刻骨铭心地体会冲动和无知造成的恶果和苦涩。

东屋那边的麻将声一直过了子夜也不绝于耳。现在的人一天一夜连续打麻将不是什么稀奇的事。最近我看过一则新闻，据说有人连续七十二小时打麻将，刷新了麻将历史新纪录。麻将就是这种越玩越让人上瘾的游戏。

在身上裹着一块单薄的白布静静地躺着的堂兄遗体前，我放了一块垫子静静地坐在对面。我想说的话很多，却没有人听我说。过去，村子里谁家有丧事，村里的大人会轮流陪伴在丧主身边，一起守灵。可近来，所有的村子里，几乎都差不多，没有几个邻居与丧主一起守灵，安慰丧主，分担痛苦。原来大家住在一排密密麻麻紧挨着的平房里，相处得亲密和谐，可如今邻居们纷纷远走他乡，难寻踪影。虽说，他乡有情变故乡。如果家中遇到丧事或心情惆怅的日子，他们会不会也像我一样，孤零零地独自支撑呢？这么一想，过去与乡邻一同分享快乐、一同分担痛苦的那些日子，还是最令人怀念和舒心啊。也许看见我一个人沉浸在回忆中沉默不语的样子显得非常凄凉，堂嫂拿着小凳子坐在我身边。

“两个月前，你堂兄还拄着拐杖去中央屯玩麻将呢。”

堂嫂打开了话匣子。

“可是，后来，他说连打麻将的力气都没有了，把麻友都叫到家里来了。他把枕头垫到后背上，继续玩麻将。在麻将桌上他还吐了血，但不停地玩麻将。去世前几天，他几乎失去意识，好像是挣扎在死亡线上，不停地在说胡话。他说，爷爷和奶奶来找他要带他一起走，正靠在门边等他。他马上跟他们走，别着急，慢慢等。他还说他一闭上眼睛，叔叔就用带刺的棍子抽他，那些刺扎得他浑身疼痛，哀求我帮他拔出那些刺。”

“是吗？”

“也许是幻觉吧。他身上哪有什么刺啊？每到那时我就抚摸着他的全身，做出拔刺的样子。他就安定一段时间，然后静静地睡下。也许他那时感到全身都像长针刺一样疼痛难忍吧。可是这么做也不是长久之计。不久后，我边做拔刺的样子，边抚摸他，他都呼叫说疼痛难忍。”

“那怎么办？”

“不得已我请法师作法。怎么办呀？反正能减轻病痛的事情都要试一试嘛。就是以前每到除夕夜都做的跳大神呗。幸亏中央屯现在还有一个法师，每晚给他一百元，一直做到堂兄断气。”

“法师作法过程中他还安静吗？”

“说来也奇怪，做法事的过程中他非常安静。我们站在法师的身边一直忙着配合他做法事，都不知道他是什么时候断气的。真的很奇怪。”

堂嫂好像在和我谈起遥远的传说一样，歪着头，表情淡漠。

得什么病不好，偏偏要患肺病呢？常言道，和尚不会剃自己的头，说得一点不错。医术高明、为很多人治好病的大伯，偏偏对自己儿子的病束手无策。拿到得肺病的诊断后，堂兄丝毫也没有积极治病的态度。别人劝他不要抽烟，他照样抽得很凶；大夫给他开药，他把药扔到房间的哪个犄角旮旯里不吃。家里人知道这不是什么好病，私下里悄悄嘀咕，不敢张扬，他却毫不在意。甚至，听到大娘劝告他不要和女人同房的话，他偏偏充耳不闻。反而，死死地缠住女人不放，好像只有这么做，才能延长自己的生命。有些女人不在乎堂兄的病，可是无法忍受堂兄的刁难，最后一个个陆陆续续离开了堂兄。

“血骗不了人的。他爷爷就是因为肺病去世的，他爸爸的肺也不怎么好。他不愧是朴家的根啊，不仅体质上继承了朴家的祖先，和女人纠缠的样子也随了朴家的祖先啊。我嫁到朴家之后发现，他爷爷除了他奶奶之外，外边还有其他的女人。为了这件事，他奶奶伤了不少心。他们生活的那个时代，家里就是有这样的事情也不敢声张，只能躲在屋里拿着捣衣棒狠狠地捶打爷爷。不管怎么说，他爷爷和爸爸，都没有抛弃糟糠之妻，恣意刁难妻子啊。也不知道是怎么回事，我这个儿子鬼迷心窍，被女人迷住了。”

每每感到伤心难过的时候，大娘就喝一杯酒，说这样的话抱怨儿子。大娘几乎走遍了中央屯和附近的其他所有村屯，给很多女人接生过，为了消除沾在身上的血迹学会喝酒，并饮酒成瘾。现在，她用为洗掉身上的腥味儿的酒，抚慰自己受伤的心灵，安慰着自己。她为一生中唯一的一个儿子伤心欲绝，终于在新年来临前夕尾随大伯去了另一个世界。

现在的堂嫂是大娘去世后堂哥迎娶的。她也是中央屯人，可是和堂兄的初恋情人小华是完全不同类型的女人。大伯去世后，诊疗所关门，大娘只经营药店，为了照顾生意招聘了这个姑娘。这个姑娘很快与堂兄陷入热恋之中。堂兄当时已过了不惑之年，而且身患疾病，所以我很难相信他和花季少女之间会产生真挚的爱情。在我看来，最多也是一个年轻姑娘对药店店主儿子的怜悯和见到女孩就不会迈步的风流男子的执着，点燃了两个人的恋情吧。不管怎么说，这个姑娘和堂兄一起生活了不长不短、不咸不淡的三年时间，因此，我只能承认她就是堂嫂，就是我们朴氏家族中长孙夫人这个事实。

堂兄由于疾病缠身，日渐消瘦，失去了往日的英俊挺拔。大伯去世后家世衰败，没有往日的气派，可是这个姑娘没有嫌弃这些，自愿嫁进了堂兄家里。结婚那天，她头披红头盖，伴随着唢呐声，翩翩步入堂兄家的大门。由于婚礼是按照中央屯人的习俗办理的，用不着按照我们朝鲜族的习俗摆大桌，也不用送礼缎送给亲家，省了很多烦琐的礼节。他们的婚礼没有了往日的气派，也没有太多的贺客，堂嫂却显得非常满意，嘴角始终挂着微笑，在里屋和外屋之间走动着给客人们点烟斟酒。俗话说，富家衰败也能撑住场。在敌视有钱人的那个时代，有钱人为了躲避他人的闲话常常把钱放进坛子埋在院子里。难道是如此这般富裕的昔日大伯家的生活犹如传说一样，成了这个姑娘眼中耀眼的光环？在这个光环的照耀下，她嫁给了堂兄？不管怎样，我认为他们的婚姻绝对不是以生死不渝的火热爱情为基础的。可是，也没有谁出面妨碍他们结婚，也许是两个人都觉得比较合适，抱着试试看的态度走到一起开始了夫妻生活，却也一直维持到现在。

没有谁为堂兄的死而悲恸欲绝，葬礼在第二天火葬之后就结束了。县城的火葬公司派一辆运送灵柩的殡车一大早就来到了堂兄家附近，停在大道边。殡车不住地摁着喇叭，发出刺耳的鸣笛声，催促丧主家加紧行动。他们说他们还要运送其他人的灵柩，一刻也不能耽误。因为催得厉害，我们来不及拜祭堂兄的灵柩，匆忙地把灵柩抬到车上。应该说不是抬进车里，而是说塞进殡车上，可能会更准确一些。殡车的后门被人打开，从里面伸出了带着滑轮的铁板，把灵柩放在铁板上轻轻地用手一推，灵柩和铁板顺势滑进了车里。

没有祭文，也没有哭泣声。唢呐声凄凉地响了一阵，随着殡车的发动机启动声，渐渐地无声无息了。丧主被要求从后面的房间里出来后上车，我最后出来，坐在了殡车上，在我的脚下就放着堂兄的灵柩，我感到忐忑不安。从小我就看到村子里出丧的人家，都要举行三天至七天的祭奠活动，哀悼死者。出殡的那天，就要请人抬出灵柩，他们抬着灵柩向前迈两步，然后向后退一步，慢慢悠悠，摇摇晃晃地迈着碎步，向墓地走去，以此来表达对死者的悲痛之情和恋恋不舍之意。可是现在，即使没有殡车，也不应该如此简陋地办理出殡仪式，总觉得出殡的礼节过于简单草率，心有不甘却又无可奈何。

就像烧毁垃圾一样，堂兄的火葬很快就结束了。当有人用红布包裹着堂兄的骨灰盒，递到我的手里时，我感到骨灰盒还是热的。我想亲手把堂兄的骨灰撒掉，准确地说是我想和堂兄做最后的告别，于是把堂嫂和佩戴黑纱的人劝回家去。我独自在码头附近租赁一只小船。也许船主也觉得没什么事情可做，二话不说就按照我的吩咐把船划到了离岸边有一公里远的幽静的地方。我承诺给他丰厚的报酬。

我一边想，这些骨灰也许在永不枯竭的江水深处成为鱼饵，也许在世界某个地方会轮回重生，一边沿着船边把堂兄的骨灰一把一把地撒进江水里，一边失声痛哭，一直哭到心胸舒畅。难道堂兄早已预料到自己的人生会如此短促，所以才如此放荡不羁，随性而为的吗？

只要下定决心，凭着天分和聪明，本可以出色地做好很多事情的堂兄却一事无成，不能不令人遗憾。据说，上帝不会垂怜过分聪明的人，他会缩短聪明人的生命，难道我的堂兄就如此？

夕阳西下，我坐在蜿蜒东流的岸边，望着无情地卷走堂兄骨灰的江水，怅然若失，浮想联翩。大伯的骨灰，大娘的骨灰，还有我爸爸的骨灰全部撒进了这条江水里。现在，堂兄也刚刚踏进了他们的世界。此时此刻，他们会不会在世界的某个地方相逢后，追逐到爷爷奶奶所在的遥远的地方，开始新的旅程呢？这么一想，忽然觉得唯有自己留在这个世界上，一种孤独感剧烈地撕扯着我的心。我沉浸在孤独和悲伤之中，茫然地望着江水流向无边的天际，不觉太阳已落山。

该走的人都走了，想离开的人也都想尽办法离开了这个村庄。村子中央，再也见不到大伯的身影，也见不到大娘的身影。现在，连唯一的血脉堂兄也不在了，只有大伯家那栋房子孤零零地矗立在村子中央。回到堂兄家里，我看到戴黑纱搓一晚麻将的堂嫂的亲戚们，也许认为在某个地方会藏着什么装钱的坛子，翻箱倒柜，乱翻家里的东西，嘴上说是要整理堂兄的遗物。他们把翻出来的东西分开放着，要扔掉的东西放在一边，要烧掉的衣物放在另一边。堂兄一生不务正业，也不会留下什么值得纪念的遗物，可是一想到这些遗物毕竟都是堂兄经手过的，依然有他的气息，抬眼望去，竟觉百感交集。

最值钱的应该是猎枪吧，好像是大舅子的人捷足先登给拿走了。皮夹克和长筒靴被二舅子拿走了。为了争夺唯一的遗物摩托车，小舅子和堂嫂正在激烈地争吵。纠缠着要摩托车的人和卖了摩托车要换钱的堂嫂，根本没有把我放在眼里，而我也懒得插手这些事情，于是躲到了大娘住过的东侧房间里。

因为很久没有烧火，火炕冰凉冰凉。不知什么时候贴上去的壁纸泛着黄色，好像在等待主人重新装修，房间的旮旯里结满了灰尘和蜘蛛网。褪了色的一个相框夹杂在破破烂烂的衣服堆里到处乱滚。我随手拿起来一看，竟然是每年春节行祭祖礼时摆在祭桌上祭拜的爷爷和奶奶的照片。看来，这个相框是那些人四处乱翻遗物时，和其他的衣服夹在一起被翻了出来的。穿着棉袄的爷爷和把刘海梳得板板整整的奶奶，一起以同样的目光注视着我。儿时每当祭拜爷爷奶奶，由于胆怯一直不敢正视他们的照片；后来年岁渐长，稍懂事理，才逐渐熟悉和亲近了这张爷爷奶奶的照片。可是，这张照片今天竟然被丢弃到这里。

我把相框装进我携带的背包里，猛然站了起来。抬头看了一眼时钟，马上出发，我还可以赶上回家的最后一班车。

女人恋爱时

⊙金玉姬 著

这次出差，比计划提前两天返回。虽然还有一些事情需要连夜处理，无奈，眼皮越来越沉，只好和衣栽倒在床上。旅途中疲惫的我，接触到软绵绵的大床，很快就沉入梦乡。我做了一个梦……

……这是一座深山密林。我在这座从来都没有去过的深山密林中，独自缓缓而行。前方的路很迷茫，白雾笼罩下望不到尽头，我却全然不顾，勇往直前。此时，似乎有一只无形的手用力地推动着我，让我不知不觉中被卷入到白茫茫的一片烟雾之中。眼前的烟雾犹如万丈深渊，深不可测。也许这样走下去，我会被这些烟雾无情地吞没，然而，我丝毫也没有恐惧和胆怯。

我一直往前走，前方的路上没有任何障碍。这一瞬间，有一种超然脱俗的快乐充溢在我的心间。这是一个空旷静谧的世界，连心跳声都听不见，静悄悄的，我在这里缓缓地前行。

突然，眼前出现了海市蜃楼般奇妙的景象。我停下脚步，呆呆地望着，一望无际的大海神奇地展现在我的眼前。澄澈碧绿的大海透出一股清冷之气，似乎要穿透我的身体，我不禁打了一个冷战。我举目远眺，在蔚蓝的大海上，有一群海鸥在自由自在地翱翔。海鸥，有多久没有见到过它们了？扫了一眼这群海鸥，估计有一百多只。

它们成群结队，展翅飞翔。它们时而俯身直冲大海，捕捉大海中的鱼儿，时而又来一个华丽转身，像箭一般冲向蓝天。它们美妙的身姿千姿百态，让人眼花缭乱，我无法从它们身上移开视线。海鸥在一望无际的蓝天中，编织着多姿多彩的队形，尽情地享受着飞翔的自由。

我恍如置身于童话世界，眼前的景色让我如痴如醉。忽然，在澄澈碧绿的大海中漂来了一只小船。

这是一只空荡荡的小船！我欢呼着，一口气奔向小船，不管三七二十一坐在了小船上。可是，这是怎么回事？我环顾四周，却找不到船桨。没有船桨，怎么划船去大海呢？不，没有船桨又能如何？坐在小船上，欣赏这些无忧无虑、展翅翱翔的海鸥群，不也是十分舒心惬意的事吗？

小船在静谧的大海中漂荡，而我似乎成了这个美丽童话世界里的主人公，我陶醉在眼前绚烂多彩的景色中。我悠然地坐在小船上，觉得我好像是一个刚刚从大海尽头远航归来的艄公，踌躇满志。过了一会儿，我双手扶着船帮，摇晃着船只，让水花四溅，无忧无虑地戏水游玩。一个四十九岁的女人焕发出青春少女般的情怀，觉得有一种奇妙的快感充溢在心间。现在，没有人干扰我，我是一个自由自在的人。不知过了多久，在戏水中得到了释放和满足的我想到，要是能坐在小船上一直漂到大海深处该有多好。天空里没有一丝的风，大海深处是一片静谧和安详，我想在这里把心中所有的烦恼和不快统统丢掉，然后带着清爽的心情沿路返回。要是能把生活中的欲望之渣统统抛到大海里，用大海清爽的气息净化我的灵魂，这该有多好啊！突然，我有了一种紧迫感，我绝不能放弃这个千载难逢的好机会，我开始忙碌起来。可是，不管我如何着急，失去船桨的船却一动不动，这可怎么办呢？现在，我竟然束手无策，一筹莫展啊！我只好呆呆地举头仰望空中飞来飞去的海鸥群。空中，海鸥忽而成群结队，忽而又分散开来，悠然自得地享受着飞翔的自由。不久，它们似乎飞倦了，开始朝着附近的山坡飞落下来，飞落的速度越来越快，飞翔的激情也似乎燃尽。最后，它们收起双翅，结束飞翔。嗬，激情，仿佛永远都不会熄灭的火热的激情，难道这时也要燃尽最后的火花吗？

我茫然地注视着海鸥群着陆的情景，浮想联翩。蔚蓝的天空中展翅翱翔的海鸥群，让我如痴如醉。我真怕眼前的一切会突然从我的眼前消失，拼命挣扎着想要挽留住眼前的一切……

醒来之后发现原来这是一场梦。如果说这是一场梦，可为什么梦境会如此逼真，如此清晰呢？虽说这是一场梦，可又独自一人欣赏觉得非常可惜。这时，我发现我从床上掉到地板上，于是爬回床，重新躺下来，随后笑了。过几天，我就是五十岁的人了。这么大岁数，还有这么浪漫的想法，真是令人匪夷所思。提起浪漫，我想起了一个人。几年前，走进我的单身生活，和我热恋之后，突然消失的男人——仁浩。我无法说清楚，为什么一提起“浪漫”这两个字，我就无端地会想念他。

仁浩，对一直过单身生活的我来说是一个特殊的人。我爱上了他。我四十五岁时遇见了他，以为他会是我人生中的最爱。他也爱我。他说，我很有魅力，我俘获了他的心。我们的爱情虽说有细微的区别，然而我们相处得非常和谐。我们认为我们是既理性又不乏感性，会享受生活，又有很强的生活能力的洒脱男人和靓丽女人。四十多岁，丝毫没有影响我们的交往，我们以二十岁年轻人的激情热烈地相爱着。我们有很多相似之处。我们是同岁，都是完美主义者，对自己的事业要求非常严格。我们凭借自己的才华和智慧，攒够了安度晚年的足够资金。

记得，我们初次见面是在一家茶座，那天窗外正下着绵绵细雨。

我作为一名记者，接受单位的任务去采访当时成功的广告商仁浩。仁浩是颇有名气的一家广告公司的董事长，还是一名单身男子。一直是单身的我，和他认识后不久就认定，和他相识是命运的安排。

第一次见面，他给了我特别深刻的印象。见到我，他自我介绍说："我是一个很洒脱的单身汉啊。"我哑然失笑，转而说道："您确实是很出色的男人，要不然我怎么会来采访您呢？"他身上散发出一种自由自在的气息，还有一股别人少有的自信和傲气。说这种气息是自由奔放好呢，还是悠然自得好呢？反正这种气息是渗透到他骨子里的东西。

他用锐利的目光注视着我说：你也是单身吧。嗬，世上还有这种人？第一次见面就问是不是单身，从哪儿看出来我是单身？难道这也能看出来？我向后捋了一下头发，伸直了腰板，用高傲的神态直视着他，回答道："我是已婚妈妈，有一个十四岁的女儿，在上中学。"他马上打断我说"No"。凭什么他这么武断？我心里隐隐地感到有些不快，于是想尽快结束采访。我把麦克风递给了他。

出乎意料的是，在两个多小时的采访中，我们逐渐相互吸引，用目光相互交流，相互传递丰富的信息，我们的视线始终没有离开过对方。我们好像是多年不见的老朋友久别重逢，感觉在一起非常轻松，非常愉快。怎么会有这种感觉呢？难道这就是冥冥中上天的安排？

这次采访之后，我在手机里写下了这样的文字："难道，你就是我几十年来苦苦寻觅的另一半吗？"

我们都是大忙人，不能经常见面，然而他给我的第一印象非常不错。他英俊、潇洒、魅力十足，与他相识并交往犹如玩游戏一般新鲜快乐。随着和他的交往次数增多，他给我的印象越来越丰富了。除了英俊洒脱之外，他还有像新鲜的橘子汁一般甜蜜的一面，仿佛是一杯喝了一两口就再也无法放下的香浓可口的橘子汁。见到他的一刹那，我突然明白，多年来我为了爱情，苦苦寻觅，苦苦等待，完全是值得的。起初，我对自己痴情于一个认识不久的陌生男子感到有些不安，反复提醒自己，这个年纪在感情上绝对不能轻率，一定要慎重。就在这时，我接到了仁浩的短信。短信上说，在《综合报纸》的第三面大篇幅报道了关于他的专题，让我抽时间看一看。我又惊又喜，急忙找来《综合报纸》仔仔细细地读了起来。

在《综合报纸·与世界沟通之路》的专栏中，写了这样的内容：

……几天前，我遇到了采访我的一位女记者。她耐心地倾听我和我公司员工们的故事。从她身上我深深地感受到了一名记者的诚实和真诚……她很美。她拥有我所见过的成功单身女人少有的美貌。她在工作中自信而骄傲，她有着比靓丽的外貌更加美丽的内心。她说拥有的很多是一件好事，这也意味着要还给社会的也很多。一直没有结婚的单身女性向一个只知道埋头工作的单身男性发出的信息，是沟通的力量发挥了作用。自从见到她之后，坚持单身的我内心坚硬的墙壁开始松动。如果我有了家庭，有了挚爱的女人，有了可爱的孩子们……是她让我第一次产生了这种联想。看着她，我突然希望世界上所有的单身汉们，不要成为只知道埋头工作的人，而是成为善于与世界沟通的洒脱的男人……

我从来没有想过一名企业家还会写出这样的文章。我无法想象，当时接受采访的是他，而写出来的文章却涉及我，并发表在有很多读者群的一本综合性杂志上。我第一次遭遇这样的事情，觉得他有些不可理喻，心里感到忐忑不安。对他的荒唐举动，我非常恼火，马上拨通了他的电话。

“我是单身和你有什么关系？让全世界的人都知道我是单身，这样做有意思吗？”

“我只是想写出来，不行吗？”

“当然不行。我在广电行业也是有头有脑的人物。可是，你写什么还没有结婚的单身女人怎样怎样！写出这样的文章，你到底想干什么？”

“你在生气吗？”

“你以为我会高兴吗？”

“我还以为你会表扬我，肯定我的文章写得不错呢。很意外啊。”

“你以为单身是什么好事吗，这么大肆宣传？”

“单身怎么了？单身也不犯法，只是还没有遇到真爱而已！”

“不要胡搅蛮缠了。现在该怎么办？对这件事情，你怎么负责？”

“不用担心，我会负责的。要不，我给杂志社打电话纠正一下？说我见到的那个女人现在不想单身了。她想找到一个心仪的男友，结婚，生子，幸幸福福地生活……我重新写一篇文章，怎么样？”

“喂喂，你到底想干什么？难道，你想毁了我吗？”

“你就相信我吧，相信我。”

“你说什么呢？”

“难道你这么快就忘了，我也是单身，单身啊！”

“什么意思啊？”

“我们见面再说，马上见面。”

从那天起，我们经常约会，每隔两三天见一次面。有时，整天都想待在一起。可是，我们都非常理智，控制得好自己的感情。单身，因为单身，我们忍受了多少世俗不理解的目光？我们需要忍受的又何止是这些？越是忍受，越苦闷的单身生活……

我们交往之后，从来没有提到过“结婚”二字。我们两个人相处得非常简单愉快。有时两个人聚在一起喝喝咖啡，有时在一起看看书，聊聊白天发生的事情，饿了就去吃土豆排骨汤。由于两个人都喜欢摄影，经常结伴到帽儿山、仙女峰或者图们江，拍摄美丽的山水景色。有时，我们在一起兴致勃勃地看电视剧，一直看到深夜。有时我们觉得工作累了，就一起到健身房，汗流浃背地做健身运动，锻炼身体。锻炼结束后，他开着宝马车把我送到我家的楼前。等到我洗完澡，准备躺下时，他就准时发来短信，文字下面是闪闪发光的三四颗星星。记得有一天夜里，我和他一起散步时，望着天上闪烁的星星，我说我也想像星星一样闪光。从那天起，他在手机里下载了星星，每次发短信时，不是用文字而是用星星来传递他的问候。不发点赞，而是发星星的男人。我们回到各自的家里，美美地睡上一觉，第二天醒来就是早晨，这种生活很好。早晨上班后，互相问好，然后分别在自己的岗位上忙碌着，这种生活简单而又充实。

虽然我们都是四十多岁依然过着单身生活的人，可是在一起约会交往的日子里，充满了满满的快乐和幸福感。

有一天，仁浩派人送来了一百多枝白玫瑰。和他交往之后，随着感情逐渐加深，我渴望结束漫长的单身生活。接到玫瑰，本应表示感谢，可我偏偏在发给他的短信中写下了这样的文字：

“是不是电视剧看多了，才做出这种荒唐的事情！”

我故意冷落他，想看看他有什么样的反应。短信发出后，立即响起了手机铃声，发来的是手机语音信息。

“听说，今天是情人节，是男人给女友送花的日子。现在，鲜花随处可见，本来也没有想给你送花……可是，你闻闻这花香，美妙的香味有多醉人啊！”

我扑哧一笑：你还真是一个不错的男友啊！这时，我真正感觉到他是一个懂浪漫、很有幽默感的男人。就在这一天，我发现我是把他作为真正的男子汉来爱了。做单身女人时，并没有感觉到做女人有多么幸福。可是，有了男友之后才发现做女人是一件非常幸福的事情，这种幸福感让我获得了从未有过的满足感。我希望这种幸福感缓缓地、慢慢地、长久地驻留在我的身边。我暗暗地想，如果这只是片刻的或擦肩而过的幸福，那么就干脆不要靠近我了。

不知为什么，我和他的约会，喜悦中夹杂着些许的不安。突然有一天，我接到了他的短信。短信上说，现在，他在机场，准备去韩国解决分公司出现的问题，时间不会太长，希望我等他。等他回国后，我们一起去拜访他的老母亲，然后结婚。后边恰如其分地加了一个红心。这是他第一次发来红心，而不是星星。我心潮澎湃，脸上微微地泛着红晕。我确认办公室里没有其他的人之后，悄悄地发短信给他。每一句话都发自肺腑，真诚恳切。好像细心的妻子叮嘱出差的丈夫，体贴入微，还说我要等他回来。结婚？这件事……用这种形式，很模糊地收了尾。最后没忘，连发几个红心。看到我的短信，他肯定会有一种飞上天的感觉。哈哈，我们相爱比年轻人还浪漫呢。

然而，当时我并没有意识到，出国前，他在机场发给我的短信是他留给我的最后的礼物。一周之后，我得知他失踪了。这犹如晴天霹雳，给我当头一击。我到处打听他的下落，也无法知道他的行踪。有消息说，他因为欠下巨债，被逼无奈，坐走私船躲藏起来了。可是我不相信这些谣言。我所了解的他并不是做事草率的人。他是拥有千万资产，经济实力相当雄厚的大公司老板。手下有一百多名员工，具有媒体可以报道的有实力的、得到社会认可的公司。他在媒体上也是颇有影响力的人。可是现在，他欠下了巨债，让人无法相信。他对我说得清清楚楚，是韩国分公司出现了问题。他明确地说，解决这个问题用不了太长的时间。我相信他说的一切，我把所有的风言风语都当作耳旁风，在煎熬中等待着他。

一个月快要过去了，我开始有些忐忑不安。我的正常生活都被打乱了。我什么也干不了。平时熟悉的一个弟弟当警察，我委托他和韩国联系，打听他的下落，却一无所获。我日日夜夜焦急地等待着他的电话，可是，他没有任何消息。我心里依然相信他，相信他所说的一切。我也相信仁浩会在某一天突然出现在我的面前。一年，就这样悄无声息地过去了。

一年来，在焦虑、期盼、等待中，我暗暗地想，如果我能再次见到他，我一定不会放手。我期盼着这样的日子快点到来。可是，每当我从痛苦的挣扎中平静下来的时候，就会发现我是孤零零一个人，我的生活没有任何起色。过去，他的存在给我带来了无限的快乐和兴奋，然而往事如烟，随着时间的流逝一切都会慢慢变淡的。如果现在我不把这些记录下来，我怕所有的一切真的会消失得无影无踪。

一个暴雨倾盆的夏日，从早晨到深夜，我一直坐在电脑前轻轻地敲打着键盘，记录下我和仁浩交往时的点点滴滴，不愿意有丝毫的遗漏——我是如何焦急地等待着他，怎样思念他，将我的感情经历详细地记录下来。到了凌晨，我疲惫地栽倒在床上。这时，他的脸庞忽然清晰地浮现在我的眼前。

短小精悍的短发，雪白的运动服，一米八七的个子，失踪前的早晨，这个男人还和我并排在布尔哈通河边跑步。

那段日子里，我们经常待在一起。一天的工作结束后，我们在路边的小摊上喝一杯酒，然后分开。要是觉得这么分开有些可惜，就到他的宿舍或者我的住处一起听听音乐，喝一杯茶水。到了深夜，我们觉得肚子饿了，就煮一碗方便面两个人分着吃，比吃山珍海味还要美味。记得那是一个深夜，我们突然想喝米酒，一起到超市买酒喝。一路上，我们肩并肩地走着，当我们的双肩相互碰触的时候，我们都感觉到莫名的激动，好像青春期的少男少女一般。

当天，喝完米酒略带醉意的男人，突然握住我的手，深情款款地说：“霞，你要记住，现在你是我的女人了。”

他的这句话让我刻骨铭心，彻夜难眠。

我一定要等他回来。在漫长的等待中，我努力调整好自己的心态。我想，越是激情燃烧的爱情，越是容易烧成灰烬。所以我要用平静的心态，坚定的信任，耐心地等他回来。在静静的等待中，第二年的春天悄然来临。秋天过去，冬天来到，新年的钟声响起，我的心中充满了凄凉和孤独……

我们曾经热恋过，两个人的感情是真挚的。可是现在，为什么你杳无音信呢？你到底在哪里？难道我们之间的缘分就这样结束了吗？我越想越觉得伤心难过。我的思绪又飞回到往事中。

等待一个突然在人世间蒸发掉的男人是何等痛苦的事情啊。在漫长的等待中我感到身心备受煎熬。我感到筋疲力尽，希望渺茫。有时候，我觉得等待没有任何希望，想到过放弃。可是，想忘掉一个曾经热恋过的男人谈何容易？为了能喘口气，放松心情，我想顺其自然。如果是真正爱我的人，终究会回到我的身边的。我还是回到原来的单身生活中来吧。

本以为把注意力转移到原来的生活中来会很轻松。可奇怪的是，没有他的生活感觉索然无味，一片茫然。这才发现，他的失踪给我带来的是多深、多重的伤痛和失落感。

“霞，你要记住，现在你是我的女人了。”

原来“成为某个男人的女人”的感觉真的很好。虽然他现在不知去向，也许，这是上帝的安排，准备考验我们的爱情吧。我爱他。他也说过我是他的女人。我们有过爱的约定，只要有这一点就足够了。我的思念之情仿佛气球一般迅速膨胀。

万般牵挂却杳无音信的那些日子里，我经常失眠。我打算学习钢琴。学琴是为了在美妙的音乐中忘掉痛苦。我跟着朋友去她学习的钢琴学院登记注册后交了钱。朋友什么都没有问。她说她是为了顺利度过更年期才去学琴的，已经学了一年。朋友不问我学琴的理由，让我心生感激之情。

我过去从未接触过钢琴。学院安排我在星期六下午学琴。学琴并不容易，一个简单的曲子就要花费两个月的时间。快要学完一个曲子的时候，我朦朦胧胧地产生了一种愿望。我要亲手为我所爱的男人演奏一曲美妙的爱情曲。

我要好好学钢琴，为人世间我的最爱演奏一曲爱的美妙旋律。

带着这种心愿，我认真地学习弹琴。弹琴中我发现，我的手指短小而粗壮，放在钢琴上显得极不协调。过去，电脑还没有普及的时候，我用这只手握着圆珠笔与稿纸打交道，电脑普及后我用这只手在电脑上撰写和编辑稿件。这样的一只手放在漂亮的钢琴上，竟然会显得有些不协调呢！

可是，这又能怎样？我要按照我的心愿，弹着钢琴，去寻找属于自己的浪漫。到了中年才学弹钢琴的女人！不知道的人会以为我在追求浪漫，可是又有谁能懂得我此时的痛苦呢？我非常认真地在学弹琴。当时我并不清楚，有很多双眼睛都在关注着我。她们是和我年龄相仿的电视台的同事们。

有一天，我们几个要好的同事聚集到我的办公室。不知是从何时起，每天在单位吃完午饭，我们四个要好的同事就聚在我的办公室，一边慢慢地品尝咖啡，一边慢慢地闲聊。这已经不是一两天了，这种聚会持续了一年多的时间。

“为什么突然想起学钢琴呢？都到了这个年纪，还想追求浪漫吗？”

没等走进办公室，花燕重重地坐到沙发上，对我发起了进攻。

大眼睛艳智在一旁好奇的看着我，接过话题：

“我还以为Z不懂浪漫，白白浪费宝贵的时间呢。没想到，开始学钢琴了。这是好事，应该好好学啊。像你这样漂亮的女人优雅地坐在钢琴前弹奏美妙的音乐，这多有诗情画意啊！是不是？”

我的名字叫金霞艳。可是我的这些同事都叫我Z。艳智和我同岁，是一个心地善良的女人。她担心我过单身生活会非常孤独，四处寻找合适的对象介绍给我。这时，大姐斜靠在沙发上坐着，用疑惑的眼光打量着我。

我学钢琴对她们来说是非常奇怪的事情。

“我为什么要学钢琴呢？我也说不清楚。反正你们要照顾丈夫，关心孩子，赡养公公婆婆，每天都很忙。而我是单身，我有的是时间。我应该有个爱好吧，弹弹琴，追求浪漫，不至于生活枯燥无味吧！我说得对不对？”

这时，我做出轻松愉快的表情，想蒙混过关。可是，这几个和我交往了二十多年的同事，对我不依不饶。

“你是不是有男朋友了？”

性格直爽的花燕，不愧是当年知名的新闻部记者，用锐利的眼光直视着我。

“什么男朋友……不是这么回事。”

“如果不是，怎么还学钢琴呢？”

“学钢琴怎么了？”

“记得你说过，解除压力最好的办法是聊天啊。难道你不记得你说过的话吗？”

“这话是我说过，可现在我的想法变了。培养一个高雅的兴趣，比聊天更有意义啊。”

“什么更有意义？”大姐突然接过话茬儿。大姐和我相差一两岁。在我们几个人当中，1962 年出生的大姐年龄最大，有时候冒些傻气，可她敦厚朴实，还很有人情味，所以我们都特别喜欢她。她的性格有些像男人一样，直率耿直，身体像军马一样强壮，所以我们都亲切地称她为“大哥”。她确实像“大哥”一样，时常替我们出头，我们不好意思说出来的话，她替我们说。她是我们值得信赖的、很讲义气的“大哥”。

“‘大哥’，你可不能跟着她们一起起哄呀。”

我不愿意成为她们议论的焦点。

“怎么，你不愿意和我们聚在一起聊聊天吗？”

“我可不是这个意思啊。”

“可是，你最近的表现有些不正常啊。不，应该说是非常奇怪啊。你说老实话，你是不是有新的男朋友了？”

听了“大哥”的话，花燕又发起了猛烈的进攻。

“怎么，交男朋友不顺利吗？给我们说说看。我们三个人可都是过来人。我们可以帮你出谋划策。”

“花燕，你可能自己都不知道吧。像你这样的女人没什么魅力啊。”

“你说这话怎么和我丈夫说的一模一样啊！”

“什么一样啊？”

“就说我没有女人味儿，说不定因为这个原因我会和我丈夫离婚呢！”

听了这话，我觉得我说话有些重了。刚才，我发现她们一起攻击我，只不过是随口说说而已，怎么会说出离婚这么严重的话呢？

“你现在是二十岁吗？说什么离婚？我们都已经老了，还谈什么离婚呢？”

“大哥”没有明白我的意思，想要教训花燕。

“‘大哥’，你可别说我们都老了这样的话。我还没结婚，还是单身呢。你们这么说是不是想让我伤心啊。说什么我们都老了……”

“大哥”、花燕都觉得自己说的话有些过头了，不好意思起来。这时，艳智安安静静地插入到我们的聊天当中。

“你们都说什么呢，什么老了老了的。这么说，我们倒无所谓，可是Z还要嫁人呢。大家还要考虑Z的感受啊！”

“喂，她连男朋友都没有，还谈什么结婚啊！”

花燕觉得有些郁闷，皱起了眉头。

“怎么没有男朋友。金仁浩，他们俩不是相处得很好吗？”

没等艳智说完，“大哥”和花燕异口同声地说道：

“他们不是早就结束了吗？”

她们说什么呢？我吓了一跳。什么都结束了？作为当事人的我，都没有想结束，她们凭什么说这样的话？

艳智惊讶地望着我。

我用疑惑的目光看着她们。

“喂喂，你以为用这种表情看着我们，我们就会相信你了？别装了。”

花燕什么时候都是尖牙利嘴，所以和丈夫一直吵吵闹闹。谁看到他们都以为他们是要离婚的一对冤家呢。可是他们夫妻吵了二十多年，婚姻一直维持得不错。过去，觉得花燕坦率直爽，非常可爱。可是过了四十岁之后，我越来越觉得嘴下留情的人更让人舒服。花燕和过去一样没有丝毫的改变，我经常担心，她直率的性格，随时都有可能得罪人的。

今天也不例外。我学习钢琴为什么会引起她们这么多的猜疑，觉得不可理喻。

“Z，金仁浩那个男人啊……”

这次是“大哥”首先说话了。

“你们说什么呢，为什么要提起那个人呢？”

“难道你不想了解他的情况吗？”

“她当然想了解啊。‘大哥’，她现在好像还蒙在鼓里呢。”

花燕在一旁焦急地说。

（她们这是要准备带来什么样的爆炸性新闻呢？）

“Z，看起来，你对那个男人好像还有一些留恋啊。”

“你们别卖关子了，快告诉我。你们知道那个男人的消息吗？”

“知道一些……”

“大哥”严肃地望着我，开口说道，

“我见到那个男人了。”

“什么？”

“准确地说不是我，是我老公见到那个男人了。”

“是姐夫？”

“大哥”的老公是我的老乡，我们很熟。曾经和我表姐有过短暂的恋爱史，平时和我也不见外。

“那个金仁浩，在韩国电视新闻里出来了。”

“什么？新闻里出来？”

“嗯。和韩国人联合办厂子，不知怎么被指控为诈骗罪，因为受牵连，一进入韩国就被抓进监狱里。所以，在这里传言说他失踪了。”

“那，他现在呢？”

“不知道，新闻里说他无罪释放出来了，之后的行踪就不得而知了。”

“后来的行踪你一点都不知道？”

“是的，看来你确实是不知道这事儿。你现在准备怎么办呢？”

“什么怎么办。就算做了一场噩梦，干干净净地忘掉他呗。”

花燕的直射炮似乎又找到了机会，开始发出了火力。

“自从他失踪之后，人们在背后议论纷纷。他结过婚，还有孩子呢，不是单身。”

“什么？这肯定是你听错了。他和我一样是单身。是单身啊。这我知道。”

“这样的事情只有当事人不知道，你真的不知道吗？哎哟，看表情，你确实是不知道啊。我们漂亮的 Z 小姐，怎么这么单纯啊，真可怜啊……”

“花燕啊！”

“怎么了？”

“‘大哥’，你告诉我真相，难道花燕说的都是真的吗？”

“是真的。现在，他的女儿在咱们单位上班呢。”

“什么？他的女儿在我们电视台工作？”

我完全愣住了。今天到底是什么日子啊？同事们爆出的每一个消息对我来说都有强烈的冲击力。

“这次新招进来的员工中，有一名配音演员，名字叫金恩慧。她就是金仁浩的女儿。”

金恩慧？虽然没有见过她，却听说过她的名字。听说，在今年的公开招聘中，金恩慧以第一名的成绩进入了电视台。她有模特一般的魔鬼身材，个性强，外貌出众。一进入电视台，就有人推荐她当正在筹拍的电影的第一号角色，前途无量。金恩慧，早就是电视台的焦点人物。

“Z小姐，你受骗了。现在怎么办好呢？原来我们都以为这次你找到了好男人，都替你高兴呢。可现在，Z该有多难受啊！”

花燕的每一句话都像尖利的匕首直刺我的心脏。

（他怎么可以这么做？怎么能对我隐瞒这样的事情呢？）

“大哥”担心地看着我，说道：

“金仁浩这个男人在电视台采访时也说自己是单身。他是没有结婚的成功的单身男，《综合报纸》和电视上都介绍了他成功的人生经验。但是，现在他已经结婚了，还有一个女儿叫金恩慧，成为我们电视台的配音演员。告诉你真相还是隐瞒真相，我和花燕她们考虑了很久。最后还是决定告诉你真相。我们不能看着你被人骗了。”

听到她们的解释，我无话可说。“你们告诉我真相了，我非常感谢你们。”当时，我说不出来这样的话。这残酷的现实，我无法接受，我只是觉得一切都像是一场梦……

可是非常奇怪，当天晚上，我却睡得非常踏实。是他失踪后，我第一次睡了安稳觉。其实，同事们的担心是多余的。经过漫长的等待和煎熬之后，我知道他还活着，就觉得上天已经非常眷顾我了，对他隐瞒婚姻的事情，我完全可以放下了。只要他还活着，我们就有希望再见。长久以来压抑在我心底的沉重与烦恼，好像春雪遇到阳光一般融化得无影无踪。

我好久都没有睡过这样的安稳觉了。

我想找到在韩国某个地方活着的他！就算是到了天涯海角我也要把他找出来。即便在梦里，我也在寻找着他。觉得他一直在某个地方等着我，等着我去找他，我总是感到忐忑不安。

春季节目改版，我忙于筹备新节目。新改版的节目将在三天后正式播出，我忙得没有时间想念金仁浩这个男人了。电视台领导觉得让新人办新节目不放心，所以安排我来负责新节目的策划工作。虽然感到有些意外，但是我欣然接受了单位的安排。说实话，我不是没有能力办好这个新节目。我二十五岁进入电视台，一直到四十岁，策划过很多大型节目，既是制片人，又是主持人，我的内功和实力还是很强的，我清楚这一点。

三天后，我在直播室开始了第一期《与思念的人一同开启音乐之旅》节目。

“在我们的人生中会有很多让我们牵挂和思念的人。他们或许是我们已去世的父亲，或许是漂泊在外辛苦打拼的母亲和兄长，又或许是我们亲爱的姐妹，抑或是陪伴在你的身边，时时让我们牵挂的丈夫或者妻子。在这个世界上，我们牵挂某个人，想念某个人，都是有原因有故事的。今天，我们以这期节目为开端，和观众朋友们开启一段与思念相伴的音乐之旅。希望大家关注我们的节目，和我们一起走进美妙的音乐当中。”

当天节目的主人公是青岛的文革和文革的父亲金申哲。文革说，他的父亲因为身患绝症，无法参加儿子在外地举行的婚礼，因此他非常担心和牵挂父亲。希望点播歌曲《父亲山，母亲河》，送去儿子美好的祝福。我们希望文革的父亲早日康复……

新节目播出两个月后，我离开直播节目组，重新回到了原来的岗位。这段时间，我起用了一名三十多岁，有能力的新编辑作为我的助手，参与节目的制播。没有想到，我们的节目播出后，观众的反应非常好，收视率也很高。新编辑逐渐独立承担节目的制作后，我提出休假，购买了两天后飞往韩国的机票。

我去韩国的前一天，我们四个同事和往常一样午饭后又聚在我的办公室里，我们慢慢地品尝咖啡。可是今天，大家都显得很沉默，不愿意说话。这种情形非常少见。这是有原因的，现在的形势不容乐观啊。

大家已经感觉到，在广播电视台工作的四十、五十岁女员工的处境正在发生着微妙的变化。作为职业女性，四十、五十究竟意味着什么，大家心里都跟明镜似的。

我们曾经都是广播电视台的业务骨干，都是单位各个部门的主力。我们还没有为五十岁做好准备，却发现从单位的中心位置逐渐被挤压到边缘位置，这让我们感到隐隐不安。我想想自己，从四十六岁开始逐渐地感觉被单位忽视，重要的工作也不再安排我们去完成，这让我们有很大的失落感。

见大家都沉默不语，花燕有些憋不住了，打破了沉默。

“我们都要被淘汰了，还不如筑墙之后剩下的破砖瓦了！一句话，现在只有回家养老的份了！”

艳智瞪了她一眼，眼里充满了怒气。

“你以为谁不知道啊？你干吗非要说出来呢？”

“话说得再好听，结果还不都是一样啊。我希望剩下的这五年，快点混过去。”

“我和你想的一样，希望时间快点过去。我还想，我退休后都能干什么呢？”

“这些问题是不是想得太早了？还有五年呢。五年里我们还可以干多少事情啊？”

“干多少事情？那是像你这样有能力的人说的话。”

没等我说完，花燕就像是随时准备反击的排球手，迅速反驳我。

“还有很多事情要做？到了这个年龄，你还是策划节目的制片人，可我们没有你那种能力。只有上面给我们安排工作，我们才有事情可做啊！”

“那你们就准备这么打发时间吗？”

“不打发时间还能干什么？现在，我的岗位都已经交出来了，有激情也没地方发挥啊。”

“大哥”、艳智和我，对花燕的一番话都产生了共鸣。

花燕曾经是新闻部的知名记者，受过省里的表彰。可是近来，却无所事事。我们年龄相近的这些同事大多面临和花燕相似的境遇。经过激烈的竞争上岗的二三十岁的年轻记者，在新闻部里已经形成了气候。他们时常会提出富有创意性的节目策划书，他们的新闻采编能力、写作能力都很强，可谓是长江后浪推前浪。而我们这个年纪的同事们冒险精神、进取精神、做事的热情和干劲都不如年轻人。我们开始考虑剩余的职业生涯应该怎样打发。虽然为自己目前的境遇感到担忧，却缺乏工作热情和干劲。我们现在开始考虑如何安排退休后的生活，盼着快点打发掉剩余的时间。

我一边喝着咖啡，一边注视着无精打采的同事们。二十岁，朝气蓬勃的青春岁月里，我们一同走进电视台，那时我们意气风发，发愤图强。二十多年来，我们朝着一个目标努力奔跑。可是突然有一天却发现五十岁就在眼前。值得庆幸的是，我们的脸上还没有出现皱纹，皮肤也没有松弛，身材没有变形，看起来也不像是年过半百的人。加上，单位安排给我们的任务，我们都可以圆满地完成。可是，我们即将面临离岗的严峻形势。唉——我不自觉地长叹一口气。我到了这个年龄，都做了些什么？我感到有些后悔。不管怎么说，她们大多数人都已经结婚，生孩子，有家庭。她们的孩子有的已经大学毕业，她们在生活上有收获。除了八小时工作之外，她们还有幸福温暖的家庭。别人都找到了自己的幸福生活，而我至今却一无所有。这些年，我是怎么过来的？在我的眼里，她们简单平凡的生活都是值得我羡慕的。

“我真羡慕霞艳啊。霞艳每一天过的都很充实。”

艳智用羡慕的眼光望着我说道，

“是啊，像我一样结婚之后过得没滋没味，当初还不如选择单身生活呢，这是多么正确的选择啊。霞艳你就过你想要的生活吧，这就是你过得好的标志。”

花燕也说羡慕我的单身生活。“大哥”不喜欢参与到这样的话题中来。她为了两个双胞胎儿子拼命挣钱，这是她全部的人生追求。对她来说，两个儿子的人生比她自己的人生更重要。现在，虽然她在单位也不受重视，游走在单位的边缘，可她依然过得有滋有味。前不久，她找到了一份工作，周末就去打工，给自己退休后的生活找好了后路。近来，她是过得最幸福的一个人。

几天后，我乘飞机前往韩国，在水原的一个工厂门前见到了仁浩。原以为两年不见，他会变得憔悴不堪，没想到他依然活力四射。

见到他，似乎有一股强烈的电流冲击着我，我全身剧烈地颤抖。

“我想回去了，这里的事情都已经处理好了。现在想……”

他似乎是为自己辩解。

听到这些话，与其说我感到失望，不如说我感到了绝望。失踪了两年，重聚后说的第一句话竟然是这些？没有愧疚，没有解释，说得好轻松啊！他究竟是不是我爱得如痴如醉的男人呢？

我没有想到，我日思夜想，无时无刻不在牵挂的男人，竟然会是这样。那些苦苦相思中煎熬的日子难道都是徒劳无益的吗？

“见到你，我就满足了。”

不知道这句话是怎样从我的嘴里说出来的。但有一点十分明确，我变得非常冷静，头脑异常清醒，比其他任何时候都要清醒。我如此平静，自己都感到有些意外。我原以为，我会用自己的生命去珍惜我和他的爱情，然而事实上并不是如此。我惊异地发现，本应该怒火冲天的我，竟然会变得异常地平静。我和自己曾经热恋过的、真心爱过的、现在却想分手的男人，在仁寺洞的一家茶座里面对面地坐着。

“现在事情都已经处理完了，我们回去之后就结婚吧。”

“不，我从来没有想过要和你结婚。”

“现在事情都已经处理完了。”

“你说什么，我不清楚。什么都已经处理完了？”

仁浩见到我的反应，显得非常惊讶。

“你比我想象的还要爱我啊！”

“你说什么？‘你比我想象的还要爱我？’”

“当时，我需要时间去认真考虑我们之间的关系。”

“我们的关系需要用两年多的时间来考虑吗？难道你是一股风吗？你以为你从地球上蒸发掉了，我就找不到你了吗？”

“现在，我不想多说什么，事出有因啊。”

“没想到你活得这么潇洒，我还傻傻地、苦苦地等着你回来呢。”

“很意外啊。你为什么等我这样的人呢？我没有这样的资格。我想你可能已经知道了很多事情。恩慧来过电话，说霞艳老师说不定会来找爸爸的。是啊，恩慧说的都是事实啊。我结婚了，还有一个女儿就是恩慧。我隐瞒了真相，装作是单身汉接近了你。我原以为你和其他女人一样，和我交往一段时间之后，就会自动离开我的。后来，虽然发现你对我们俩的关系很认真，可是我以为过不了多久你会离开我的。没想到，你这么认真。你的认真，让我感到有些陌生，感到有些害怕……”

“这么说，你是希望我和你谈一段恋爱之后，适时地离开你吗？难道你是这么随便的男人吗？随便和一个女人交往，随便结婚，随便分手的男人吗？”

我压抑了许久的感情，好像喷发的火山猛烈地爆发出来了。然而，现在，所有的一切都显得毫无意义。现在，我对这个男人无话可说。

“我没有想到你会等我。一直等我的人，只有你一个，霞艳，只有你在等我啊。”

“不，我没有等你。我和男人约会一段时间之后也会感到厌倦。但是，我以为金仁浩这样的男人和别的男人不一样。我以为金仁浩对我是一个特别的男人。可是我想错了。”

“你不是等我了吗，可为什么偏偏说你没有等我呢？我求求你，对我说，你一直在等着我回来。”

我强忍住了泪水。说实话，我一直在等着他回来。我苦苦地等待着他，希望有一天他出现在我的面前，牵着我的手说：我再也不离开你了。可是我对他的这份牵挂，这份痴情，他却感到陌生，感到害怕。

我想站起来离开这里，可是眼前的男人失魂落魄，喃喃地说道：

“我也想过，你有可能会恨我，会忘掉我。因为，你真心实意地对待我，我却骗了你。我怕告诉你真相后，你不原谅我，还会恨我。所以，我从你的身边蒸发掉了。对不起。”

（对不起？说声对不起就没事了？你对我来说究竟意味着什么，你应该清楚吧。我不是已经让你看到了吗？可是为什么还这么做呢？为什么让我变得这么悲惨？为什么？）

我什么都不能想，什么话都不想说了。

我跑出了茶座。他没有挽留我。

我像迷途的羔羊独自徘徊在大韩民国著名的街道仁寺洞。我漫无目的地一直向前走，一边走一边想让自己混沌一片的头脑冷静下来，希望这一切都是一场梦，梦醒时分我也能清醒过来。仁寺洞是恋人的街道，这里洋溢着年轻人的气息，站在他们中间，我仿佛是被打湿的白菜叶一般无精打采。我突然感到脚脖子隐隐作痛。为了见到日夜牵挂的恋人，我不怕脚疼穿上了十厘米高的高跟鞋来到这里，现在想想都觉得可笑。我挺直了腰板，坚定地向前走着，我不想让自己沉溺在悲惨的境遇中。

不知我这样走了多久……

我抬头望望天空，天上闪烁着美丽的星星。

（仁慈的上帝啊，现在，我该怎么办呢？我如痴如醉地爱过这个男人，曾经想把自己的一切都献给他。可是现在，我是不是要和他分手呢？现在，我该怎么办呢？上帝啊，请你告诉我。）

此时此刻，我伤心欲绝，悲痛难忍。二十多年来，每当我遇到棘手的问题时，我都要双手合十，虔诚地祈祷。如果有上帝，希望他能给我指引。

突然，有人从我身后猛地推了我一下。我吃了一惊，马上扭过头去，发现是一个身穿廉价西服、身材瘦弱的三十岁左右的陌生男子。

“你是从中国来的吧？”

“不，不是……”

“那么你是从日本来的？”

我警觉地看着他，陌生男人走近我，怜悯地说：

“大嫂，现在你肯定遇到了很大的苦恼。上帝担心你，所以派我来拯救你。和我一起走吧！”

“去哪里啊？”

“你跟着我去了就知道。”

陌生男人想要拉住我，我猛然惊醒。俗话说得好啊，被老虎咬走，也要打起精神来。我努力掩饰心里的恐惧，甩开他的手，大声吼道：

“我没有什么苦恼。你别想骗我，没门儿！”

情急之下，我情不自禁地说出了中国话。

正巧一辆空出租车开过来了，我急忙跑到出租车前用力招手，生怕陌生男人追过来。

我坐进出租车里，告诉司机把我送到汉江。

过了一会儿，我在汉江坐上了游船。夹在熙熙攘攘的游客中，我望着自由飞翔的海鸥群，慢慢地寻回了心里的平静。

（我只想静静地望着此时此刻美丽的景色。）

汉江上，夜幕降临，人们尽情地玩火花。这时，我才发现我还饿着肚子，于是买了几个三角紫菜饭充饥。前面有位大婶在卖咖啡，我买了一杯咖啡慢慢地喝。这里是韩国，汉江的夜晚在美丽的火花中异常耀眼。我觉得独自欣赏美景有些可惜，不知不觉中我想起了中国的朋友，还有离开中国前见过的恩慧。

金仁浩，为了找到他，我来到韩国。来之前，我把他的女儿恩慧叫到了我的办公室。我说想见她，她感到有些意外，可是她还是来了。第一次见面，她无拘无束。听说她刚大学毕业，那么她应该是二十四岁左右吧？比想象的还要清纯，还要漂亮，而且女人味十足。

看见她敲门走进办公室的一刹那，我有些怀疑自己的眼睛。真不愧是金仁浩的杰作。翻版也没有这样的翻版，简直是一个模子里刻出来的。

“您好，我是恩慧。”

“你坐吧。你是不是很忙，我有没有打扰你呀？”

“没有，我只是好奇为什么您会找我？”

恩慧毫无城府地扑哧一笑，是个天真烂漫的姑娘。明亮的大眼睛，婀娜多姿的身材，笑眯眯地露出整齐洁白的牙齿。恩慧太像她的父亲了，说话声音也和金仁浩一样，质朴而洪亮。

“你很漂亮。我们电视台有很多漂亮的播音员，可是都比不上你，你知道吗？”

“真的吗？谢谢您的夸奖。”

恩慧礼貌地弯下腰表示感谢，我想和她轻松地聊天。

“你要是觉得方便，就不用说敬语了。”

“好吧，我进入电视台之前就知道您是我们电视台最有实力的一位制片人。您认识我吗？”

“不认识你，认识你爸爸。”

“是吗？我爸爸是什么样的人呢？”

“恩慧，你不知道你爸爸是什么样的人吗？”

“对，因为我们没有在一起生活过。”

“这是什么意思啊？”

“您能先告诉我，您和我爸爸是什么关系吗？”

“对你来说这个很重要吗？”

“当然很重要啊。”

“我是你爸爸的朋友。”

“女朋友？”

我对她的唐突感到有些意外。对她无所顾忌的提问，我感到有些尴尬，但还是笑着回答道：

“嗯，是朋友，是女人，所以是女朋友啊。你不会因为我是你爸爸的女朋友，感到奇怪吧。”

“不会，有您这样的女朋友，对爸爸来说是很幸运的事情。”

“你对我的第一印象不错？”

“对啊，走进办公室的那一刻，我觉得您就是我爸爸喜欢的类型。”

“为什么？”

“不知道。只是我的直觉。我的直觉是很准的，没错过啊！哈哈哈——”

恩慧露出整齐洁白的牙齿笑道。她的笑声仿佛一股清风，凉爽透彻，有一种独特的魅力。

“我很好奇，我想知道我爸爸到底是什么样的人呢？”

“是一个好人，事业成功，经济实力雄厚，最重要的是喜欢结交人。”

“这么说，总有一天他会来看我吧。”

恩慧自言自语，在她的眼睛里流露出真情。她身上没有一丝的阴郁，是很阳光的姑娘。

“你听了可能觉得是假话，上次在机场我是第一次见到我爸爸。”

“上次，你说的上次？”

“两年前的夏天，我到机场去送妈妈，在机场见到我父亲的。之前，我从来没有见过我父亲，可是一见到他，我就知道他就是我爸爸。因为我和他长得非常像。”

“然后呢？”

“妈妈介绍说，这是你爸爸。爸爸并没有吃惊。和我一个模子里刻出来的，难道还能不认账？可是那一天爸爸去韩国，妈妈去日本。妈妈是找初恋情人去日本移民。”

“妈妈为了初恋情人去移民？”

“现在还没有结婚，只是像恋人一样生活。”（可是那一天是怎么在那里遇到你爸爸的呢？是命运的安排，还是纯属偶然？）

这么说，那一天就是仁浩跟我通话的最后一天？那天，他在机场遇见了前妻和女儿恩慧，然后和我断绝了一切联系。我原来还想报警，后来没有报警。我为自己没有这样的资格感到可惜。我曾经委托当警察的弟弟千方百计地去寻找过他的踪迹，可是他无影无踪，得不到一点音信。确认他当天乘飞机抵达韩国，但是之后的行踪就不得而知了。

当天，他们之间到底发生了什么事情呢？

“老师？”

“嗯？你说吧，我在听着呢。”

“老师，这个世界上有着和我非常相似的人让我感到很激动啊。今后，我要和爸爸经常联系。但是，我妈妈不允许我这样做，怎么办呢？血脉相吸啊。”

“血脉相吸？”

我笑了，我觉得年轻人说得很有趣。

“当天，爸爸和妈妈吵得很厉害。看到两个人的宿怨这么深，感到很无奈。吵架说明他们之间还有感情。”

恩慧说爸爸的情绪很糟糕。趁着妈妈不注意，她悄悄地把自己的电话号码递给了爸爸，爸爸很受感动。

“所以有了联系？”

“对啊。”

“现在你爸爸在哪里呢？过得好吗？真的不错吗？还活着吗？”

我突然握住恩慧的手急切地问道。

“老师？”

“什么？”

我突然觉得我失态了。不由得松开了恩慧的手。我的心要炸裂开来。

（他还活着。我还以为他死了，他活着一直和女儿联系。虽然没有和我联系，也没关系。只要人还活着，还有联系，就足以让我高兴，足以让我感激。）

“老师，您没事吧？”

“嗯，没事。”

“你找了我父亲很久吗？”

“不是，不，对，是有人急着要找你父亲。”

“这个人是谁啊？”

“你不认识。”

“是女性吗？”

“对，是女性。”

“难道是要和我父亲结婚的女人吗？”

“这个我还不清楚。我也要找他。见了你爸，我有很多话要问他。”

“到这里之后才知道，大家都以为我爸爸失踪了。”

“告诉我，你爸爸现在在哪里？”

“我不知道应不应该告诉您。”

“告诉我吧，我要见见你爸爸。对他没什么坏处。”

“您等一会儿。”

恩慧在手机里找到她父亲的电话号码，将联系地址写好后，递给我。

“我爸爸说自己是单身汉吗？”

恩慧爽朗地一笑道，

“我像我爸爸，也喜欢吹牛。”

“什么？”

听到恩慧轻描淡写说出这些话，我沉默不语。这怎么能是吹牛呢？这是对信任自己的人的严重犯罪啊。

“我妈妈说，她和爸爸结婚前生下了我。妈妈和爸爸结婚不到一年就离婚了。所以我爸爸和单身没有什么区别。即使别人在背后议论我爸爸，您千万不要信他们的话。是我爸爸想把过去从他的记忆中抹掉，所以对外都是这么说的。您刚才不是说您是爸爸的女朋友吗？不管在什么时候，在什么地方，您都要好好对待我爸爸啊，行吗？”

看着恩慧清澈明亮的眼睛，我点了点头。

这一天我了解到，恩慧是和她的妈妈、她的姥姥一起生活了二十多年，不知道爸爸的存在。恩慧说，她们从来没有告诉过她，她的父亲还活着。

深夜，我在宾馆冲完澡，一个人慢慢地在喝茶水。忽然，有人摁了我房间的门铃。

“是谁啊？”

门外没有声音。这么晚了会是谁呢？虽然在韩国我有很多亲戚，可是我到韩国后，并没有和他们取得联系，没有人知道我住在这里。金仁浩也不知道我的住处。这么晚了，会是谁呢？

“是谁啊？”

我站在门口又问了一次。

“我是宾馆经理。”

“等一会儿。”

我扎了一下散乱的头发，打开了房门。

“您找我有什么事情吗？”

“有位客人来找您。”

“什么客人？”

我瞪大眼睛注视着五十岁左右的宾馆经理。

这时从门后慢慢地露出一个身影，是金仁浩。

“霞艳，是我来找你。”

“你是怎么找到这儿来的？”

“这位客人说有急事要见您，所以带他过来的。他是您的朋友吗？”

宾馆经理也许觉得自己有些冒失，用疑惑的目光打量着他。

“不是，我不认识他。”

“霞艳，我们谈谈吧。”

这个男人急忙握住了门把手。

“你们宾馆的管理怎么这么松啊。没有客人的允许，怎么随便带陌生人来呢？”

“对不起，这位是我们宾馆的 VIP 客户。他说您是他的女朋友，所以……对不起。失礼了。”

“她是我未来的媳妇，给我一次机会吧。”

男人在恳求，宾馆经理看着我。

“你去忙吧。”

宾馆经理这才毕恭毕敬地弯腰鞠躬，并说“请二位慢慢聊”转身离开。等宾馆经理的身影消失后，我转过身子。

“我们还有什么话好说呢？”

“你走吧。”

我正要关门，仁浩从身后顶住我的后背，强行将我推进屋里。

“你要干什么？”

仁浩猛然用嘴唇压住了我的嘴唇，让我无法说话。熊熊燃烧的欲望之火，迅速点燃了我的激情。我的心仿佛要爆炸裂开了。我被他推着走到床边，这时我完全无力抗拒。他毫不犹豫而且非常执着地、贪婪地吮吸着我的嘴唇，我被他深深地锁住。让人窒息的缠绵持续了很久……不知不觉中我们融为一体，激情在燃烧着。我们这对饥饿的恋人，久别重逢后尽情地燃烧着彼此的渴望。

也许是久别重逢后的思念，我们不知疲倦，交织在一起缠绵着。我们沉浸在像海啸一般猛烈的欲望之海中，不知疲倦地寻找欢乐。

不知道过了多久……

激情过后，我们静静地躺在床上，紧紧地握着双手。

“非常想念过去的时光。”

“可为什么……？”

“嗯？”

“你蒸发掉了，就以为我找不到你吗？”

我不知不觉地说出了埋在心里的话。

说完，我听见我的心在剧烈地跳动。

（为什么你还要这样。你受了多少煎熬，现在还不打起精神啊？）

“其实我非常后悔。当你说要和我结婚的时候，我应该答应你。”

我的嘴里又冒出我意想不到的话。

听见我的话，这个男人又伏在我的身上。

他紧紧地抱住了我，让我喘不过气来。

我伸出双臂，把他深深地拥入我的怀中。在我的怀里，他的泪水像汩汩泉水滚滚而出，浸湿了我的半边脸。

“我以为你也会离开我的。我害怕你离开我。要是这样，我觉得我会永远站不起来了。可是，你一直在等我。”

他一边抽泣，一边将身体转过去，望着窗台。

我安静地抱着他的后背，让他尽情地哭泣。

“谢谢你。”

“我也感谢你。”

我不想知道那一天在机场到底发生了什么。

没想到金仁浩将那一天的事情一五一十地讲给我听。

那一天，他在北京机场遇到了他的前妻恩慧的妈妈和女儿恩慧。

“喂，这是谁呀？喂！”

“你，怎么会在这里呢？”

见到前妻，男人感到非常意外，他呆呆地站着。

“恩慧，这是你爸爸。”

“嗯？爸爸？”

“你好，恩慧。”

“您好。”

虽然二十年来从未见过女儿，可仁浩一眼就认出来这是自己的女儿。这对父女长得太像了。

“孩子，你长大了。”

“是啊。”

恩慧觉得十分陌生，所以不知所措。可是，恩慧发现，所谓的爸爸比她还要不安。

“妈妈，你们聊聊吧。我要给朋友打电话。”

等到恩慧离开，恩慧妈妈的眼光就变了。

“你欺骗了媒体，听说还和漂亮的单身女媒体人在谈恋爱啊。”

“你怎么知道的，你在背后调查我？”

“你满嘴都是谎话和伪善，难道我能看着不管吗？”

男人皱着眉头，强压住心中的怒火。

“你好像什么都知道了。到此结束吧。我们分手已经二十多年了。还有仇恨吗？”

“要说没有仇恨那是假话。我看见你过得幸福，比死还要难受。”

“那你还想怎么办？”

“怎么办？找到那个女人，告诉她真相。说你不仅结过婚，还有一个女儿。说你自己是单身？你还真喜欢单身啊？你知道吗？你的女儿，我们恩慧已经考入电视台当了配音演员。现在，我也有机会见到那个女人了。不是吗？”

“你说够了没有？她要是告诉她真相，她会绝望的。我绝不允许你这样做。”

“那么我们复婚，我们重新开始。”

“你疯了。你不是说要找你的初恋，去日本过好日子吗？你现在不就是去日本吗？”

“对。我要找我的初恋过好日子去。我要跟着他移民。”

“这不就行了吗？可为什么还要缠住我不放？”

“你还不明白吗？如果你和我复婚，我现在是可以放弃那个人的。”

“你别做梦了。我死也不会和你复婚的。”

“那，我就去找那个女人，去揭穿你。你不仅抛弃了糟糠之妻，还抛弃了女儿。你不是什么靠谱的男人。如果那个女人知道真相，她会怎么做呢？她那么大岁数才找到你，对你真心实意，完全信任你。要是她知道了真相，会多么失望啊。无法想象啊。到时候，你们俩都会完蛋的。”

“你还是安安静静地去移民吧。这对我们俩人都有好处。”

“复婚，我们一起生活吧。”

“不答应。死也不会和你复婚的。”

“死也不复婚？”

“对，我给你钱。”

“钱，给钱？我收了你的臭钱，和你安安静静离婚后，不知道有多后悔。为了这笔钱，我在离婚书上签的字。我没有工作，带着只有两岁的女儿，不知道受了多少苦。你想过吗？你不知道吧。你抛弃我们母女俩，你造的孽迟早要付出代价的，这一天一定会到来的。你要是不想让霞艳那个女人成为牺牲品，现在马上就结束和她的关系。”

“什么？”

“不和我复婚也好。我要让你一辈子成为漂泊的男人，过四处游荡的生活。你做好准备吧。”

男人感到了绝望。他爱霞艳，他不惜任何代价也要保护霞艳，不能让她受到任何伤害。他不愿意看到霞艳因为他而受到伤害。考虑片刻，他接受了前妻提出的条件。

“我知道我的前妻要伤害你，感到非常害怕。我知道那个女人会做出比这个还要卑鄙的事情。我害怕了。所以答应她提出的要求。我们约定，以不去伤害你为前提条件，将我的一半财产分给她。我万万没有想到的是，我乘坐的飞机抵达韩国，我走下飞机，警察就在机场等着我。韩国经理以诈骗罪起诉了我。在机场，我被戴上手铐，我想我的人生全完了。后来经过调查证明我是无辜的，我被释放了，可是我投资的钱却无法收回。我找律师，提交申诉书，时间就这样慢慢地过去了。我在建设工地一边干活，一边想尽办法将夺走的资金全部找回，这用了两年时间。那是非常艰难的一段日子。”

原来是这样的啊！

我转过身，轻轻地吻着他。心里暗暗地下了决心：以后我再也不会让你伤心难过了。我热情地吻着他，然后悄悄地在他耳边说道：

“其实，你是一个很不错的男人。”

他喃喃自语道：

“做某个女人的男人，这种感觉真的好幸福啊。”

不一会儿，我的身边传来了仁浩均匀的打鼾声。望着这个熟睡的男人，我心里突然有了一种冲动，要为他弹奏美妙的钢琴曲的冲动。虽然我的演奏水平还不高，但是我想用我的双手为自己所爱的男人演奏一曲世界上最美妙的爱情乐章。

今天，我遭受了地狱般的痛苦，而后又陷入充满诱惑的绚丽世界中，这是惊心动魄的一天。然而，今天我才明白，如果一个女人真正爱上一个男人，会让男人风一般的心永远驻留在你的身边。

今年，我四十几岁，今后要走的路还很漫长。

空巢

⊙李顺花 著

“妈——我的钱包。”

儿子手握着门把手，大声地喊我。虽然我没有回头，但是从儿子身上，丝毫也感觉不到他有多么着急。

除了周末，这样的事情每天都会重复上演。现在，我和儿子都已经习惯了这一切。

我急匆匆地跑进儿子的卧室，找出钱包。我拿着钱包走到冰箱前，取出一盒牛奶，递给儿子。早晨起床晚，来不及吃早餐的儿子，嘴里嚼着干巴巴的面包，连声谢谢都没有，接过牛奶和钱包，急忙跑出了家门。

儿子总是很忙。

儿子从一所名牌大学毕业后，不久前刚刚在一家 IT 公司找到了一份工作，是公司的新职员。儿子有着温厚朴实的外貌，人也懂事明理，成长过程中也没有惹过什么麻烦。所以，曾经有一段时间，我只要看到儿子都觉得舒心惬意。

儿子？

有人说，儿子，在膝下抚养时是儿子，娶了媳妇就成了四寸[1]亲戚。现在，儿子还没有结婚呢，就开始疏远我了，变得像是九寸亲戚，不，应该说连九寸亲戚的亲家都不如了，我觉得和他的距离越来越远。

可仔细想想，这也不能全怪儿子。

儿子有儿子的世界。他在自己的世界里生活着。而我在儿子的身上越来越多地感觉到深深的失落感。

现在，白天想见儿子一面都很难。只有在早晨上班前，他手握着门把手，叫我给他拿钱包的时候，才能听见他的声音。

“老婆，我的领带呢？”

衣柜里整齐地悬挂着按照不同的颜色、熨得板板整整的衣服。丈夫一边从衣柜里拿出银灰色的衬衫穿在身上，一边大声地喊我。

儿子上班走了，现在，该轮到我来伺候丈夫了。每天，按照衬衫的不同颜色给丈夫选好领带，是我必做的功课。

曾经，在丈夫喊我之前，我会选好领带，帮他系上。虽然我记不清楚是从什么时候开始的，可分明记得，有一段时间，我会在丈夫上班之前准备好一切。然而，曾几何时，我不再提前准备好一切，而是等丈夫喊我时，才会帮他系领带。我的反应变得迟钝，动作也变得迟缓。

现在，流行不系领带，这样才显得简洁大方。而我丈夫却偏偏喜欢系领带。我丈夫的人生哲学就是，作为一家公司的负责人，外表上不能有丝毫的马虎，一定要一丝不苟，严谨认真。

为了和银灰色的衬衫搭配，我给丈夫选择了一条零星地点缀着彩色花点的深灰色领带，这是一位朋友从日本回来时送给我们的礼物。系上这条领带，丈夫显得高贵稳重。我把皮鞋擦得黝黑锃亮，朝门口摆放，

① 寸：表示朝鲜族亲戚之间的行辈关系，寸数越大，关系越远。

然后恭候丈夫穿上皮鞋，出门上班。

年轻时略显消瘦的丈夫，步入中年之后，身体开始发福，显得更加沉稳，更加儒雅。

现在，他和年轻人一样，非常关心自己的健康和外貌。他说，这是带领一百多名职工的企业家应有的姿态。

丈夫一直都很忙。

丈夫要为信任他、跟随他的职工和职工家属们的生活负责。进入信息化时代后，世界发生日新月异的变化，新产品如雨后春笋般地层出不穷，老产品很容易被淘汰。公司要想生存和发展，就要不断地开发出新产品。

不断创新，不断研发出新产品，这才是公司的生存之道。新产品上市后不久，就会变成旧产品被淘汰，因此公司要持续地研发出满足客户需求的新产品。

丈夫？

丈夫在公司里不断地创新出新的产品，而在家里却没有任何创新，过着一成不变的生活。

就像我的日常生活，昨天和今天没什么两样，今天和明天也没有什么区别一样，丈夫的生活中，昨天和今天，今天和明天，也没有什么变化。

我们对身边崭新的变化无动于衷时，岁月已悄然流逝，年龄却一天天增大。

有一天，我从镜子里突然发现自己老了，看到丈夫的耳边还长出了几缕白发，深感岁月无情，时光易老。原来面对无情的岁月，丈夫也无可奈何啊。

现在，丈夫也像客人一样，变得有些遥远了。

只有早餐，丈夫在家里吃。中午饭，他在公司吃。晚餐，是丈夫公司业务的延伸，要忙于各种应酬，不能回家吃。平日里，什么同学聚会、运动俱乐部的会餐等等，名目繁多的聚会接二连三，在家里吃饭的次数就像是旱田里的大豆苗一样寥寥无几。偶尔，他回家吃晚饭，我就要忙前忙后地制作各种菜肴。

这也不能怪丈夫。

丈夫也有丈夫的世界。他在属于他的世界里，踌躇满志地生活着，我却难以参与到他的世界里去。

不是因为陌生和恐惧。

我们生活在完全不同的两个世界里。这两个世界，没有能够连接起来的纽带，所以，我们只能遥遥相望。

冷冷清清的餐桌上，留下了儿子拿出来的面包片和丈夫吃剩下的一勺饭。餐桌上还摆放着大酱汤、煎鱼、凉拌菠菜、腌莲根、辣白菜、萝卜泡菜，以及据说有益于身体健康的新鲜蔬菜和坚果等。此时的餐桌，犹如散市后的乡村集市无精打采。

据电视介绍，地中海式菜谱有利于身体健康，于是每顿饭我都会按照菜谱精心准备，精心制作。可是，到了半夜才睡觉的儿子说，早晨多睡五分钟，比吃早餐还要享受，还要有诱惑力。

为了来不及吃早餐、早晨起床后就跑出去工作的儿子，我在冰箱里准备好了方便食物——面包和牛奶。

丈夫吃早餐，不能没有米饭和酱汤，还有辣白菜。

我？

大家上班后，我独自坐在餐桌前，一个人孤零零地吃着早饭。

每天清晨，我早早就起床，为丈夫和儿子准备早餐。可是除了节假日，平时很难和他们围坐在一起安安心心地吃顿饭。虽然家里只有三口人，可是我们一家人已经很久没有在一起吃过饭了。

餐桌上的菜品今天也没有什么变化。

可是什么味道呢？

我独自坐在丈夫和儿子离开后的餐桌边，将饭菜一勺一勺地送进嘴里，可不知道吃了什么，味道如何，只感到饭菜索然无味。

过了一会儿，我觉得肚子饱了，就放下饭勺，开始收拾餐桌。容易变质的食物放进冰箱里，大酱汤盖上汤盖，放在餐桌上。

空碗、勺子、筷子放到一起用自来水冲洗。每天的餐桌上，都会放着三对筷子和三把饭勺，可儿子的总是干干净净的，没有动过。我已经习惯了冲洗所有的饭勺和筷子。

收拾完厨房，我走进儿子的房间。

儿子的房间仿佛海啸掠过一般，狼狈不堪。书桌上杂乱无章地摆放着儿子看过的书和耳机、空饼干盒、饮料瓶……

不仅书桌是这样，儿子睡过的床铺和书桌一样杂乱无章。枕头，没有折叠的被子，要洗的衣服，横七竖八地乱扔到床上，一只袜子滚到床底下，另一只袜子跑到窗台上。

无论是中考，还是高考时，儿子都喜欢我陪在他身边。他说妈妈守在身边，心里非常踏实。不像是男孩子，喜欢缠着我。我按时给他准备间食，整理书本，一起欣赏音乐，顺利地度过了初中三年和高中三年。

每每听到我的朋友们埋怨说，儿子处于青春叛逆期，喜欢无事生非，还不愿意和父母交流，为此他们感到伤心难过时，我心里常常为儿子感到庆幸，从心底感激儿子。可是现在，儿子开始拒绝我去帮他整理杂乱无章的书桌，对我无微不至的关心，也表示出是一种负担。

臭小子！

每天为他打扫房间、清洗衣服，为了他的健康精心制作美食供奉着，为他倾注全部的心血，可是一旦开口问起他在公司的工作和恋爱情况，他就非常不耐烦地应付着，只回答是，或者不是。

“好哇，臭小子。现在你长大了，觉得自己的翅膀硬了不是？”

我恼火地搂起乱七八糟地堆放在床上的衣物，走出儿子的房间，恨恨地骂道。

把儿子的衣物放进洗衣机里冲洗，然后我走进书房。

和儿子的房间截然不同，书房被收拾得干净整洁。

装满两面墙壁的书柜里，密密麻麻地摆放着各种书籍，这些书籍全部都是丈夫的。刚刚搬到新家的时候，书柜里摆放的一半是丈夫的书，一半是我的书。可后来，每次丈夫买来新书的时候，我都要主动地为他腾出地方来。曾经像宝物一样珍惜的我的专业书和名著，因为已有多年没有翻过，顺理成章地被搬到了仓库里，原来的位置上放置符合丈夫兴趣的书籍。

几年前，我还时常从书柜里抽出自己喜欢的书籍来翻阅，可现在在书柜的最上层摆放着一排似乎熟悉似乎又陌生的一些书籍。随着时间的推移，书房逐渐成了陌生的地方，成了我打扫房间时才会想起来的空间。

整理和打扫完书房，已经到了九点。

穿过敞开的窗户，阳光照进屋里，打出了一圈圈耀眼的光芒。

我一件一件地擦拭卧室里的家具。高级音响设备、电视机、进口沙发、红酒柜，仿佛在展示自己的威风，在阳光照射下熠熠生辉。无论看哪里都挑不出一点毛病，房间被收拾得一尘不染，明光铮亮，可我还是习惯性地一件一件认真地擦拭。

擦完家具，再擦地板，地板擦得光洁油亮。可是还没到十点钟。

家里被打扫得干干净净，整洁亮丽。

每天都要反复打扫房间，灰尘根本没有藏身之处。然而，我一天都不会偷懒，每天都会照常整理房间，打扫屋子。

如果不做早餐，不打扫房间，我就没有存在的意义了，就会变成被丢弃在博物馆角落里的标本。

打扫完房间，我一天的工作就算结束了。不，更准确地说，像蚂蚁转箩筐一样，习以为常的工作告一段落了。

虽然没有筋疲力尽地打扫房间，可是过了五十岁，好像全身的细胞都在剧烈地反抗，全身酸胀、发麻和疼痛。从去年开始，我月经不调，无缘无故地脸色发潮，浑身冒虚汗，时常彻夜难眠。我到医院检查，大夫说这是更年期症状。大夫建议，一方面要注意吃药调理，另一方面要调节好精神上、心理上的压力，这需要家人的协助。

要家人协助度过更年期？希望渺茫。

丈夫是大忙人。

儿子已长大。

长大了的男人都变得忙忙碌碌，在儿子身上我深深地体会到这一点，所以从来没有奢望过他们。

偶尔，一家三口人坐在一起看电视新闻或者经济节目，探讨一些问题。如果我参与进来，儿子的脸上立刻显示出一副“妈妈你也懂吗？”的表情。

有一次，看见新闻里出来印度首都，我自言自语地说，是马尼拉吧，儿子马上讥笑着说：“妈妈你是文科生吗？”

想当年你妈妈在大学读书的时候是获得奖学金的文学少女呢。丈夫似乎在替我解围。可是在我听来，这话倒像是风凉话。丈夫仰着头，望着天，从嘴角边勉强挤出来这些话，仿佛一股冷风。

我把身子深深地埋在沙发上。

在家里我要完成的工作已经结束了。现在，我躺在沙发上休息就行了。儿子和丈夫在家的时候，沙发是他们看电视的空间，他们走进卧室后，这里就成了我睡觉的卧室。

我们夫妻共用的卧室成为丈夫的专用卧室已经有很长时间了。由于失眠、发热、出汗，凌晨，我时常辗转反侧，难以入眠。我怕影响丈夫休息，开始悄悄地跑到客厅沙发上睡觉。后来，干脆把枕头搬出来放在沙发上。开始，丈夫说没有关系，劝我在卧室里睡觉，可时间久了，他也默认了我这么做。

有时，我也会害怕黑夜。

白天，客厅里精致美观而又落落大方的家具和家电，到了深夜，透过窗帘透进来的昏暗夜色中，仿佛是蜷缩着身体的凶神恶煞，沉重地压向失眠的我，让我感到无所适从。

我感到心烦意乱，于是一把扯开窗帘。皎洁的月光照进客厅中央，让蜷缩在沙发上的我，显得更加孤独凄凉。好几次，我想爬进丈夫的怀里，可是我犹豫不决。最后，我还是一个人孤零零地熬过夜晚。

一百三十多平方米的房子里，没有战争，没有炮声，也没有叫喊声，安祥平和。然而，没有一个人给我拥抱、给我安抚、给我温暖。

儿子，可以说已经迈开了成功的第一步。

丈夫在眼下不景气的环境下还能够维持公司的经营，也算是很成功了。

他们沿着自己开拓的道路，向着美好宽广的未来阔步向前。

儿子成功了，丈夫也成功了，自然而然我也算是成功的女人吧。然而，我心里只感到空荡荡的，无法排解心中的空虚和寂寞。

我站在豪华富裕的房间里环顾四周，突然发现这里竟然没有我的立锥之地。曾经以为，家里的一切，丈夫、儿子，还有所有的物件都是属于我的。可是，仔细想想，家里的任何物件，没有一件东西是完完全全属于我的。

挂在墙壁上的巨大的镜子里，映射出一张毫无生机的苍白的脸。下巴上的赘肉，有两三层。失去焦点的空洞洞的眼睛，正呆呆地望着镜子。

我的心沉入谷底。

不是一个月一次，而是每隔二十天左右，我就会染一次头发。可我发现，我的黑头发下面还会长出细细的白头发。我静静地凝视着这些白头发，觉得这些白头发似乎慢慢地在扩散，覆盖到我整个头顶，然后又延伸到全身，似乎要吞并我，让我禁不住全身战栗起来。

我要是继续这样活下去，就会窒息，就会疯掉的。

我逃命似的跑出了房间。

屋外的太阳十分炙热。

我跑到宽阔的地方，可是并不觉得呼吸畅通。

虽然站在宽阔的地方，仍然感到窒息难耐。没有确定要去哪里，反正跑出了房间，心里还是感到一片茫然。

我不愿意站在街上徘徊，就来到市内停车站点，茫然地站着，正巧熟悉的公交车停在面前。

是 37 路公交车。

打扫房间，准备好早餐是我每天重复进行的工作和习惯。每隔几天，我还要乘坐公交车去百货商场或超市购买蔬菜和水果。难道这也是每隔几天必做的功课和已经固定下来的习惯吗？

公交车的车门打开了，身体习惯性地向前移动。走上公交车找个位置坐下后，发现这是后排座位，是我经常坐的公交车的后排位置。感觉自己像极了某一本小说中的主人公。

也许现在不是上班高峰期，公交车内人很少，有些冷清，然而并不是说车里面就非常安静。

坐在司机后座上的女人正拿着手机大声说话，声音非常吵，传到我的耳边。好像这个女人刚刚从韩国回来，正在和朋友们眉飞色舞地讨论喝酒的事情。女人兴奋得有些发飘的声音传到我的耳际，除了一起喝酒的约定之外，其他的话我一句也听不进去。不是这个女人的说话声音有什么异常，而是我空荡荡的心里留不下任何声音。

向窗外望去，可以看到手里拿着小凳子的几位老人。这些老人喜欢聚到公园或者江边，或者某个阴凉的地方，尽情地享受他们独有的快乐。

我无聊地望着窗外。这时，从广播里传来语音播报声：下一站是延边大学。我一下子从座位上弹了起来。

延边大学?!

这是我的母校。虽然我在延吉生活，可我不记得大学毕业后曾经回过母校。

没等公交车停稳，我急忙走下了公交车。

在延边大学下车不是我的习惯。很久以来，我是在忘记延边大学这个名字中生活的。

习惯中从未有过的举动，这个反常的举动，让我站在延边大学的校门前，仿佛一只迷途的羔羊。

每当我去百货商场的时候，坐在车里，无数次地见到延边大学的校门。曾经，作为一名大学生，我进出这座校门，度过了充满活力的青春岁月。

虽然每隔几天都要见到这座校门，却一直把它当成路过的风景。

大学毕业后，我成了一个男人的妻子，不久，又成为了一个孩子的母亲。从此以后，大学校门成了一道陌生的风景。

面对熟悉而又陌生的校门，我的心仿佛凝固了一般。

究竟我在这里伫立了多久？

我情不自禁地走向了学校大门。

走了一会儿，眼前出现了一片小树林。三十年前，每逢春天，粉红色的杏花，白色的梨花，浅红色的桃花在这里争奇斗艳，争相绽放。清晨，清新的空气和鸟儿清脆的鸣叫声，为渴求知识的学子们带来了清新和舒畅。

大学校园是青春男女成长的摇篮，也是美好青春的一种象征。

如今，一切都已经变了。用雪白的柱子围成的亭子，模仿原木做成的圆桌和椅子，与树林中青翠碧绿的树叶和开裂的墨绿色树枝相映成趣，散发着一种宁静而安详的气息。

校园的景色已然发生变化，而处处洋溢的青春气息却没有丝毫的改变。

我想寻找一张圆桌，希望在阳光映照下有斑驳的树影的圆桌，于是加快脚步，走进树林深处。

“大婶，给我们拍张照片好吗？”

不知道什么时候从树林里钻出来三名高中模样的女学生，递给我手机。估计，她们是今年刚刚入学的新生。

大婶？

并不是什么陌生的称谓。

现在，无论是谁见到我都会这么称呼的。可是，在大学校园里被人称作大婶，心里不免有些不快。似乎觉得自己从年轻的姑娘一下子变成白发苍苍的老人似的。

我放下心中的不快，为这些躲在雪白的亭柱后，齐刷刷地伸出脸蛋的学生们拍了几张照片。她们的表情可爱而迷人，而我对此无动于衷。

学生们离开后，树林里恢复了宁静。我呆呆地站在树林里抬头远望，忽然，图书馆的牌匾映入我的眼帘。

上大学的时候，除了教室，去得最多的地方就是图书馆了。图书馆，从某种意义上说，浓缩了我整个的大学生活。

那时，在图书馆里，时常可以看到我的身影。我的身边有银姬陪伴。银姬是我同村的发小，一起考入了大学。从东宁这座小县城来到延吉这座陌生的城市时，银姬不单单是我的朋友，还是精神上的支撑。我们相处得比亲姐妹还要亲密。

不仅在年级里，就是在整个学校里，大家都知道我们是亲密无间的闺蜜。我们俩总是形影不离。

虽然我们读的是与文学毫无关系的经济专业，可是我和银姬都有一个共同的梦想，那就是成为作家。我们经常待在图书馆里，担任校园杂志社的编辑。作为经济专业的学生，我和银姬是与众不同的。

另外，在图书馆里孕育了我的爱情。

健毅。在图书馆里，经常可以看到健毅。那一天，我和银姬一起在图书馆寻找插入杂志里的诗歌。银姬选择了尹东柱的诗歌。如果我没有记错，那一天银姬捧着尹东柱的诗集看个不停。

是《序诗》吧？

不，好像不是《序诗》。

我依稀记得，银姬选择的诗歌，不是《自画像》就是《另外的故乡》。可是，我第一次反对选用银姬挑选的诗歌。

我挑选的诗集不是尹东柱的诗歌而是美国的艾弗里德·德索萨的

诗集——《爱如从未心伤》。

诗歌的题目就一下子抓住了我的心弦。不是迷惑而是被幽灵牢牢地吸住一般。

舞时目空余子
爱如从未心伤
唱似旁若无人
做若无须钱财
活则乐比天堂

当年读到的诗句，虽已过了三十年，至今却记忆犹新，历历在目。

银姬走近我的身边，从我的手中夺过诗集。读完这首诗，她也禁不住连连称赞。

“每句诗都很打动我啊，我最喜欢的是最后的一句。把每一天都当作人生的最后一天来珍惜，要是这么对待生活，肯定会认真地对待自己和自己的家人的。”

和这首诗歌一样，给我留下深刻印象的是诗人坎坷不平的人生经历。

这位女作家，六岁时因患有小儿麻痹症成为残疾人；八次脊柱手术，截肢，吗啡中毒；十八岁时因为交通事故，脊柱受伤，引起下肢瘫痪；父母双亡；成人后，三次怀孕三次流产；四十七岁时，以自杀结束生命，却留下许多悬念。生前，她的身体有三处用铁板固定，躺在床上，空中挂着帆布创作作品。她用自己众多的作品与世界交流与沟通。女作家对生活的执着和热爱，滋润着激情燃烧的两名女大学生的心灵。

“原来，你们俩躲在这儿呢！”

身材健硕、脸庞清秀的一名男生大步流星地走向我们。

他就是健毅。

健毅是我们上一届的师哥。在学校举行的一次活动中我们偶然相识。他说他对我一见钟情，然后对我穷追不舍。

健毅是机械专业的高才生，不喜欢读文学书籍。他的人生哲学是，作为一名男子，不能过于沉浸在感性世界里。可他喜欢给我买一些诗集，还让我给他朗诵其中的一些诗歌，然后静静地欣赏。

这样的健毅，我也非常喜欢。

在图书馆里，他读机械方面的书籍，而我却看文学方面的书籍，两个人各自读各自喜欢的书，互相也不觉得有什么妨碍。在图书馆里，健毅有时伸出手从桌底下偷偷地握住我的手。这时，我不敢甩开他的手。担心甩开他的手时，会弄出响声，引起周围人的注意，传出去会影响我的名声，我只好红着脸让他握着我的手。

如果健毅也到图书馆，银姬就到别的书桌前，认真读书。

那是什么时候的事情呢？

那一天，我读书读得很投入，而且读得很晚。当我要离开图书馆时发现，身边坐的不是银姬而是健毅。我们两个人走出图书馆，来到宁静的校园。突然，健毅给了我深情的拥吻。此后，我的心完完全全地属于健毅了。

站在图书馆门前，我无法挪动脚步。

图书馆，是见证了我全部大学生活的地方。

这里有我的青春。

这里有我的梦想。

这里有我的闺蜜——银姬。

这里有我的爱人——健毅。

这里是印刻着我美好生活的地方。往事如烟，如今留下的只有美好的回忆。

大婶——

学生们在校园里的称呼，在我耳边回响。

追忆已成往事，我已成为大婶。银姬、健毅早已离开了这里。如今的我似乎没有信心守护曾经美好的一切。

健毅？

现在，他是我的丈夫，我和他生活在一起。然而现在的他，再也不是当年的健毅了。

银姬？

大学毕业后，她留在延吉，我们依然保持着友谊，可是她也没有了当年的浪漫。

突然，我特别想念丈夫。

我加快脚步离开了图书馆。

走出大学校门，我无视信号灯，横过马路。

驶过的出租车紧急刹车，司机探出头来，大声叫骂着。可我全然不顾。

正巧4路公交车驶进站点，我坐上公交车。

公交车行驶了好久，到了丈夫的公司前。丈夫大学毕业后，被分配到延吉市机械厂工作。当时，工厂运营良好。没多久，在市场经济的浪潮下，企业竞争加剧，曾经的国营企业市机械厂开始走下坡路，面临破产的境地。机械专业毕业，视厂为家的丈夫，承包了厂子。

经过许多挫折和磨难，丈夫创新技术，研制出具有现代化、高性能的新型农机械，将工厂打造成了一家市重点企业。新建的公司办公楼和厂房仿佛在炫耀自己的存在，威武地矗立在眼前。

站在公司办公楼前我有些犹豫了。

正巧，丈夫和公司职工们一起走出办公大楼。身着公司工作服的丈夫，与早晨上班时身着西服、戴着领带的神情截然不同。

虽然看见了丈夫，我却没有勇气走近丈夫。好像此时此刻我的出现，会打破原有的秩序。我的犹豫，让我驻足不前。

我转过身，丈夫他们一行人从我身边擦肩而过。我呆呆地凝望着丈夫的背影，转身拦住一辆飞奔而来的出租车，坐进车里。

“您要去哪儿？”

见我上车后没有说话，出租车司机问道。

去哪儿呢？今天，特别想见到银姬。

“去青年湖对面的银姬会计事务所吧。”

大学毕业后，银姬和健毅的朋友结了婚。银姬的丈夫是州政府的公务员，发展得很好。

银姬的人生轨迹和我完全不同。我结婚后，以丈夫开公司忙为借口，辞去了工作，成为专职的家庭主妇。银姬没有因为丈夫事业有成而放弃工作，取得了注册会计师资格后，开办了自己的事务所——银姬会计事务所。

用自己的名字命名的会计事务所，成为银姬施展才华的舞台。这里没有丈夫的光环，成为了她发光发热的空间。

空间？

当初，我选择家庭主妇的道路时，银姬千方百计地劝阻我，说女人也要有自己的空间，我全当耳旁风。现在，我才如梦方醒，似乎明白了银姬当初所说的自己的空间意味着什么。

见到我，银姬感到很意外。

银姬身着一袭深蓝色连衣裙，左胸上戴着白草胸针，全身上下散发着一种职业女性特有的魅力。她的头发，乍一看像是黑色，仔细端详，在阳光反射下呈现出柔和的紫色，她将头发整齐地盘在头顶，一丝不乱，越发显得干净利落。曾经圆鼓鼓的脸庞，像是用熨斗熨过一样，润泽而富有弹性。脸上化了淡妆，并不显得死板，也不显得妖艳。

银姬用肩膀和下颌夹着手机一边通话，一边给我冲咖啡。我趁机环顾她的办公室。占据整个一面墙的资料柜里，摆放着银姬的会计事务所负责的公司和企业的资料。

三四名公司职员在接电话或者整理资料，都在紧张地忙碌着。

银姬会计事务所代新成立的公司办理营业许可证，根据企业每月的营业额计算缴税金额，向税务局提交财务报表，看出来他们的业务量非常大。他们公司坚持严格的管理制度，以顾客至上、方便顾客为原则，悉心为客户服务，这些年来，公司的口碑越来越好，公司经营得也是风生水起。

银姬一边忙着接打电话，一边吩咐下属工作。她忙了很久，才有时间和我坐在一起。

“今年，从五月一日起吉林省全面实施营业税改收增值税的新税收政策，我们的业务量增多了不少，所以现在我们忙得脚打后脑勺啊。”

营改增范围扩大了，除了原来征收营业税的建筑业、房地产业、金融业之外，像餐饮服务业等行业也都要实行新政策，所以他们公司的业务量明显增多了。我完全能够想象得到，现在他们的工作有多么繁忙。

我低下头盯着咖啡杯静静地听着银姬说话，不经意间看到早晨无意中穿出来的拖鞋，羞愧地将脚伸向桌子底下。原来喜欢干净整洁、追求时尚的我，不知从何时起，只喜欢舒适和方便，完全疏忽了对自己的管理。

听着银姬羡慕地说：你过的日子多舒服啊，我想微笑着回应她，可是嘴角动了动，却说不出话来。

银姬不停地抱怨说自己太忙了，可她身上却散发着无法抗拒的魅力、自信心和力量。这些魅力究竟来自哪里呢？银姬遵循着大学毕业时和我的约定，为自己的人生全力打拼。

相互寒暄了几句，我们之间似乎没话可说了。

电话铃声接连不断地响起。

好像我在妨碍银姬工作，虽然银姬千方百计地挽留我一起吃午饭，我却婉言谢绝后，走出了他们的公司。

突然觉得双手空空的，竟然忘记今天是到百货超市采购蔬菜水果的日子。

我急忙向百货商场方向走去。可走到市场门口，却停下了脚步。

市场里熙熙攘攘，非常热闹。虽然这里是延吉人使用频率最高、人员流动最大的地方，然而和我的生活关系不大。为了丈夫和儿子的健康，我采购蔬菜没有选择拥挤热闹的市场，而是选择质量好、价格贵的百货商场超市。

市场，是很多人喜欢光顾的地方。在这里他们相互交流，相互融合。然而现在，我连这样的地方都融合不进来吗？

本来我准备去百货商场购买蔬菜水果，现在却转向了市场。

市场上，摊主们的叫卖声此起彼伏，他们竞相推销自家的商品。现在是中午，发现有些摊主坐在小板凳上一边吃着盒饭，一边照顾着生意。

市场里喧闹嘈杂，人声鼎沸，却散发着浓浓的人情味。

逛了一圈市场，我的手里依然是空空如也。虽然市场里摆满了蔬菜、鱼肉，可我不知道应该买些什么。我似乎成了局外人。

走出市场时，我两手空空。可奇怪的是，心里并没有像原来那样空虚。

来到市场外边的小胡同里，看到农妇们从山上和农田里摘来很多新鲜的蔬菜和野菜来出售。被烈日暴晒的黑脸膛，让人难以分辨出她们的性别。如果不是高高隆起的胸脯，我都很难分出哪一个是女人，哪一个是男人。

有人在我前面正在跟村妇们讨价还价，他们的声音很高。

我知道在市场上可以讨价还价，可是我只问了价格，就给农妇付了钱。这是在百货商场购物时养成的习惯。而且，当看到这些农妇辛苦疲惫的神态，也不忍心节省这几个钱。

路过市场，我走进百货商场的超市。等我出来的时候，我手里拿着很多购物袋。

我在公交车站等着坐公交车回家，可公交车迟迟不来。

我呆呆地望着双手提着的购物袋。这里有儿子喜欢吃的猪排，丈夫喜欢吃的沙参和鱼酱。而我喜欢吃的菜，连影子都没有。

我喜欢吃什么？

想不起来了。

我连自己喜欢吃什么都忘得干干净净，我这样活着的理由是什么？

从远处驶来 11 路公交车。

虽然是熟悉的公交车，可一次也没有坐过。也不知道这辆公交车开到哪里。

我什么都不想，就跳上了车。

公交车离开了百货商场。

公交车驶过了北大市场。

新建的高铁渐渐地远去。

离开城市中心的公交车驶向开满丁香花的山村小路上。地势较低的左侧田野里，水稻幼苗随风摇曳，一望无际的山坡上玉米叶子开始泛黄。

虽然不知道公交车开向哪里，但是很清楚是奔向某个目的地。

我看了看放在脚底下的购物袋。

很陌生。

虽然都是我提来的，可觉得一切都很陌生。

我正在去哪里呢？

公交车载着我驶向一个陌生的地方，这不是我的家。我不知道我现在正在去哪里，应该去哪里，为什么要去那里。

我究竟是谁？

一直以来，我是作为一个男人的妻子，作为一个孩子的母亲，生活着，可我究竟是谁，我却很迷惘。一直以来，我过的是一个陌生女人的生活。

大婶——

不知从哪里传来少女们的叫声。

大婶——

仿佛看见儿子嘻嘻哈哈的笑脸。

大婶——

丈夫面无表情的神态一闪而过。

大婶——

我喃喃自语，在内心深处引起巨大波澜。

“大婶”这一声称呼，让我的大脑和内心变得空空荡荡。在空空荡荡的大脑和内心里，突然涌现出莫名的空虚感和失落感。

我失神地望着天空。

天空中飘浮着一个小巢儿。这个小巢儿逐渐地向我靠拢，并一点一点地扩散，最后笼罩在整个天空中，变成一个温馨而又宁静的大巢儿。

里面却空空荡荡，没有生机与活力。

我感到毛骨悚然。

大巢儿靠近我，罩住了变得僵硬的我。我正在变成一个大巢儿。

大婶——

我使出浑身的力气喊出来的，竟然还是这句话。

最终，我变成了大空巢儿。

所有人都可以离开，只有我一个人无法离开的空巢儿。这个空巢儿在天空中游荡。

罗马斗兽场

⊙金锦姬 著

1

嗞嗞嗞嗞。

从电灯泡里传来光颤抖的声音。似乎是一个认识很久的亲密的朋友从沉睡中呼喊："永陪——永陪——"一侧的脸和肚子长时间被压着感到有些不舒服。睁开眼睛，抬起头，懒洋洋地坐了起来。这是哪儿呢？仿佛褪了色的旧报纸一般昏黄的灯光像灰尘散落在四方形的房间和室内家具上。立柜，衣柜，放着电视机的矮柜，挂着衬衫和袜子的晾衣架，断了腿的矮沙发……房子很小。肯定不是和熊奶奶一起住过的房子，而且比原来的房子小很多。

嘀嘀咕咕，窸窸窣窣。

似乎有两三个人，或者有更多的人在窃窃私语。是什么声音呢？房间里除了陈旧不堪的家具，连人影都看不见。哐！门被关掉的同时狭长的金属体吱呀一声旋转起来。硿硿硿硿！从天花板上传来说话声音和嘈杂的脚步声，不久所有的声音渐渐消失。心里想，这些肯定就是房东的家人了。深埋在地里，只露出房顶的我们家房子是地下出租屋。在我们家棚顶边静静伫立的明亮而又高大的房子是房东的房子，妈妈是这么告诉我的。可是，很奇怪，这些人的脚步声已然消失，然而窸窸窣窣、嘀嘀咕咕的声音依然长时间回荡在房间里。

我双手撑地，慢慢地起身，摇摇晃晃地迈着脚步，打开卫生间的门。水管道里发出的腥味不禁让我打了个激灵。撒完尿，我重新回到房间时，忽然明白那些声音是从哪里传出来的了。一直以来，我和熊奶奶一起看的都是说中国话的电视，而像现在用韩国语说话的电视，怎么瞅也不像是电视。

要多听听韩国语，尽快地学会韩国话，妈妈上班时让我打开电视机，一边听一边玩。房间的地板上，刚刚我趴着睡觉的地方，旁边放着一个扁平的盒子，盒子盖歪斜着，能看见里面的东西。我揭开盖子，哗啦啦，一下子把里面的东西全部倒在地上。是前天妈妈带着我去 E 玛特买的五百块的拼图。

“法兰德斯的教堂吗？这是一千块的拼图。”

罗马斗兽场，名字很别致，外形也同样别致。是以褐色为主色调，有很多扇窗户的圆形建筑。窗户上没有玻璃，一扇扇窗户仿佛是洞开的鼻孔，而且没有房顶，拐角处的墙体严重坍塌。我喜欢旁边的拼图模型。在暗蓝色的冬夜，迎着纷纷扬扬的白雪，静静伫立着一座尖顶房子。可是，妈妈最后却买下来罗马斗兽场拼图。

“您问法兰德斯教堂吗？这是一千块的拼图。如果是九岁的初学者，从五百块的拼图开始拼装，已经很不容易了。”

腰间围着红色围裙的姐姐笑眯眯地看着我。我躲开姐姐笑眯眯的眼睛。不管她笑得多么亲切，人们也许没有察觉，她的眸子在眼眶里不住地颤抖，就好像灯泡里的钨丝嗞嗞嗞不住地颤抖一样。

“我们永陪能不能一个人在家里待着啊？妈妈打半天的工就回来。

你再坚持几天，妈妈已经跟社长打了招呼，很快就会辞职回家，专心照顾你的。”我来到这个家里后，所谓叫妈妈的那个年轻女人，每天早晨吃完饭，用剩饭剩菜打发我的午餐，临走时还对我说了这些话。来到这个家已经有多长时间了呢？是一周，是十天，还是半个月呢？房间里只有一扇像挂历一般大小的窗户，而这扇窗户被什么东西遮住了一半。可怜的阳光只能从半扇窗户里透进来，房间里总是黑乎乎的。我说不清楚，妈妈是不是早晨上班的，也说不清楚她到底是不是只上半天班。妈妈上班前，把饭和菜放进电饭锅里。妈妈告诉我，我小时候，她对我特别上心，一日三餐都给我做新鲜美味的饭菜。我一边吃着妈妈做的炒鱼丸和鸡蛋羹，一边拼命地回想妈妈给我做过的美味佳肴。可是不管我怎样绞尽脑汁，拼命地想，也想不出一道菜肴来。甚至还有些怀疑，我眼前的这个妈妈是不是我年幼时照顾我的妈妈，或者偶尔给熊奶奶打电话的妈妈，我真的无法确定。

每天早晨，爸爸都比妈妈出门早，回来得却比妈妈晚。除了偶尔一天的休息日，爸爸很少在家里吃饭。平日里，妈妈回家后，就会做晚饭，然后和我一起吃饭。吃完饭，洗衣服，晾衣服。等我和妈妈一起洗脸刷牙时，爸爸手里拎着一个纸袋子走进来，里面装着甜饼或者鲫鱼饼。“永陪啊，你来看看，爸爸都买来什么好吃的东西了？”每次回家，爸爸都是急不可耐地打开房门，张开双臂，等着我扑向他的怀抱。然而，我讨厌他陌生的嗓音，觉得这声音太吵，就远远地躲到房间的角落里。记得我乘坐飞机，飞到韩国，走进宽敞的大厅里，第一次见到来接我的爸爸时，并没有感到多少温暖和亲切，反而感到陌生和害怕。如果说，在我的记忆中，对妈妈似乎还有一些模糊的印记，对爸爸，却没有任何印象，是一片空白。爸爸是偶然在电话中传来的一个声音，而且这个声音远远没有妈妈的声音多。“永陪啊，我是爸爸，爸爸呀。我们家永陪现在好吗？现在做什么呢？好好学习吗？听奶奶的话吗？……”几年来，电话里传来的爸爸的声音，不仅是语气，连说话的顺序，都没有丝毫的改变。每次父母来电话，我都默默地听着，什么话也不说，然后把电话递给熊奶奶。我想这不是在通话，而是履行一种必不可少的仪式。这种仪式对他们来说是必需的，对我来说也是必要的，可以说是不能再简化的最后的一道礼节。记得在航站楼的大厅里，爸爸气喘吁吁地跑过来，张开双臂像网一样紧紧地罩住我的时候，我几乎要窒息。我从未希望用这种方式被人拥抱，这在非常熟悉我的熊奶奶那里也一样行不通。我使出浑身解数，从他的怀里挣脱出来，拒绝他的拥抱。可是过了几天，他似乎把这事忘到脑后，每次带着酒味回家时，又想做无谓的努力。

“永陪，永陪，是爸爸来了，我是你亲爸爸啊！”看到直往角落里蜷缩着身子的我，爸爸用尽全力拖住我，“陪陪出来吧，出来。一整天，你一个人待在家里一定很无聊吧？现在，爸爸陪你玩。我们玩什么呢？永陪喜欢玩什么呀？”受伤的心，用这种雕虫小技根本无法治愈。爸爸执着的目光，让我的前额火辣辣地疼，我悄悄地转过头去，我用眼角余光偷偷地看着爸爸和妈妈。他们的忍耐力似乎达到极限……

爸爸双眼充血，怒气冲冲地盯着我。犹如刀刃般尖厉的声音冲向我的耳膜：“韩永陪，你这小兔崽子！爸爸的话，你听不见吗？快滚出来。”这点威胁，吓唬不了我，我根本不会从安全的角落走出去。我一动不动地站在原地，爸爸愤怒地敲着地面。妈妈急忙出来拦住爸爸。

“别为难孩子了。孩子本来胆子就小，现在还认生，慢慢会好起来的。”爸爸将手里的甜饼和鲫鱼饼呼啦一声扔到矮沙发上，愤愤地脱下衣服甩到地上，哐的一声跌坐在铺着褥子的地板上。“当初，我是怎么跟你说的？不能把孩子交给那个无知的老太太抚养。”爸爸指着妈妈的鼻尖骂道。

妈妈也毫不示弱。难道这都是我的错吗？现在，孩子已经都这样了，你让我怎么办？至少，他上幼儿园之前，我还是尽了母亲的责任。孩子长这么大，你都做了些什么？作为爸爸，你给孩子和我赚了足够的钱吗？你管过孩子吗？别说挣钱，要是那笔辛辛苦苦积攒下来的钱，不让你败光，咱们家也不至于到这种地步啊……我把毛茸茸的薄被子拉到头顶上，一直往墙角里蜷缩着身体。心想，这个破家，这个鬼爸爸，这个鬼妈妈，还有我的鬼脑袋，统统打得稀巴烂才好呢！可是，这样的想法一句也不敢说出来。我躲在被子里，心里非常想念熊奶奶。和熊奶奶一起生活过的家，浸透着熊奶奶味道的被子和枕头，动不动就拍打着膝盖的熊奶奶粗糙的手……想着想着，灯就被关掉了，妈妈抱起缩成一团，身体僵硬的我，平放到妈妈和爸爸之间。妈妈身上散发出的冷冰冰的肥皂味，爸爸身上的酸味，让我感到非常陌生。好在，关掉了灯，我还能忍受。说实话，如果他们不是对着我大喊大叫，也不是要看穿我似的死死地盯着我，我也不觉得和他们在一起生活有什么不好。

罗马斗兽场，仿佛在漫长的岁月里，任意地蹂躏、诬陷，操纵他人，而后，自己又遭受攻击，践踏和谩骂的人一般，显露出复杂的表情。人们竟然在这样的建筑物面前拍照留念。我无法理解在这凄惨地腐烂着的尸体面前，面带着笑容，摆出各种姿势，忙于拍照的人，有什么值得高兴的呢？我仔细地查看堆在一起的零零碎碎的拼图块，按照围着红围裙的姐姐说的话，像我这样的初学者（在拥有正常的智力的前提下），要想拼装好这些拼图，需要花费好几天的时间。我似乎看出，这些拼图各自发出不同的声音，做出不同的表情。假如，这些拼图同声合唱的话，会发出怎样美妙的歌声呢？我出神地望了一会儿拼图，收回了思绪。我打开盒子，一把一把地抓起这些拼图放进盒子里。我担心它们发出的惨叫声从盒子的缝隙间泄露出来，盖紧了盖子，然后将盒子放进衣柜里。之后，我从衣柜里拿出我的背包。这是我从中国带来的背包，把手伸进包里上下翻动，触摸到冷冰冰的金属块，我毫不犹豫地拿了出来。是轮子，不，是小汽车吧？

“陪陪，这是车啊。”熊奶奶一只手拿着金属块，在我的面前摇晃着。她用另一只手一边指着轮子，一边说道：“这是轮子。”“听明白了吗？明白了吗？这是车，这是轮子。”刻在熊奶奶脸上的深深的皱纹像水波一样跌宕起伏，隐藏着很深的悲伤。我佯装听懂熊奶奶的话，点点头。实际上，我早就认为自己知道什么是汽车了。但是，熊奶奶说的汽车到底是什么，为什么有时候称它为汽车，有时候又称它为轮子，我无从知晓。这些都和我无关，反正我喜欢汽车。这种东西，啪啪拍一下，就滴溜溜地转，再使点劲拍，唰唰地飞快地旋转。这个黑溜溜的、圆鼓鼓的东西，只要用手指头用力一弹，里面的一个个银条瞬时变成一个圆盘不停地旋转，在这一瞬间，我会感到非常兴奋呢。

“你是善良的孩子。”熊奶奶接过叔叔递过来的手绢，一把鼻涕，一把泪地说道，“你到了你爸妈那边，一定要好好听爸爸妈妈的话。爸爸妈妈上班后，一定要老老实实地待在家里，不能一个人乱跑。一个人好好在家里玩，知道了吗？”在挂着飞机起飞画面的大屏幕前，熊奶奶反反复复地给我系了四次背包的背带，“哎哟，这么小的孩子有什么罪啊？”记得，大厅里的地面非常宽敞、整洁、闪亮，灯光也格外明亮。那里人山人海，人们在行李车里装满了各种东西。站在熙熙攘攘的人流中，我发现熊奶奶、叔叔和我，身上的衣服是灰土土的，穿着也比别人都厚。

没有一个人像叔叔一样留着乱蓬蓬的长头发，也没有一个人像熊奶奶一样戴着用旧毛线织成的帽子。我悄悄地解开了围在我脖子上遮住我半边脸的蓝围巾。

“无论如何也请您帮忙。孩子爸爸说了，到了那边，他会在机场接机。飞机上的两个小时，就拜托您了。这个孩子很听话……”在拉着行李箱排着长队等候进入玻璃门里的人群中，熊奶奶拉住了一位身着草绿色制服的叔叔，诚恳地哀求道。叔叔似乎有些不耐烦，随口应答着，并上下打量着我。“行李就不用托运了，你背好背包紧跟着我就行了。”由于身后的人相互推搡着，我来不及看一眼熊奶奶，就被人群推进玻璃门里面。无意间放开我的手的熊奶奶哽咽着说道：“哎哟，小小年纪这是遭什么罪啊！”来往的旅客都好奇地望着熊奶奶。“要是我身子骨硬朗一些，我还能帮着多带几年。”熊奶奶拿起手里黑不溜秋的手绢向我摇晃，似乎在召唤我回去。叔叔拉住了熊奶奶的手。“妈妈，好了，咱们回去吧。”“我以后还能不能再见到这个孩子呀……这小子长大后能不能做人啊……”我跟着身着草绿色制服的叔叔，左拐右拐，拐了好几个弯。从玻璃门那边，闪过熊奶奶的紫色棉袄，最后被人群挡住，再也看不到她的身影了。

身着漂亮的制服，脖子上装饰着小围巾的一位姐姐匆匆地走过来，和身着草绿色制服的叔叔说了几句话。草绿色制服的叔叔把我的背包递给姐姐后，用手指了指玻璃门那边。“据说孩子的父母去韩国已经好几年了。这个孩子应该是留守儿童吧。”最后，叔叔说了这么几句话。我跟在姐姐的后边，走过了两道玻璃门，又走过长长的一条走廊，然后走过有很多椅子的大厅，最后到达了写有“2”字的航站楼。伴随着奇怪的机器声，航站楼在微微地颤抖。又转了两次弯，在航站楼的末端，站着和姐姐一样身穿制服的另外的一些姐姐，她们的身后整齐地排列着很多与沙发类似的座椅。据说，这些椅子就是所谓的飞机啊。坐在这些椅子上，就可以飞上高高的蓝天，飞到爸爸妈妈所在的韩国，真的有些不可思议。

我把小汽车放到膝盖上，然后弯腰屈膝半蹲在地上，我伸直双臂向身体两侧张开。可是，有些不太满意……我转头环顾狭窄的房间，目光停在了立柜旁静静伫立的抽屉柜上。打开立柜，把里面的枕头和被褥拿出来，铺在抽屉柜下面，然后我踩着被褥爬到抽屉柜上面。像刚才一样双手向两侧伸开，下巴向前伸着，缩着身子半蹲下来，似乎有一股风从耳边唰唰地吹过。

这下，电视机顶端看得清清楚楚，矮沙发显得更加矮小。现在，似乎有了和坐飞机一样的感觉。嗡——飞机发出低沉的长吟声，穿过白云层，自由地飞翔。飞机翅膀在扑簌簌、扑簌簌地抖动。飞机呀，飞机呀，你要飞向哪里啊？白云层中的水滴沾到飞机机翼上。飞机呀，飞机呀，你怎么会飞得这么快啊？呼——呼——成群的大雁气喘吁吁地追赶着飞机。我扑哧一笑，心想，飞机外形像“士”，士兵的“士”，这下，我的模样肯定也像“士”，像展翅飞翔的飞机。

“你的工笔画画得很好啊。”有那么一次，美术老师站在我的书桌前说道。我只不过是照着画册上的模样描出来的。难道其他的孩子看不见，老鹰长在脑后的两绺翎毛，翅膀下的毛茸茸的汗毛，以及握紧的脚爪上网状的纹路吗？孩子们在我身后发出哧哧的讥笑声。你画的是什么啊？这还叫老鹰吗？他懂什么呀？啥都不懂。他是我们班里的倒数第一，是蠢驴。孩子们在玩“赛尔号”拍硬纸牌游戏时，或者玩僵尸打猎游戏时，从来不带着我玩。我也买了一套赛尔号硬纸牌，认真地查看硬纸牌，并试图记住每张纸牌的功能。虽然我想尽办法要记住所有精灵的能量数值和绝杀技，但是仍然不知道什么时候，应该出什么牌。为什么，上次要拿出硬纸牌米咔，下次要拿出纸牌雷伊（电的精灵），可这次却不再按照这个顺序出牌。他们每次出不同的纸牌，不知道究竟是按照什么规则出牌。孩子们是怎样掌握了这些秘密，不管我怎样绞尽脑汁也想不出原因。所以，凡是孩子们玩的所有游戏，我一直都参与不进去。

说实话，我也不是特别想加入到他们玩的游戏当中。我只是远远地看着他们玩游戏，自己呢，玩自己的游戏。可是那帮孩子一边玩游戏，一边朝着我这边比画着，还哧哧地笑着。个子矮小、身材瘦弱的几个孩子，尤其喜欢戏弄我。他们在僵尸游戏或者足球比赛中被淘汰出局后，故意刮掉我书桌上的教科书。老师们明明看到这些，却置之不理。

飞机是“士”，我坐在“士”形的飞机里飞翔。飞机时而向左滑翔，时而向右滑翔，时而冲向高空，时而向下俯冲。

我坐在飞机前舱的座位上，玻璃窗里反射出我苍白的脸。

飞机在跑道上迅速滑行，随后嗡的一声冲向高空，我感到有些不安和恐惧，紧紧地抓住安全带。窗外的天空倾斜得厉害，耳朵嗡嗡作响，感到胆战心惊。我恨不得从飞机椅子上跑下来，回到熊奶奶身边。什么韩国，什么爸爸妈妈，统统都不喜欢。“别紧张，过一会儿就好了。”身着漂亮制服的姐姐坐在我对面的椅子上对着我微笑。她接过来我递给她的背包，放到行李架上，给我系好安全带，眼睛始终没有离开过我。虽然我没有直接和姐姐对视，但是，我一直偷偷地观察着姐姐。“年纪不大，还挺勇敢的嘛。敢一个人坐飞机去国外。”等飞机不再颤抖，窗外的天空重新找到平衡的时候，姐姐解开了安全带，给我端来了一杯果汁，“刚才送你的是你奶奶吗？是你的亲奶奶还是你的姥姥啊？”我接过来装满果汁的杯子，来回抚摸着想。都不是啊，不对啊。就是熊奶奶啊。因为我不知道应该怎样回答，只好不住地摇头。如果是奶奶，或者是姥姥，我就不叫她熊奶奶了。到底是从什么时候开始我叫她熊奶奶的呢？

从我的手指尖拂过一缕清风，有些痒痒的。风一团团地从我身边吹过，它们张大眼睛，惊讶地看着我，看着像我一样长得奇怪的飞机，奇怪地飞翔。飞机啊，飞机，你到底是一架什么样的飞机呢？你正在飞向哪里呀？

你不觉得孤独吗？为什么一个人在飞翔？我无法像鸟儿一样展开着双翅飞翔，伸展着的双臂感到越来越沉。孤独吗？确实很孤独。我是在飞往韩国的途中啊。所有的飞机都往韩国飞。除了韩国，飞机还能飞到哪里呢？熊奶奶从来没有说过。还要飞多久呢？其他的飞机都飞到哪里去了？为什么在广阔无垠的天空中，只有我一个人在飞行呢？

"看来啊，你妈妈也就只有这个办法了。要是签证办好了，让我儿子买张机票，把你这个孩子送过去吧。"接到妈妈的电话，熊奶奶一边叹着气，一边摇着头，"哎哟，陪陪啊，你的命怎么这么苦啊。你姥姥去世得早，你亲奶奶为了挣钱，去照顾别人家的孩子，顾不上自己家孙子了。你那年轻的爸爸和妈妈，也不知道是挣到钱呢，还是没挣到钱啊，也不想着好好照顾你，这么怠慢你啊……陪陪啊，给奶奶拿药来吧。"

"对啦，再端来一杯水，我们家陪陪是多善良的孩子啊……"熊奶奶就这样病了好几天。

过了一段时间，叔叔背着比我个头还要大的行李袋，给熊奶奶的衣服、枕头、手巾、药打包。熊奶奶脸上的皱纹又加深了。"你大概打包一下就行了，我还能活几年啊。"

熊奶奶一边说着，一边把我最喜欢的汽车，我从建筑工地上捡来经常玩的沙漏，还有从恒客隆超市买来的饼干和牛奶放进我的背包里。"他妈妈不是说，孩子的东西什么都不用带吗？那是他的亲妈亲爹，以后都会给他买新的吧。他的玩具啊、衣服什么的，就别扔了，给我们家石头（石头是熊奶奶的亲孙子的昵称）留着吧。”叔叔包好了熊奶奶的东西之后，从衣柜里拿出我的衣服、玩具，还有学习用品，全部装进他带来的行李袋里。甚至，背带快要掉下来的书包，还有已经折断的一块块彩色蜡笔，浸湿汤水变得焦黄的我的内衣，一一捡起来都装进袋子里。“你瞧瞧，陪陪的爹妈呀！也不知道他们挣了多少钱，这些东西都不放在眼里，都要统统扔掉！”

那天晚上，我和往常一样，铺开被褥和熊奶奶并排躺下来，在黑暗中怔怔地望着天花板。我隐约地闻到了熊奶奶的枕巾上散发出来的特有的味道。熊奶奶轻轻地拍打了一会儿膝盖，侧过身用粗糙的手轻轻地抚摸着我的脸颊。“这小家伙什么时候长这么大了，刚来的时候只有小扫把那么大，天啊……”在一片沉寂中，熊奶奶仿佛是第一次见到我一样新奇地望着我。就在这一瞬间，似乎有个声音在脑海中响起。“我们家宝贝乖，不要再哭了。这是以后跟宝贝一起生活的奶奶，不是亲奶奶，……是姑奶奶……叫一声姑奶奶……不是熊奶奶，是姑奶奶。”并不陌生的年轻女人的声音。幼童嘤嘤地哭泣。“宝贝，宝贝，别哭了，别哭了。”年轻女子的声音渐渐地消失，变成熊奶奶的声音。“陪陪，陪陪，奶奶背你啊，奶奶背你去那边看看。陪陪，我们去看看妈妈什么时候回来……”在我的脑海里不同的声音混乱地交织在一起，各种声音都说了些什么一点都不清晰。我悄悄地望着熊奶奶的眼睛，枯木死灰般灰蒙蒙的瞳孔里似乎有些东西在闪烁，我想起更多更清楚的往事。

每天，只有我和熊奶奶两个人住在这间房子里。早晨，有时熊奶奶做好了馄饨或者蒸饺，有时熬好了小米粥或者煮好一碗热面条，轻轻地摇醒我，叫我吃饭。熊奶奶煮的面条多好吃啊！熊奶奶总是把煮好的热气腾腾的面条放在卧室的窗台上，然后走到床边，把粗糙的手伸进我的被窝里轻轻地拍着我的屁股说：“陪陪啊，陪陪啊，再不起来要迟到了。

快起来吃早饭吧。今天，奶奶做了陪陪最喜欢吃的面条啊。”趁着我刷牙、洗脸的空隙，熊奶奶一手端着碗，一手拿着竹筷子从碗里捞出面条，呼呼地吹凉面条。其实，我完全可以自己吃。

每天早晨，熊奶奶都要喂我半碗左右的早饭。“来，多吃点饭。人是铁饭是钢，人啊早晨要吃得好，白天精神头才能足啊。”

吃完早饭，熊奶奶替我背着书包，送我去学校。因为膝盖疼，熊奶奶扶着楼梯扶手慢腾腾地一级一级地走下楼梯。在没有上坡的人行道上，熊奶奶走得也相当慢，我挣脱她的手，自己一个人向前跑去。其实，在熊奶奶跟前我一次也没有一个人独自横穿过斑马线。每当我跑到十字路口时，都会兴致勃勃地观看穿梭往来的车辆。这时，熊奶奶都会担心地尖叫：“陪陪，千万别跑。等奶奶一起过去。”

蹲下去的小腿感觉有些发麻，我慢慢地起身。把两只胳膊轻轻地放到身后休息一会儿。飞机怎么没有休息的停车点呢？天气这么好，飞得这么高，让翅膀休息一会儿，也没关系吧？

坐在飞机上的我，吃完姐姐送来的盒饭，沉沉地睡去。睡梦中，似乎感到轻飘飘软绵绵的东西覆在我的身上。是熊奶奶吗？不是，熊奶奶身上从来没有如此清香的味道。也许是妈妈？是小时候的妈妈来看我吗？

喂，飞机，你为什么折叠着翅膀飞行呢？这很危险，你会摔下去的。成群结队的麻雀从身边飞过时叽叽喳喳地提醒道。你现在是在大海的上空飞行。你飞过大海才能抵达韩国。没等麻雀们说完，飞机剧烈地摇晃着，左右摇摆，从空中极速下滑。飞机重新张开翅膀，终于找到平衡，然后在适当的高度，平稳地飞行。耳边传来有节奏的风声。

“妈妈，石头的妈妈也同意赡养妈妈了。早应该把您接过来，都怪我没出息，让妈妈您受苦了。这个孩子，他爸妈迟早会接走的。要是你一个人继续带着孩子会很危险。您不是说胸口经常发闷吗？虽然说是收钱养孩子，也得先考虑自己的身体啊。”给熊奶奶和我打好行李后，第二天早晨吃饭的时候，叔叔说道。熊奶奶默默地把剥完皮的鸡蛋一个放到我饭碗里，另一个放到叔叔的饭碗里。叔叔到前面叫一辆出租车时，奶奶紧紧地握住我的手，站在楼房下面。“陪陪啊，这些年，你是我的饭碗，是我的朋友，是我的孙子。你要是走了，我可怎么办呢？……”不知为什么，她的这番话让我心里一阵难过。我应该用什么话来安慰她呢？我只能紧紧地握住她的手站着。

每年的春节，叔叔都带着石头和石头的妈妈一起到熊奶奶和我住的房子里来过节。过一两天之后，长得像熊奶奶的阿姨和姨父也带着他们的孩子璐璐（熊奶奶的外孙女）一起来看我们。叔叔乘坐大巴来，他们要花费大半天时间，才能到我们家里。阿姨她们却要坐整整一天的火车，才能到我们家。也许是因为这个原因，阿姨他们一家人来到我们家时，头发凌乱，满身疲惫。阿姨和姨父都没有叔叔说话多，脸冻得通红，手都皲裂开来。和石头长得非常像的石头的妈妈，说话声音总是最洪亮、最尖厉。不管是做水饺，还是做煎鱼，大家都按照她的意思来做。熊奶奶和我一样，在一群人中，总要找个角落坐下。嘴上总是说，随你们的便，吃什么都行。

刚刚走进我们家里，石头不知从哪儿找出来我的玩具，高高兴兴地玩起来。我躲着石头跑到卧室，藏在窗帘后边。璐璐跟在石头的身后蹦蹦跳跳，他们开始叫我哥哥，不久就跟着大人一起叫我陪陪。大人们在客厅里摆上饭菜，热热闹闹地吃饭时，我用窗帘卷起身体藏在里面，挂窗帘的一面墙壁，正好有凸出的部分适合我坐在上面躲藏，我坐在有暖暖的阳光照射进来的窗帘里，感到温馨而宁静。每当这时，他们两个孩子就到我躲藏的地方，唰地拉开窗帘：“陪陪，原来你躲在这里呀，你在干吗呀？快出来，咱们一起玩吧”。石头对着我挤眉弄眼。“我不愿意玩。”说完，我重新拉上窗帘，用窗帘把自己紧紧地裹住。说时迟那时快，石头双手敏捷地拉住窗帘一角，又唰地拉开窗帘，说道：“你真奇怪，也不跟我们玩。你是不是傻啊？”我不理睬他们，伸开双腿坐在地上，石头从我的腿上跳来跳去，戏弄我。璐璐也跟在旁边跑来跑去。石头跳过来又跳过去的腿在我眼前摇摇晃晃，璐璐也跟着转过来转过去。……烦死人了，我感到脑子一片混乱。石头不小心，脚后跟踩到我的脚指头上，我不由自主地“啊——”的一声尖叫起来。第一次听见我的尖叫声，孩子们一下子呆住了。我从比我矮一截的石头手里一把抢过玩具，然后向他头顶砸去。虽然看见他的额头上流出了几行鲜血，还是随手拿起身边的东西继续砸过去。“你出去，你们都出去！”

那次春节，石头的妈妈抱着头上缠着白色绷带的石头离开我们家时，狠狠地瞪着我。“我还以为你是傻子呢，没想到你还知道在自己家里要威风啊。”石头的妈妈怒气冲冲地盯着打蔫的熊奶奶吼道，“妈，孩子要这么大脾气，你也不管管。要是长大了，不得连大人都敢打呀？”平时不大愿意吱声的叔叔也闷闷不乐地走了，“妈，你再等等。等我们搬到六十平米的房子之后，我就把您接走。”叔叔一家离开我们家时，阿姨他们说要走大家一起走，随后一行人也离开了我们家。这一次春节竟然成了我和他们一家人一起过的最后一个春节。

透过白茫茫的云层向下俯瞰，一眼就看到远处的城市。碧绿的海水环绕着一座美丽的城市。这是韩国吗？已经到韩国了吗？飞机划着长长的弧线，缓缓地降低飞行高度。现在，燃料快要消耗殆尽，飞机翅膀变得越来越沉重。可以看到楼房的房顶、高速路和大桥。宽阔的田野上，镶嵌着一条狭长的跑道，飞机正准备降落到这条跑道上。飞机能准确地降落到这条狭长的跑道上吗？我伸直双膝，直起身子，准备从抽屉柜上跳下来。翅膀还张开着。哐当！飞机降落到地面的一刹那，我也从抽屉柜上跳到地板上。可是，由于蹲坐的时间太久，两条腿软绵绵的没有一点力气。我乘坐的飞机已经安全着陆，然而我这架飞机落地时，哐的一声脸撞到地板上。顿时感到鼻子发麻肿胀，好像有无数的细针猛扎鼻孔一般疼痛。温热的液体唰地流入嘴里，闻到一股腥味。我用手背抹了一下鼻孔，是红红的鲜血。疼痛瞬间消失。看到鼻血流出来，我就用手背随手抹一下，然后扑哧笑起来。现在该玩什么好呢？我这副模样，完全可以玩僵尸游戏了。

2

新大方三岔路口站。

花淑的第十个地下出租房位于新大方三岔路口站附近。从恩州乘坐开化方向的9号线地铁，到终点站换乘7号线地铁之后，花淑乘坐的地铁在漆黑的地下通道狂奔。哐当哐当，大约颠簸了四五次，无边无际的黑暗突然被撕开了一个口子，明亮的光线照到窗前。然而，这不是阳光，而是很久没有看到阳光的患者苍白的脸一样无精打采的灯光。地铁上乘客们毫无血色、一片漠然的表情，毫无遮掩地裸露在这片灯光中。车里的人好像蜡人一般，表情僵硬。不管怎样，花淑眼里公交车上乘客们的表情要比这里的乘客生动得多。这么看来，曾经听说过的，日照对人的情绪有很大影响的说法还是有道理的。

呜——呜——响过一阵鸣笛声，地铁又冲向无边无际的黑暗当中。日照量，难道是因为这个原因吗？自己的人生，不，自己所有的一切，都变得这么糟糕吗？花淑心里想。来韩国已经十三年了，中间回国生育孩子为界的前七年和后六年，只有近一年的时间住过楼房，其他时间几乎都是在地下室或半地下室的出租房里生活的。

每逢难得的休息日，由于地下出租屋内不分白天黑夜，总是阴暗而又毫无生气，所以一整天开着电灯。想想，自己和丈夫都是怎么过休息日的呢？他们有时煮辣面吃，有时做黄豆芽汤，泡饭吃，有时开着电视，躺在铺着被褥的地板上，昏昏沉沉地睡觉。他们时常一整天也不收拾被褥，也不做饭吃，蒙上被子睡得天昏地暗。一觉醒来，也分不清是白天还是黑夜，浑身上下疲惫不堪，身体感觉好重好重。没有什么非见不可的人，也没有什么非要处理的事情，也没有了做任何事情的欲望。生活在这种地方，过着一种被人遗忘的生活，仿佛过着一种被世界抛弃的生活。

花淑十八岁那年，高中毕业考试刚刚结束，爸爸替花淑报名参加韩国产业研修生面试，幸运的是花淑被录取了。此后，花淑赴韩国打工。当时，花淑的爸爸觉得女儿的成绩也不理想，考大学没有希望，加上家里没有钱，也没有地位。他怀着侥幸心理，为小女儿的前途下了一次赌注，没想到获得成功。20 世纪 90 年代后期，随着改革开放政策的持续推行，我国经济步入迅猛发展的轨道。中国以低廉的价格，向国际社会输出大量的廉价劳动力。作为一个平凡的朝鲜族农民，花淑的爸爸将年幼的小女儿作为产业研修生送到韩国，也许这是作为父亲能为女儿做的最好的选择了。当时，外派产业研修生的领域，诈骗行为非常猖獗，竞争极为激烈，与其把女儿送到语言不通的其他国家，不如送到语言相通的韩国。通过其他的途径，例如亲属访问，或者伪装结婚的方式送女儿去韩国，都不如通过既省钱，又合法的产业研修生途径可靠。

那是在大学升学考试的前一周，爸爸来学校找花淑。爸爸的手里拿着产业研修生面试通知书。同学们全力以赴备战高考的时候，花淑不愿意让大家知道自己的事情，一个人悄悄地打好了的行李。

其实，她心里也有着美好的梦想。希望未来能在一个小医院里身着护士服照看病人，或者在温馨雅致的办公室里整理材料，时常与日本公司的职员发收邮件……她憧憬过这样的生活。然而，爸爸为什么这么着急，连敲开梦想之门的机会都不给呢？爸爸一边用绳子严严实实地捆绑花淑的行李，一边兴致勃勃地说："我也没想到事情会这么快就办成了……"

除了自己生长的家乡和学校所在地城市，从未去过其他地方的花淑，当时根本不想去应聘韩国产业研修生，只想趴在洗脸盆上大声痛哭。然而，她当时的处境，怎敢流泪，只能将所有的苦都往肚子里咽。由于母亲患肝癌去世，住院费等一大笔欠款急需偿还。为了让没有多少墨水的哥哥参加船员考试，投入的中介费被黑中介骗走。花淑的教育费、生活费，父亲再也无力支付，家里欠下了一屁股债。想想父亲的艰难处境，花淑只能顺从父亲的安排，根本没有其他的选择。花淑的父亲把依然还很幼稚的女儿送走之后，回到家里痛哭一场。父亲打了几天点滴，强打精神，接过来女儿安全抵达釜山的电话，他对女儿说："我知道你很辛苦。可怎么办呢？我只能靠你了，我们家以后也只能靠你了。"

在地铁的车厢里，人们伴随着车厢晃动的节奏，一同摇晃着身体。车厢里，很少有人说话，大多数人低着头盯着手机屏幕。不断刷新的色彩斑斓的手机里，似乎隐藏着人们早已丢失的灵魂，人们用执着的目光紧紧地盯着瞬息万变的屏幕。这时，车厢内投进一束光线，前面呈现出一片开阔的空间，地铁缓缓地进入新的站点。地铁车门自动打开，聚集在门口的人流，瞬间流出车厢，随即向四面散开。花淑随着人流迅速地走出车厢。换了十次出租房，八次打工的饭店，这么长的时间里，她一直都乘坐这条地铁线。然而，首尔的地铁却从来没有耐心地等待过花淑。哔哔，只要车厢门自动关闭，它就匆匆地向前奔跑，仿佛追赶流逝的岁月。也许，地铁跑得太匆忙，让人觉得时间流逝得更快。

三岁的孩子，转眼长大成九岁的少年，出现在她的面前。虽然是她怀胎十月生下的孩子，但由于长期寄养在别人家里，看到孩子时，就像是别人家的孩子一样，只感到陌生和别扭。孩子看到父母时肯定也有同样的陌生感。花淑觉得时间和空间隔开的母子之情，一时间也很难拉近。孩子来到家里已经有十一天了，一次也没有清清楚楚地喊过一声爸爸和妈妈。每次，花淑对孩子说，妈妈要上班去了，妈妈回来了，孩子连头也不回，也不和花淑对视，更别说跑过来投进她的怀里。幼时胖乎乎的脸蛋，现在已经明显消瘦，个头长了很高，新长出来的虎牙，让花淑在孩子的脸上再也找不到幼时那可爱的模样。孩子自己倒是会盛出电饭锅里的饭菜按时吃饭，也不惹事，很听话，还算老实，可是，这些反而让花淑感到不安。

这个年龄的孩子，应该每天都吵着闹着要出去玩的，可是，孩子整天待在巴掌大的小房间里也不知道是怎么过的。既没有一起玩耍的朋友，也没有大人陪伴，可孩子一句怨言都没有，从来也不耍脾气。

夹杂在匆匆赶路的人群中，花淑向地铁口外面走去。初冬时节，太阳还没有落山。她把脸深深地埋在大衣衣领里，看着落日的余晖下，三三两两，或者独自一人拎着小包匆匆赶路的人，不觉让人奇怪。在这里，大多数的饭店，都是早晨十点开张，晚上十点关门。大多数人都是在深夜下班回家，在路灯的陪伴下匆匆赶路。自从孩子从国内来到自己的身边，花淑白天干活心里总是惦记孩子，无法安心地等到下班时间。花淑到这家专卖排骨汤的餐馆快有一年了，开始对餐馆有了感情。可是，她已经跟社长提出来，让他们尽快找新的服务员。社长说还没有找到合适的服务员，让她帮着做完晚上的生意后再下班。

她没有说是因为孩子来了所以要辞职。社长知道花淑是朝鲜族，而且也不是姑娘，因为开始花淑就已经给社长暗示过。但是没有告诉过社长自己的丈夫是在中国还是在韩国。赵室长是社长的小舅子，是老光棍，在厨房干活时总是多方面关照花淑，花淑心里也很清楚这一点。“俊姬长得漂亮，手也巧，很会过日子吧。”韩国人称花淑为俊姬，这是她换第三个餐馆时自己改的名字。花淑的名字，只有在熟悉的国内朋友之间相互称呼时才使用。现在，花淑习惯大家叫自己俊姬。每当社长给花淑递过来工资袋的时候，赵室长在厨房看着他们微微一笑。在餐厅当服务员的姐姐们节日里一起出来干活，只有花淑的工资袋里总会多出一张一万元韩币的小费。

店里洗生菜的活儿都是由年龄最小的花淑来干。中午，生意结束后，花淑常常坐在餐馆后边的空地上，在大盆子里用水管子接水洗生菜。这时，赵室长拿来一袋子萝卜在旁边收拾，或者拿来三四个网袋的圆葱，剥圆葱皮。每当管子发生故障或者把水倒进下水道时，赵室长都会主动来帮助花淑。“俊姬，你的腰肢那么细，能抬得动这么沉的东西吗？你躲一躲，我帮你倒水。”餐馆里的职员们如果关系相处得融洽，时常会互相帮忙，互相还会开开玩笑。可是赵室长的关心，让人觉得有些过分。“你别看我这样，我可是很实在的人啊。我也没有欠债的卡，认真地存钱，是家里的老小，没什么负担。我希望找一个好老婆，每月老老实实地交给老婆工资，然后生一个漂亮的孩子，好好过日子，这是我的梦想啊。因为学的就是这些活儿，没有休息日，所以一直没有时间谈恋爱。”社长虽然年过五十，却很洋气地烫着一头卷发，而四十多岁的赵室长，脸上长满粉刺，缺少幽默感和戏剧感。

明天是聚餐的日子。脱下统一服装穿上便装后，花淑走出饭店门。社长见到花淑，要求她一定要参加聚餐。“要是有什么难处，你尽管说，工资嘛，看着情况可以提高。”花淑跟社长辞职，说自己在这里干不了多久了，尽快找合适的人来上班。听了花淑的话，社长误解了。也许是从社长那里听到了什么，几天来，脸上失去笑容的赵室长，对花淑递过来的冷面，不像过去那样热情地接过来，而是不快地推到一边。赵室长虽然比花淑大九岁，可还像个孩子，显得单纯幼稚。这些日子，花淑没有向他说过自己的真实情况，心里感到有些内疚。花淑没有拒绝参加第二天晚上的聚餐，但是也不想对赵室长解释什么，只是想在离开饭店之前和他们吃一顿饭，就算是和他们告别。

“蓝色药局”的后胡同里，有一个蔬菜超市，是花淑上下班途中的必经之路。超市老板在门前摆放着很多塑料小盆，小盆里放着菠菜、生菜、土豆、黄瓜等各种蔬菜供客人挑选。花淑看到有三四个人在那里买蔬菜。“贱卖了，贱卖了，两条新鲜的青花鱼卖五千元了，两条卖五千元了！”水产品商店的老板一边拍着手，一边高声吆喝叫卖。今晚，吃什么呢？孩子喜不喜欢吃腌渍的青花鱼呢？要不用平底锅给他烤五花肉？花淑一边想，一边走进狭窄的市场胡同。这条胡同的另一侧，宽阔深邃的首尔地下，就是现在孩子一个人玩耍的自己住的出租屋。她曾经住过的其他十间地下出租房像捉迷藏一样都隐藏在首尔这座城市的地下。

“最近过得怎么样啊？听说你儿子要过来？你的命啊……”昨天下午，中午的客人陆续离开餐厅之后，花淑正在擦洗不锈钢制成的烤肉盘时，美子打来了电话，“你觉得有什么难处就跟我说吧。要是没地方放孩子，就送到我家里来。反正我养两个孩子，再多一个也没关系。”就算是美子说的是客套话，听了这些，花淑心里也感到一阵温暖。依靠在一个小公司上班的丈夫微薄的工资抚养两个孩子的美子，自己的生活也并不宽裕，可总是像大姐一样经常帮助花淑。申美子，出生在吉林省吉林市朝鲜族农村。她们俩是从烟台乘船到釜山的途中认识的，一同被安排到西服厂，在工作中相互关照，是这些年来相处得非常好的姐妹。比花淑只大两岁的美子，比起花淑，胆子更大，也更精明。

工厂的生活非常单调。早晨一睁开眼，就匆匆赶到公司内部的食堂去吃早饭。然后，一整天站在同一个位置上，重复着同样的工作。晚上，加班一结束，回到宿舍倒头就睡。在工厂过了一年多，几乎每天美子都在煽动着花淑。“这么干活，咱们什么时候才能挣够钱还债，攒够钱回家呀？听说，非法滞留这个事儿，不用太担心。咱们可以不去人多的地方，平时多加小心，就不会出问题。到外面干什么都比现在多挣两倍的钱。咱们年纪轻轻的，应该到外面开开眼界啊。”美子经常这么怂恿花淑。花淑也不喜欢工厂的生活。工厂里也有从韩国偏僻的山村来到工厂干活的年轻人，年龄比花淑她们还小。与她们比较而言，年龄偏大的中国人对韩国文化都很陌生。大家都是因为生活所迫，不得已才来到工厂工作上班。由于大家的生活都不富裕，都没有心情关心和体贴他人。工作很累，挣钱不多，生活又单调，心情处于不安和孤独的状态之中。在工厂工作不到半年的时间里，花淑的体重减轻了十斤。

随着时间的推移，越来越多的中国研修生休息日偷偷地离开宿舍后，不再回到工厂。听说，某某人跑出去之后在首尔打工，一个月挣一万元人民币（那时韩币和人民币的兑换率高），我们该怎么办呢……每次往家里寄钱的时候，爸爸因为利滚利不断增多的利息唉声叹气。到了天气转冷的秋季，利用中秋节连休日，花淑收拾好自己的几件衣服和到韩国节省的工资，跟着美子一起悄悄地离开工厂，跑到首尔。她们首先投奔到在洗浴中心当管理员的美子表哥那里，在表哥的单间房子里借住了一个多月。后来，两个人通过跳蚤市场找了一份餐厅服务员的工作，并在外面租了一间房子，从表哥家搬了出去。

“那个老太太也是！早不说，晚不说，偏偏在这个时候，提出来不能再照顾孩子了！禹民回来了吗？你还是要提高警惕。不是不相信禹民，无论是谁，只要陷进去都很难拔出来。”花淑将客人吃剩下的清酒倒入喷水器中，然后哧哧哧地喷到桌面上，用纸巾擦净油滋滋的餐桌。提起“这个时候”，花淑的心里突然涌出一股怒火，顿时感到胸口发闷，后脑僵硬，犹如沉睡的火山爆发出来。很久以前听老人们说的所谓的心病就是指这种情况吧。关掉手机，花淑将弄脏的纸巾狠狠地扔进垃圾桶里。前不久，花淑住过一段时间的楼房。这是她到首尔之后第一次住过的地面上的房子。虽然不大，但是有护栏的窗户上，透进来明媚的阳光，住在里面真正感觉到生活的滋味。一想到离开那座房子，重新回到黑乎乎的地下室，还有千辛万苦积攒下来的存款唰唰地流出去时的情景，不仅仅是纸巾，她恨不得把禹民也一同狠狠地扔进那个肮脏的垃圾桶里去。

花淑回到中国，生产和抚养孩子的四年里，禹民由于忍受不了孤独寂寞的生活，开始和家里不争气的哥哥禹植以及禹植的一帮狐朋狗友一同出入赌场，沉迷于赌博。四年来，禹民一直给家里寄一些钱，花淑就以为禹民一定是在辛辛苦苦地干活攒钱。花淑和禹民在韩国相识并交往了五年。其间，由于各自的家庭都有债务需要偿还，还有需要帮助的兄弟，所以他们各自管理自己的存款。结婚后，他们在国内买了一套房子，两人才开始把存款放在一起使用。后来，花淑要回国生养孩子，他们把放在一起的存折又分开来管理。孩子稍大一些，花淑把儿子和房子交给关系很好的一个姐姐的保姆照顾之后回到韩国。这次回来后，禹民没有把存折交给花淑管理。他承诺每月扣除零用钱之后把剩余的钱全部转存到花淑的存折里，可是一直没有兑现。其实，花淑太了解像赚钱机器一样连轴转的韩国的打工生活，有多么艰难和疲惫！她不想剥夺每月看着存款数额不断增多，从而获得工作动机的禹民的快乐。花淑仅仅凭着丈夫诚实可靠这一点，一心一意地跟着丈夫过日子，从来没有怀疑过丈夫。所以，每当问丈夫攒下了多少钱时，丈夫支支吾吾地回答，花淑也没有起过疑心。

自从花淑回到韩国后，禹民不像过去那样经常出入赌场，但是他的存款已经见底了。由于在亲朋好友那里借来的赌债堆积如山，禹民不得不跑到偏远地方的工地去打工。这么一来，事情变得更加糟糕。禹民在工地上擦洗建筑外墙上的玻璃窗，虽然比其他工作收入高，但是这种工作受天气影响较大，休息的日子也更多。每到休息日，赌博的诱惑让他蠢蠢欲动。

当然，面对花淑的盘问，他会编出各种理由搪塞着，说什么雇用单位的工资拖欠，没有活儿只好休息了，身体不好干不了活儿，等等。花淑觉得在韩国打工，发生这些事情也是在所难免，而且禹民一直以来老实勤奋，每次也没有怎么怀疑，也都信以为真了。禹民干活这么辛苦，花淑关心禹民，还给他买了几服补药，叮嘱他如果太辛苦就回家干别的活儿。禹民用拆东墙补西墙的方法，偿还了一些赌债，可是赌债太多了，没办法还清。债主们纷纷找到花淑这里来讨债。当初租房子时的一千万元韩币的抵押金和花淑存折里的一千五百万元韩币都被债主们要走了。

花淑无法原谅禹民，从楼房搬出来之后，一个人租了一间小小的地下出租房离开了禹民。刚刚过了一周，有一天夜晚，花淑下班回家，看到禹民在地下出租房入口处漆黑的石阶上孤零零地坐着等自己。他的肩膀无力地耷拉着，似乎好久没有洗澡的身影显得邋遢和憔悴，双眼深深地凹进去，花淑第一次看到如此落魄的禹民。与其说可怜，不如说可憎可恨。“我不想再见到你，你给我滚。去找一个能供你吃住的工作，或者是去找那些狐朋狗友，赶紧在我眼前消失。”花淑拿出钥匙打开房门，并迅速关上，随后从里面反锁上房门。禹民依然坐在石阶上呆呆地望着花淑的背影。花淑打开了电视，没有开灯，洗漱之后，直接睡觉了。第二天早晨上班时，打开房门，发现禹民已经离开。禹民每天都在花淑下班回家的时间里，就坐在石阶上呆呆地等着花淑回家。这样，双方僵持了一周的时间。对禹民的愤怒和憎恨还没有完全消失的时候，花淑正在彷徨和犹豫不决的时候，孩子的抚养问题突然摆在他们的面前。

嘀嘀嘀，嘀嘀嘀，放在振动位置上的手机突然响起来了，是禹民发来的 Kakao talk（与微信一样的服务网络）信息。说今天准备早点下班，一起吃晚饭，然后和永陪一起逛街等内容。花淑回复道，知道了。幸亏孩子来到韩国，不然，花淑是绝对不会这么快、这么轻易地收容禹民。已经打水漂的钱让花淑想起来就感到心痛，更让她难以忍受的是，禹民厚颜无耻地欺骗自己的事实。虽然恨禹民，可是现在，除了和禹民牵手，她还有什么更好的办法呢？大家都在拼命地干活，可是现在的生活却越来越艰难，谁还有余力帮助花淑呢？至少，花淑身边的这些人都没有这样的能力。

事实上，孩子的问题不是谁出面就可以解决的问题，夫妻结婚后既然生下了孩子，不管什么情况，都要对孩子负责任，这是做人最基本的道理啊。

“我想了好久，我再也不能照顾陪陪了。”由于禹民的问题心烦意乱的花淑，强忍着心中的烦躁，给孩子打电话，没想到石头的奶奶却道出了这样的苦衷。似乎对方早有准备，就等着花淑的电话，所以接到电话马上说出苦衷。“为什么突然提这个问题呢？难道我们家孩子不听话吗？”石头的奶奶带着浓厚的东北口音回答说：“陪陪很善良，也很听话。是我身体不好，准备上我儿子家里去住了。”奶奶说送孩子上学后，已经有两次因为心脏病发作在空房子里晕倒过去了。奶奶原来住在离陪陪所在的城市学校很远的偏僻的山村。她有一个嫁到山东的女儿和在城郊修理下水道打零工为生的儿子。为了减轻子女的负担，她隐瞒自己患病的事实，当别人家的保姆，挣一些零用钱。花淑很清楚奶奶的苦衷，不可能继续缠着老人家不放。花淑打电话四处寻找保姆。但是，没有任何消息，最后想请婆婆帮忙。

可是婆婆为了还清大儿子欠下的赌债，一直也是给别人家当保姆。她一口回绝花淑的请求。婆婆看不了孩子，也不能把孩子送到年老体弱的爸爸那里，因为那里的学校都已经取消了。想过了好多办法，都行不通。想找一位照顾儿子六年的汉族奶奶一样值得信任的新保姆，也不是简单的事情。如果把孩子带到韩国，找一个照顾孩子的保姆，就需要一大笔费用。仔细地算一算，依靠花淑一个人的收入根本养不起孩子。看来，父亲接到花淑的电话后非常着急，让哥哥把眼下的情况详细地讲给禹民听了。

花淑没有理会坐在石阶上的丈夫，拿出钥匙打开房门。这时，禹民突然双膝跪地，哀求道：自己不像哥哥禹植那样，完全陷进赌博当中。自己每天都出去工作，偶然去赌博而已，自己借给他们的钱比自己输掉的钱还要多，现在开始一定打起精神好好生活。听说孩子还要过来，看在孩子的分上，请求花淑原谅他一次。脸上和身上邋邋遢遢的禹民，原来呆滞的眸子里突然闪烁出光亮："我换了手机号，酒也戒掉了。以后和他们断绝关系。昨天我在一家售肉店面试，找到工作了。"说完，禹民紧紧地拉住花淑的衣角。停下脚步，听了听禹民的恳求，花淑打开房门走进屋里。她像往常一样准备关门，可禹民的手不知何时夹在门缝里。禹民要拼命地靠近花淑。现在花淑没有力气完全推开禹民，也没有想过要完全和他断绝关系。她对禹民说先暂时住在一起，再慎重考虑，然后让禹民住进了地下出租房。

想起禹民的所作所为，花淑就感到荒唐、可恨、可憎，又可怜，她从心底不愿意和他住在同一间屋子里。可眼前的情况是，他们只有巴掌大的一间小房子，想离得远一些躺下来都不可能。孩子来到家里之前，花淑连瞅都不瞅一眼禹民，更别说主动跟他搭话，更不会让禹民碰自己。

花淑伸开腿坐在大盆前，用管子里唰唰流下来的自来水清洗生菜。有几次，她让坐在附近清理萝卜的赵室长帮忙倒出去洗菜盆里的水。每每看到下巴下垂、五官不协调的赵室长，首先想到的不是丑陋这个词，而是赤金这个词。花淑烦躁的心情需要得到安慰。她给住在仁川的嫂子挂了电话。花淑在电话中一提到赌债的事情，嫂子马上嗤之以鼻："妹妹，我现在已经和不可理喻的韩氏家族一刀两断了，我已经投降了，你也看着办吧……"嫂子把两个孩子放到中国的娘家，在花淑搬到地下出租房之后的第二周，带着自己的衣物，无声无息地消失了。同样作为女人，花淑十分理解她的心情，然而只是短暂的瞬间而已。再想想嫂子的两个孩子，说不定以后有可能求他们来照顾，心情感到更加郁闷。

想想自己的孩子，听不懂韩国话，而且性格内向胆小，不禁长长地叹了一口气。嗨，孩子什么时候才能适应韩国的生活呢？能不能找到能接收孩子的学校呢？要不，我带着孩子回国？如果是这样，刚刚开始觉醒的禹民，没有人监督，还能不能管住自己不再去赌博呢？现在，一家三口人在韩国，能找到出大力的零工，依靠这种职业和收入，过日子和养孩子，不可能像韩国人一样生活。当初计划是，赚够钱回国开一家餐馆或者自主创业。可是，急剧变化的中国，让他们的梦想也逐渐变成美丽的泡影。他们的家庭应该在哪里扎根，怎样生存呢？想到这些，花淑觉得自己仿佛是在没有出路的迷宫中徘徊，前途暗淡。

走过一家小小的化妆品专卖店，还有 24 小时超市，花淑来到一家售肉铺。想起禹民的短信，今天早些下班回家一起吃晚饭的约定，花淑买了四人份的五花肉和半斤鲜红的前腿肉。也许是和汉族奶奶一起生活的缘故，孩子特别喜欢吃炒菜和肉。用酱油做酱肉，孩子可能会喜欢吃。今天孩子过得怎么样呢？几天前给他买的拼图他会不会拼装呢？每次打电话的时候，保姆奶奶总是说，孩子太老实，有些担心，花淑当时没有明白说的是什么意思。将三岁的儿子交给汉族奶奶的时候，孩子除说话有些迟钝之外，没有其他的异样。记得，过了两周岁才开始说话的儿子，乘坐公交车看到路边的汉语牌匾后，竟然能读出汉字来。孩子天生不喜欢热闹，总是喜欢一个人玩耍。最喜欢玩水，除了汽车，对其他的玩具不怎么感兴趣。穿衣服时首先穿裤子，然后穿袜子，如果有一次顺序不对，孩子都会大吵大闹，性格非常倔强。到了小区游乐场，和孩子们不合群，也不会向妈妈撒娇。所以，花淑认为孩子没有亲和力，而且比较冷漠。

孩子上二年级后学期时，通过保姆，孩子的班主任找家长，花淑就和班主任取得了联系。班主任告诉她，孩子的成绩在班级里排在最后，更让人担心的是，孩子不合群，性格有些古怪。如果不是亲眼所见，花淑根本不相信这些话是真的。花淑一直认为学校里本来就有学习好的孩子，也有学习成绩差的孩子，有性格豁达的孩子，也有性格内向的孩子。她觉得自己的儿子天性胆小敏感，加上从小没有父母的陪伴，由外人抚养，在各个方面肯定与其他的孩子有所不同。按照禹民的话来说是，把孩子交给农村出来的，根本不懂教育，落后于时代的汉族保姆来照顾，孩子的情况还能有好吗？

可是，怀着侥幸心理，花淑想用五百块拼图玩具测试孩子的智力。虽然不知道这种方法是否科学，但是花淑执意要测试一下。花淑一手提着装有猪肉的塑料袋，眼睛却盯着出售豆芽、豆腐的小摊。买了一块豆腐，准备晚上做大酱汤用。花一千元买了黄豆芽，准备放入一些咸盐和芝麻，做凉拌菜吃。在红色的塑料桶里，挤挤挨挨地排列着的黄豆芽，让人联想到被复制的孩子们。如果当初没有打掉那两个孩子，现在的情况会是什么样子呢？这个想法忽然闪过脑际。如果生完这个孩子，怀孕后适当休假的话，如果家里有个大人能够帮忙关照一下……花淑一边想着，一边摇摇晃晃地穿过更加狭窄、更加黑暗的胡同。

“所以啊，我说你心太急了。同居是同居，结婚是结婚。看得应该更远一些，然后再做决定就好了。”交了好几个朝鲜族男朋友，最后选择和韩国男人结婚的美子，到了现在还时常责怪花淑。过去，花淑坚决地说，对自己的决定从来没有后悔过。可是最近，她时常后悔自己的天真和无知。村里人常常议论说，某某人嫁到日本，帮着娘家人翻身了；某某人和韩国人结婚，邀请全家人去韩国等等，时常传到花淑的耳朵里。要是按照村里人的标准，花淑属于那种最没出息的一类人。花淑也是认认真真地干活，挣钱还清了爸爸的债务，还给爸爸盖了新房，给哥哥交了一笔不菲的手续费，帮助哥哥赴韩国打工。但是，她还是为自己没有像村子里的朋友们那般精明感到遗憾。

已经打水漂的钱财，让他们夫妻俩白辛苦了整整三年。拼死拼活地打工挣钱，也满足不了生活所需。禹民却让自己的血汗钱都打了水漂，可恨。话说回来，不是为了孩子，花淑也不能轻易地甩掉禹民。来到首尔在餐厅打工的十多年里，在孤独、胆怯、不安的日子里，陪伴在身边的最诚实最善良的男人就是禹民。禹民虽然不是花淑的初恋，但是第一个有肌肤之亲的男人。对花淑来说，禹民已经成为她身体的一部分，是陪伴她走过一段人生道路的伴侣。

干完活儿，禹民从街上买来甜饼和鲫鱼饼回家。禹民戒了两三周时间的酒，现在却每隔一两天又开始喝酒。禹民本来想好好对待自己的亲生骨肉，孩子的眼神以及闷闷不乐的表情太像自己了，他感到惊奇。禹民希望他们父子之间也像其他的父子一样和谐融洽，他想和孩子一起散步、踢足球，晚上睡觉前一起抢枕头，一起玩耍。可是孩子一见到禹民就往角落里躲。禹民靠近他，向他伸手，孩子就蜷缩着身子用被子盖住脸。别说投进禹民的怀抱，连手都不去抓，都不敢正眼瞅禹民。孩子甚至觉得禹民说一些活跃气氛的话都很刺耳，禹民叫他，也皱着眉头，就像小偷见到警察一样，总是喜欢偷看禹民的脸色。

这个孩子怎么是这个样子呢？几天来，禹民耐着性子讨好孩子，现在忍不住表露出心中的不满。孩子的到来给家庭带来的一线希望，正在转变成深深的绝望。再等一段时间，孩子会不会好转呢？由于孩子上汉族学校，忘掉了朝鲜语，加上突然换了环境，而且刚刚接触父母，和父母不太熟悉，所以孩子才出现这种状况，花淑用这些话来说服禹民。看见没人关心买来的甜饼和鲫鱼饼，禹民随手把这些扔到沙发上，疲惫地倒在铺在地板上的褥子上。“看来，这个孩子没救了。要是当初怀孕的那两个孩子当中，生下来一个也好啊……”在睡梦中，禹民自言自语地说道。作为一个堂堂的男子汉，禹民在妻子和孩子面前，只能说出这种没出息的话，花淑感到伤心和难过。我怎么会看上这种男人，和他生活了这么长时间呢。禹民在睡梦中的打鼾声在狭窄的房间里弥散开来，曾经有一段时间，如果没有禹民的鼾声陪伴，花淑都无法安心入睡。

穿过参差不齐的黑褐色楼房，在胡同口的一扇白色铝制大门前，花淑拿出钥匙打开大门，走进院内。天又黑又冷，地下出租房门前投下的一大片黑色阴影笼罩着花淑。冷飕飕的而又令人不寒而栗的阴影，似乎与白天明媚的阳光毫无关系，是完全孤立的黑暗世界。现在，花淑对这种阴森森的气氛感到害怕。对一个无依无靠、没有任何保护的身处异国他乡的年轻女人来说，哪有比这种阴影更可怕的呢？如果没有这种可怕的阴影，那天晚上她就不会接受禹民，也不会一直跟他生活到现在，花淑是这么想的。

那天，美子没有回来。当时，和美子交往的男人是黑龙江省牡丹江人。是一个喜欢吹嘘、喜欢讲江湖义气的人。

离开工厂刚刚到首尔时，花淑和美子到餐馆打工。开始的一两个月，由于不习惯，经常换打工的餐馆。过了三个月，又过了半年，她们才逐渐适应了环境，熟悉了工作。在餐馆打工，比在工厂干活不仅挣钱多，而且更加自由。但是，好心情没有持续多久，餐馆的同事和客人们给她们施加的压力，让她们对暗淡的前途忧心忡忡，由此而生的空虚感，又紧紧地勒住了她们的喉咙。正值热血沸腾的青春年华，她们理所当然地用寻找异性朋友作为摆脱焦虑的安全出口。在中国有过与异性交往经验的美子，到韩国结交了好几个男朋友。和男人交往，到了一定程度，美子就住到男人的房子里，解决自己的身体欲望。美子结识新男友不用太长的时间。她与男友交往的过程中，给人一个错觉，仿佛是一对新婚夫妇一样如胶似漆。而分手时也是快刀斩乱麻，坚决果断，不留后患。一句话概括，她就是会谈恋爱，也会享受恋爱的洒脱的女人。

花淑认识禹民是曾经和美子来往的牡丹江男人介绍的。花淑和美子参加美子表哥的结婚仪式时，第一次见到禹民。当时，肌肉饱满的哲俊和略显稚嫩的禹民一同引起了花淑的注意。哲俊性格豪放，出手阔绰，而且做事积极主动。与他相比，禹民显得诚实稳重，憨厚老实，缺少男人的魅力。花淑和哲俊交往的过程中，逐渐发现他性格粗鲁野蛮，时不时冒出一些脏话粗话，喜欢独断专行，自私暴力。花淑对他逐渐产生反感。她还通过别人了解到，哲俊在中国时就是远近有名的小混混。有一段时间，花淑有意疏远他，不再和哲俊还有美子的朋友们接触，到了下班时间就径直回到自己的出租房内，也不出门。这时，也不知道是从哪里得到了消息，老实憨厚的禹民，主动来找花淑。和花淑没有彻底断绝来往的哲俊，威胁禹民，禹民丝毫也不畏惧。有时，禹民在嘴上贴着胶布，来到花淑的出租房门前敲门。花淑给他开门后，他二话不说，走进房间，躺在炕梢上睡一觉，然后离开。

有一天，花淑下班回家，在餐馆附近的胡同口见到身着黑夹克、头戴棒球帽的哲俊正在等着她。你有什么了不起的？只要我看中的女人，没有一个能逃出我的掌心……他威胁花淑。哲俊说，他知道花淑的家在什么地方，趁着他好好说话的时候，让花淑要乖乖地听他的话，跟着他走。花淑在哲俊拉住她的手之前，迅速跑到大街上，叫了一辆出租车，打车回家。她担心哲俊在后面追过来，晚上都不敢开灯，躲到房间里，不敢出声。在月光下，婆娑的树影透过小窗照进屋内，看到这些树影在晃动，花淑都感到战战兢兢，还以为是心怀鬼胎的哲俊来找她的麻烦，好几次从噩梦中惊醒。不久前，从新闻中看过的加里峰洞杀人案的画面，时常浮现在她的脑海里。挥动着斧头和镰刀肆意伤人的哲俊的往事，像电影镜头一样从花淑的眼前闪过。花淑心里想，住在幽深的地下出租房里，又是一个非法滞留的中国弱女子，如果遇到强盗，在这里大声喊叫向人求助，也不会有人理会吧？那天晚上的风为什么会如此阴森恐怖，出租屋窗户上摇晃的树影为什么如此繁杂呢？花淑牢牢地锁住了房门，可是心里还是不放心。她又找来一把铁丝，一圈一圈地缠住了门把，甚至推来椅子和桌子顶住房门。

然而，那天晚上，来找花淑的不是哲俊，而是禹民。后来听美子说，由于哲俊得罪了很多人，担心别人报复他，准备离开首尔。花淑做梦也没有想到会是这样一种情形。那天晚上，禹民让花淑感到从未有过的安全感，对禹民心生感激之情。他们把脚放进被窝里，紧张地坐在一起熬了一夜。后来估计哲俊不会来找麻烦，于是在凌晨的时候，两个人迷迷糊糊地睡着了。睡梦中突然传来咝咝的呼吸声，花淑眯着眼看到自己依偎在禹民的怀里。禹民嘴里的热气，吹到花淑的脸上，她感到一阵痒痒，脑子一阵发晕。花淑不想拒绝禹民。在没有人保护，充满未知凶险的世界里，像禹民这样的男人也许能保护自己。花淑忽然对禹民产生了一种期待。

当时，花淑只有二十一岁。没有保护人的关怀，也不知道即将迎来的婚姻生活是什么样子，她还是一个懵懵懂懂的少女。自从美子搬到男朋友的出租房后，她和禹民正式同居。花淑和禹民同居五年后，怀上了这个孩子，也因此决心和禹民登记结婚。这个孩子不能再打掉了。债务已经还清，也有了一定的积蓄，这次没有理由再打掉孩子了。仔细回想过去和禹民一起生活的日日夜夜，虽然说不上甜甜蜜蜜，幸幸福福，但也没有什么特别不幸的事情。那些日子里，上班打工，下班回家，安安稳稳地睡觉，有时为失业的哥哥，为躲债的大伯哥，还有刚到韩国无处落脚的朋友们，提供住宿，生活平淡却也稳定。原来两个人打算挣够了钱回国，开办一家小餐厅，抚养孩子，过平稳舒适的日子。可是现在，一切都变得面目全非。将来会怎么样呢？花淑嘘地长叹一声。花淑望着脚下出租房的小窗户里透出来的灯光，一步步地走下石阶。

咔嗒咔嗒，花淑转动房门的钥匙。“陪陪，妈妈回来了！”她一边叫孩子的名字，一边打开房门。就在这时，传来丁零零的电话声。还以为是禹民下班途中打来的电话，原来是哥哥的电话。花淑一边脱掉鞋子，走进厨房，一边接听电话。

“原来是哥哥呀，有什么事吗？”咔嗒一声，打开厨房的灯。窸窸窣窣，窸窸窣窣，好像孩子一个人在热衷于玩游戏，从屋里传来孩子走动的声音。“朴女婿每天都出去上班吗？”哥哥问道。“当然了，已经有几个星期了。陪陪来了之后，就很注意啊，怎么了？”将装了猪肉的塑料袋放在厨房台子上面，花淑推开房门。“我的好妹妹，你要好好了解一下。不要像上次那样，什么都信他的。前天，有人在赌场又看见他了。”哥哥说，刚刚自己也是无意中从朋友那里听说的，说完挂断了电话。地上乱滚的被子和枕头，脚下踢着的纸片和笔，孩子向前伸开双臂，一瘸一拐地向前走着。好像被什么东西诱惑着面无表情，对花淑的到来也无动于衷，一直往前走。

“永陪，你在干什么呢？”听到花淑的叫声，孩子慢慢地转过身来。脸颊的两侧沾满了血迹，眼睛空洞洞地望着远方。“永陪，你在干什么呢？”花淑再一次问道。孩子向前直直地伸出双臂，瞪着眼睛，一瘸一拐地走向花淑。是在玩游戏呢？还是在干什么呢？花淑盯着孩子看时，孩子走到花淑身边，咔地张开嘴巴，露出雪白而尖厉的锥子。“我现在玩僵尸游戏。我是僵尸，你快跑吧。”此时此刻，在花淑的眼里，孩子不是在玩僵尸游戏，孩子就像是一具僵尸。

3

吃完电饭锅里的饭菜，我将空碗空盘子一股脑放进水槽里。今天妈妈做的菜肴是鸡蛋炒火腿。虽然没有熊奶奶做的好吃，火腿的味道还算可口。空盘子上面放空碗，空碗里放饭勺，一双筷子对齐后放在碗上面。一根筷子不小心落下来，马上捡起放到空碗上与另外一根筷子对齐。这是熊奶奶教的。每次吃完饭，我从来都不会将空盘子、空碗，还有勺子和筷子乱七八糟地堆放在一起。

吃饱饭之后，我躺在地板上，滚来滚去。不知来回滚了多久，头感到有些发晕。我停止滚动，起身打开电视柜上的小门，关掉喋喋不休的电视，翻开收纳箱。随手拿出一些纸张和笔，随心所欲地在纸张上画出一些图案。方方正正的大房子是主人家的房子，旁边地下室是妈妈的房子，房子周围筑了一道高高的围墙。大人上班后，院子里空荡荡的，只有在妈妈的房间里坐着一个小孩子。妈妈的房间里只有一扇窗户，没有出入的大门。所以，孩子只能透过窗户向外看，不能走出房间。为什么要这样？因为外面的世界让人困惑，让人害怕。这个孩子和大多数的孩子不一样，有些怪异，所以外边的人谁都不喜欢这个孩子。妈妈家的门外有陡峭的石阶，石阶的尽头有一个地铁站。由于受纸张的限制，旁边只能画出熊奶奶的一条胳膊和一条腿。熊奶奶以后再也不会见到这个孩子了。孩子也许会忘掉熊奶奶，没有完全忘掉熊奶奶之前，有必要画出熊奶奶的手臂和腿来。

我想把妈妈也画出来，可是不知道从哪里入手，怎样画出来。喂，都说世界上只有妈妈最好，你真的不想画出你妈妈吗？嘀嘀咕咕，似乎有人在我耳边小声嘀咕。我想了很久，然后在妈妈的房间里，孩子的身边，画了一个很大的电饭锅，在电饭锅里放着饭碗和有菜肴的碟子。有个声音在问我，那么，你爸爸呢？该怎么画爸爸呢？说实话我不愿意画爸爸。不愿意画爸爸呀……一边这么回答着，一边在妈妈的家里画出汽车和电视。到了该画矮沙发的时候，犹犹豫豫地在上面画出甜饼和鲫鱼饼。然后一个人在想，这种程度的话，画面已经很充实了。然后在画面的空白处，画出一个变形机器人，旁边是从四面八方攻击变形机器人的僵尸们。僵尸们瞪着空洞洞的白眼睛。我紧紧地盯着没有瞳孔的僵尸们的眼睛，慢慢地被吸进了僵尸们的梦幻世界里去。喂，你在睡觉吗？别睡了，我们一起玩吧。……耳边传来的声音越来越低。

睡了多久呢？不知是在梦境里还是在现实世界里。我迷迷糊糊地站起来。起来了？打起精神来，咱们一起玩吧。你想玩什么游戏呢？想玩什么都行，我陪你一起玩。一个不见身影的朋友对我嘀咕道。我孤孤单单，无聊至极。我再也无法忍受孤独的时候，有一个不见身影的朋友第一次找我玩。那是一天下午，在学校运动场的角落里，我一个人远远地望着其他孩子们兴致勃勃地玩耍。这时，不见身影的朋友乘着微风来找我玩。

这是我上学之后不久的事情。你是谁呀？你知道我是谁吗？我问道。知道啊，我是你的朋友啊！当你感到很无聊的时候，陪着你玩的朋友啊！这是比我更胆小，更认生，只和我玩的朋友。然而，他在我面前也从未暴露身形，只是除我之外，他不跟其他任何人玩耍。这个朋友偶尔来找我玩。我会玩的游戏，他都会玩。从来不会和我红脸，也不会和我打架，总是兴高采烈地陪着我玩。但是，他很怕人，不会冒冒失失地来找我，也不会缠着我玩很久。他总是在最需要的时候，像一阵风飘过来，又像一阵风飘过去。

咦，好久不见了。我还以为你不会再来找我玩了呢，我说道。嘻嘻嘻，朋友笑了笑。要是你和其他人合得来的话，我也不会来找你啊。你现在怎么都没有以前合群呢？不是吗？朋友小声嘀咕。看你这熊样，最适合玩僵尸游戏了。你从来没有和你们班级的同学一起玩过僵尸游戏吧？朋友诱惑着我。好，我们这次就玩一次僵尸游戏。我心里做了决定。

我是僵尸，你是人。我去追你，你赶快跑吧。不见身影的朋友对我说道。虽然我眼里看不见他，但是我知道他在哪里，他从哪里来。我躲着他四处逃窜。因为他是僵尸，跑不快，可是房间太小，他很快追上了我。我大汗淋漓地躲藏。你要是躲在有坚固防护的地方，我就抓不到你。朋友说道。我把抽屉柜往前挪了挪，然后躲到后边。僵尸跑到抽屉柜前面，没有找到我，又折了回去。过了一会儿，僵尸吸血回来，力量强大，猛烈地攻击抽屉柜。哐！哐！很快，抽屉柜被攻克。我趁着僵尸走神，迅速逃离此处，选择另外一处安全地带。我拉出沙发，躲到角落里，僵尸赶到立即抓住我的脖颈。哎呀！我被抓住了，游戏就这么结束了。只要被他咬一口，我也会变成僵尸的，再也变不成人了。

随着咻的一声，从远处射来一支飞箭，击中了僵尸的后背。僵尸摇摇晃晃，站立不稳，我趁机跑到沙发的背面躲起来。是其他村子里的人接到消息，动员猎户出门捕僵尸。猎户有十支箭，在僵尸的心脏上射进三支箭，就能打死僵尸。但是，想射死僵尸也不是容易的事情，猎户的箭很容易射偏。僵尸会咬人，僵尸咬过的人都会变成僵尸，僵尸会变得越来越多。僵尸咬死没来得及逃脱的人，吸足了他们的血，变得越来越强大。僵尸身强力壮之后，返回来，向躲在沙发后的我发起进攻。我躲避了一会儿，决定跑到其他的建筑物里继续躲藏。僵尸从沙发的一侧集中精力发起进攻时，我从另一侧跑了出来，躲进大的立柜里。这时，传来公鸡第一次打鸣声。如果公鸡第二次打鸣报晓，早晨第一缕阳光照进这里，僵尸会化作一缕轻烟从人间消失。在公鸡第二次打鸣之前，僵尸要吸足身强力壮的成年人的血，才能逃入树丛间黑暗的洞穴中，保存性命。

我躲避攻击能力加强的僵尸，在房间里四处躲藏。衣柜里会不会更加安全呢？我急忙打开衣柜门，躲藏到里面。听见僵尸走近的声音，迅速关掉衣柜的门。顿时，衣柜里漆黑一片，黑暗笼罩着我，让我感到窒息。现在应该安全了吧？我的天，可这是什么啊？这个黏糊糊、冷冰冰的东西是什么？肯定就是僵尸的唾沫星。在我关上衣柜门的一刹那，僵尸抢先一步，跑进衣柜里。他用自己尖厉的、冷冰冰的牙齿，咬住我脖颈。没有想象的那么疼。新鲜而温热的血液慢慢地被吸进僵尸的嘴里。我两眼凹陷，只剩下枯黄而丑陋的皮囊。

好了，现在我来当人，你来当僵尸。说完，朋友打开衣柜门走了出来。不，你不是僵尸嘛，僵尸怎么能当人呢？我对朋友的建议提出异议。

那好。我们两个人都做僵尸，我们出去抓人。我跟着朋友走出衣柜，来到房间。现在，不能像人一样走路，像人一样跳跃。按照朋友告诉我的那样，要伸开双臂，脚向前迈一步，另一只脚和腿不能弯曲要伸直，只能被前腿拖着走。一瘸一拐，跟在朋友的后边我们在房间里来回抓人。人们吓得边喊边跑。我们加快速度，却不急于追赶，也不随意调转方向。当我们的手触到墙壁，自动调转方向，向相反方向走去。没有任何表情，没有任何想法，眯缝着双眼，向前，一直向前走。

在一棵大树上，站着一个年轻的弓箭手，向我射箭，咻——飞来第一支箭，咻——飞来第二支箭，一支箭射进我的后背，另一支箭射到我的右肩。可是，我不顾被箭射中，仍然用同样的表情，同样的速度，同样的姿态一直往前走。

你是怎么变成僵尸的？我问朋友。朋友嘿嘿一笑说道：昨晚，我在树林中穿行，来到这个村庄，躺在一棵大树下睡觉。不幸被森林中的僵尸咬死，变成男僵尸。朋友和我并排走着，给我讲了他的故事。所以，我诅咒这个村庄里所有的人。

在阴森森的树林中，传来恐怖的地狱声时，村里人为什么没有一个给我开门呢？大家肯定都知道，像我这样的路人，如果在外边放任自流，就有被僵尸咬死的危险。我问你，你有没有敲过村民的家门呢？有没有请求过他们，让你住一宿吗？

有没有对他们说过，如果在外边住宿，你会被僵尸咬死，会变成僵尸呢？我一边追赶往房间角落里躲藏的人群，一边问朋友。当然敲了。因为是深夜，村民都已入睡，难道没有人听见敲门声？也许，有人已经听见敲门声，却不愿意从睡梦中醒来，不予理睬？也许，我的敲门声太轻了？求你们救救我吧，否则我会变成僵尸去咬你们的。对，我没有这么求助过。我敲了三四家村民的家门，没有一家人开门，我很失望，就倚在树底下睡着了。可是我想知道，听到我的敲门声，会不会有人撩起窗帘明明看到月光下徘徊的我，却故意没有开门的呢？朋友在我面前捉住一个紧贴在墙上准备逃跑的人，张开血盆大口残忍地咬住对方的脖颈。不要相信人，你不也知道吗？人们的表情里藏着太多的秘密。根本无法知道他们的心里到底在想什么。吸完人们新鲜的血液，朋友用更加强硬的语气说道。当你向别人求助时，别人也不会帮你。所以，你尽管可以吸那些人的血，那些人和刚刚变成僵尸的你比更像僵尸。

已经在房间里来回走了好几圈。到现在，我没有抓到一个人吸尽他们的血。站在大树上向我射箭的小伙子，从树上滑下来，在房子之间躲着我，还不时地向我射箭。我躲过几支箭，最后被一支箭射中，胸口顿时发麻，我停住脚步，过了一会儿，我重新一瘸一拐地向前走去。我感到体力衰退。朋友已变得强壮，在阳光照进来之前完全可以逃窜到洞穴里去。

朋友焦急地望着我。如果再有两支箭射中你，你就会变成烟雾消失掉。没有多久黎明就会来临，你赶快去咬人吸血吧。

循着人们的喊叫声，我伸开双臂一瘸一拐地向前走去。哐！哐！传来急促的关门声。由于中了一支箭，我的脚步变得迟缓。咦，大家怎么都跑得这么快呢？怎么抓住他们呢？正在琢磨怎么抓人时，从不远处飘来血腥味。缓慢地向前挪动脚步，可是血腥味并没有消失。

在一片混乱中，有个老妇人没来得及逃跑。这是天上掉下来的馅饼啊！我急忙靠近目标。虽然不是上等的血，但是可以解决眼前的燃眉之急。也许是犯了关节炎，老妇人坐在地上用拳头噼噼啪啪地敲打着双膝。也许，老妇人双腿乏力，再也走不动了，也不准备逃跑了。我一步一步地靠近她。皱皱巴巴的脸上，充满了忧愁和焦虑，没有享受过多少幸福的脸上，充满悲伤的表情。我停住脚步，俯视着她。双手抓住她的肩膀，张开了嘴。她似乎已经失去了生存的欲望，什么也不说，冷漠地看着我。我变成僵尸后，第一次与活人对视。她灰暗的瞳孔里似乎闪烁着光芒，仿佛熊奶奶的眼睛一般。还能见到这种眼光，我感到既高兴又惶恐。

咻——噗——第二支箭射中后背。这支箭几乎要击倒我，对我的冲击很大。你在干吗呢？到嘴的鸭子，都让它飞走了？新的猎人来了，快跑吧。朋友跟在我的身后，责备我。老太太岁数这么大，怎么下得了手呢？唉，身体壮实的，动作敏捷的早就跑没了。只剩下像熊奶奶那样的老弱病残啊，该怎么办呢？

朋友呼地长叹一声。现在，你还有时间在乎老弱病残吗？你现在不是人，而是僵尸啊，僵尸。甩开我，走在我前面的朋友说道。你看，那个人怎么样？虽然身材不大，但是比老太太的血要新鲜一些吧。朋友指着立柜的前方说道。看来是和家人走散，迷路的孩子。捉住一个孩子是很容易的。当我捉到孩子，张开血盆大口时，孩子丝毫也不畏惧，反而向我哀求道：僵尸叔叔，我不愿意变成僵尸啊。我要读书，长大了还要赚钱，给妈妈买药治病呢。孩子目不转睛地凝视着我，没有阴影，却明亮无瑕的双眸，令人称奇的是，这双眼睛在眼眶中没有颤抖。这不是看僵尸的眼睛，而是看人的眼睛。咻——咻——连续好几支箭从我身边飞过去。随着扑哧一声，传来朋友的呻吟声。为了替我挡箭，朋友不幸中箭。不知不觉中，我放开了孩子。不用怜悯孩子，你以为孩子就不一样吗？你的朋友不也都是孩子吗？那些孩子什么时候在乎过你的感受。我没有理会朋友的话，继续向前走去，一直向前走去。

雄鸡第二次打鸣，没有时间再犹豫了。越过栅栏，踢开大门，我闯进了一个陌生人的房子。射箭暂时停止了。

这座房子显得比其他房子狭小而且简陋。房门从里面反锁着，由于房子破旧不堪，踢了几脚，房门就被踹开。四方形的狭小的房间，立柜，衣柜，放着电视机的矮柜，挂着衬衫和袜子的晾衣架，截掉两条腿的矮沙发……非常熟悉的房间。这究竟是哪儿呢？活着的时候知道这里是哪儿吗？这次，不管发生什么事情都要咬死人。这座房子里的人都跑哪儿去了？

咔嗒咔嗒，传来转动钥匙的声音。“永陪，永陪，妈妈回来了。”难道是这家的主人回来了？伴随着咣当一声关门的声音，传来丁零零、丁零零的电话声。“哥哥，你有什么事吗？”伴随着说话声，厨房的灯也亮了。传来一阵嘀嘀咕咕的通话声，不知是谁在打开房间的门。是手里拿着手机的年轻的妈妈。妈妈扫视了一下房间，然后看着我。变成僵尸的我僵硬地伸出双臂，翻动家里的角角落落。还没有吸食人血，也没有变成烟雾，所以不能停止玩游戏。“永陪，你在干吗呢？”妈妈喊道。事实上，在玩游戏的时候，说话是禁忌。可是，我慢慢地转过身靠近妈妈，咔——张开嘴巴，露出锥子。现在，我在玩僵尸游戏。我是僵尸，你快点跑吧。我朝着妈妈，呈现出僵尸一般的表情。

4

僵尸？正在玩僵尸游戏？呆呆地望了一会儿孩子，花淑脱下外套挂在墙上。“哎哟，能玩的游戏那么多，偏偏喜欢玩僵尸游戏？你和中国的朋友一起玩过这个游戏吗？……”花淑拉着孩子的手，走进卫生间，细心地给孩子洗手和洗脸。“这是怎么了？鼻子出血了。你磕到哪儿了？疼不疼？……”孩子的游戏突然被打断，好像非常不情愿，闷闷不乐的样子。“妈妈去做饭，你就玩别的游戏吧。上次不是给你买了很多玩具吗？等你爸爸回来，我们一起烤五花肉吃。”用毛巾给孩子擦了擦脸，简单地收拾了狼狈不堪的房间，花淑走进了厨房。

挽起袖子，拧开水槽上面的自来水管子，将孩子吃饭用的空碗和饭锅放进里面清洗。前天的话，不就是星期二吗？那一天，禹民明明说了要去上班的呀。可是又去赌场了？原来以为孩子回来之后，禹民改变了很多，难道这些都是花淑的错觉吗？刚刚平息下来的愤怒，就像石锅里烧开的热汤一样滚滚地烧开了。她停止切猪前腿肉，洗洗手，拿出了手机。

“现在你在哪儿呢？是回来的路上吗？”听到禹民的声音，花淑问道。“啊，快到了。买了一些橘子、甜饼回去。想让我们家陪陪白天在家里玩的时候吃。”禹民的声音不像是伪装的，显得很自然。“今天怎么提前回家呢？干这份工作没多久，你们社长允许吗？”花淑警觉地问道。“快有一个月了。我干得很好，社长特别喜欢我。我跟他说我儿子来韩国了。社长说这几天看着情况，哪一天早一些回去也行。”从花淑的声音中似乎感觉到了什么，禹民小心翼翼地回答着，“马上就到家了，咱们回家之后再说。”禹民挂断了电话。他这次说的是实话吗？是不是又在骗我？那么，在赌场看到的是不是禹民呢？是不是有人看错了？

花淑把手机装进围裙的兜里，将剩余的猪肉切好放入冰箱。烫好黄豆芽，做好了凉拌菜。她拿出新做的泡菜切好，剥蒜皮，制作包饭酱。这时，哥哥来了短信：开始我也不相信，所以又详细地问了一遍，对方说肯定是韩女婿，没错。那个朋友跟你老公都打过招呼。花淑似乎看到前面放着红色筹码、绿色筹码和疯狂赌博的禹民。眼前闪过讨债人追债的电话和存折里哗哗流出的韩币。不成器的东西……由于双手剧烈颤抖，花淑无法干活。她一把拽下围裙，扔到一边，走进房间里。

此时此刻，花淑恨不得立刻打电话确认虚实，但她还是忍了忍，决定等禹民回来。不管是去了赌场，还是没去赌场，禹民都不会承认。脚底下有什么东西绊了一下，是玩具——急救车、消防车、卡车、警车、机器人聚酯包装盒、变形机器人，还有原本放在电视柜上的牙签盒子、手机充电器，甚至连禹民的螺丝刀，也不知道是从哪里找出来的，摆成一条弯弯曲曲的长龙，摆在整个房间。如果，禹民再次去赌博……花淑瞪着孩子，忍不住发火道："你拿出一两个玩具，玩够了，再换别的玩具玩，不行吗？家里都成什么样子了？本来屋子就小，你看看家里乱七八糟的。"花淑原来想尽可能不在孩子面前大声吼叫，可是现在她再也不能控制自己。这个孩子为什么专门玩奇怪的游戏呢？

正在摆龙门阵的孩子，听到花淑尖厉的叫声，吃了一惊。孩子来回抚弄着手里拿着的扳手，好像在仔细地揣摩花淑的叫声意味着什么。花淑见房间里没地方下脚，把摆成一条龙的玩具截开一半，哗啦一下子堆到一起，推到孩子面前："陪陪，你听懂了妈妈的话吗？先玩几个玩具，玩够了再换新的玩具，行不行？一个玩具可以玩好长时间呢！"花淑强压住心中的怒火，拿起变形汽车，改成变形机器人，递给孩子。孩子低着头沉默不语，看着好好的一条龙破坏得面目全非，终于用扳手啪的一下将花淑递过来的机器人打出去。花淑头一回看见孩子反抗的样子。瞧瞧，这家伙，弄乱了他的玩具，不高兴，闹别扭了？把托马斯火车递给他，他同样啪的一声打出去。又递给他消防车、警车，他同样用扳手啪啪地打出去。由于用力很猛，花淑的手心都感到疼痛。他好像向人示威，他生气了，鼓着腮帮子，将花淑堆起来的玩具，哗啦啦地搅乱了。

坚硬而又沉重的铁制玩具有些滚落到家具的下面，有些碰到墙壁上弹回来，有些重重地砸到花淑的脚后跟上。玩具尖尖的边角刺破了花淑的脚后跟，渗出鲜红的血滴。随着一声尖叫声，花淑用手抱住渗出鲜血的脚，不禁冲着孩子大声吼道："你住手，你住不住手？"因为禹民的事情，心中燃烧的怒火，由于孩子的反抗，终于像火山一般爆发出来了。

"臭小子，你听见没有？别玩了！妈妈的脚都受伤了！"孩子一意孤行，继续用手搅乱玩具，然后抬脚，用力把玩具踢出去。花淑伸手把住孩子的肩膀，拼命地摇晃起来："我为什么要这么活着？要不是你，我早就离开你那不争气的爸爸了。你能听懂我的话吗？连你都让妈妈伤心，妈妈还怎么活呀？……"孩子的反抗也很剧烈，想拼命地挣脱出花淑的双臂。然而力不从心，就拼命地晃动脑袋，翻着白眼，像疯了一般，疯狂地摇晃。这一瞬间，花淑的脑海中闪过一个念头，孩子真像一具僵尸啊。这个孩子在韩国待的时间再长，也不可能适应这里的生活。不，不会像正常的孩子一样健康地成长，也许一辈子都会成为别人的负担。花淑突然松开了手，她放开孩子，像看一个怪物一样，怔怔地注视着孩子。现在，禹民有可能还在赌博……

突然想起了嫂子说过的话：我对韩家人已经绝望了。"他们韩家人整个家族都有问题。嫁他们家，我是为了享福吗？原来想夫妻俩好好过日子，好好抚养孩子。现在，我都放弃了。觉得把青春浪费在那个人身上太可惜啊。在我变得更老之前，我要追求自己的人生……"嫂子说这些话时，花淑觉得只不过都是气话而已。因为每次嫂子替大伯哥还赌债的时候，都是这么说的。心在剧烈地颤抖，现在，该怎么办呢？想起哥哥说的话，一旦沉迷于赌博很难摆脱出来。如果禹民继续上赌场，以后绝对不能继续跟他过日子。现在，应该找谁讨论，解决眼前的问题呢？

花淑想：为什么非得叫我一个人承担所有的责任？我已经做了我该做的一切，现在再也没有力气承担更多的责任了……花淑好像丢了魂似的，摇摇晃晃地站起身，打开衣柜的门。柜子里挂着外套、裤子等衣物，柜子的里侧放着一个行李箱，这个行李箱是搬到这间出租房时用过的。看到行李箱，花淑想起了过去用这个行李箱三番五次搬家的情景。我不能再这么生活了，我有权利过一种与现在完全不同的生活啊。我不过是一个软弱无能的女子，我不是毫无希望的韩氏家族的救援队啊。弯腰趴在地上的孩子，似乎发觉花淑的举动有些异常，他试图弄清花淑的举动意味着什么。终于，他好像想起了什么，想放声大哭，脸色发青。花淑从衣柜里拿出行李箱放到地上，但是还狠不下心来打开行李箱，只是怔怔地望着它。

5

“永陪啊，我们家永陪。爸爸买来了好吃的橘子，还有甜饼。”妈妈正在望着行李箱发怔时，爸爸回来了。他两只手里分别拎着两只塑料袋，打开房门，伸进来脖子。似乎今天要换一种战略，声音显得很温柔。爸爸看到放在地板上的行李箱和坐在旁边的妈妈，以及散乱地扔在屋子里的玩具，脸色顿时凝固起来。“这是在干什么呢？在孩子面前？”爸爸望着我手中拿着的扳手，似乎在思考扳手与目前的状况到底有何关联。“永陪啊，怎么了？没什么事吧。”爸爸放下手中的塑料袋，急忙跑过来，从我手中拿走扳手，“孩子拿着这么危险的东西在玩，你当妈妈的……”一直到这时，看到咬牙切齿地怒视着自己的妈妈，爸爸像罪人一样红着脸问她，“这又是怎么了？为什么这样？”“你说实话。今天是最后的机会。如果这次再说谎……”妈妈一字一顿地说道，脸色越来越难看。

妈妈似乎在寻找最恰当的词语，暂时停顿了一下，马上做出了决定，接着说道：“如果这次再说谎，我们就彻底分手。”爸爸一边收起玩具放进盒子里，一边偷偷地看着妈妈。犯罪感，羞辱感，委屈感，侮辱感，各种各样被压抑的复杂的感情纠结在一起，顿时化成愤怒，在眼中熊熊燃烧起来了。“什么？你现在还在怀疑我？你到底想怀疑到什么时候？你总是这样对我……”说到这里，爸爸吐出一句，“欸，他妈的！”倏地站起身，把围巾狠狠地甩到地上。

“你说实话。”妈妈根本不管爸爸发火，穷追不舍地问道，“最近，你还上赌场吗？”到底是怎么回事？这种状况下，我不知道该做什么，我感到非常难过。我悄悄地偷看爸爸和妈妈。“这几天，你去没去赌场？你这个败家子。输了那么多钱，到现在还不清醒？”妈妈提高了嗓音，是恶毒的声音。爸爸俯视着妈妈冷笑着：“这么说，这些天你一直在怀疑我？现在我不赌博了，我不去赌场。行吗？我怎么跟你说，你才能相信我？你这个女人真不可理喻。本来想好好过日子，都得让你给毁了。”爸爸似乎感到很委屈，瞪着眼睛大声吼叫，眼睛里愤怒的火花四处飞溅。这到底是怎么了？在同一间屋子里一起吃饭，一起睡觉的人，为什么互相朝着对方大喊大叫呢？

“什么，你说我不可理喻？因为我会毁了我们家？你这骗子，你现在还在撒谎。只要张开嘴，说的都是鬼话。前天星期二，我知道你又去了赌场……有人看见你，肯定是你，你想骗我骗到什么时候？”妈妈从衣柜里拽出一件衣服气愤地扔向爸爸，“我本来想相信你的话，原来我才是十足的傻瓜啊！你这个恶棍，我受够了。有什么能力吗，诚实吗，难道是你们家族真的有什么问题吧，孩子还是这个模样……”

妈妈怒气未消，从衣柜里随手拿起衣物全部抛向爸爸。其中的一件衣服正巧击中爸爸的脸上，爸爸感到受到侮辱，脸红一阵，青一阵。

“没有，我没去赌场。这么说，现在我做什么你都看不顺眼了？你是不是想找一个有钱人，都想疯了吧。什么？我们家族有问题，所以孩子才成这个样子？喂，既然你先说出来，咱们就说道说道……你怀孕后非得要上班，几个月里你喝了多少客人给的酒，你以为我不知道吗？你不就是仗着长着一张漂亮的脸蛋，为了多赚几个小费去饭店打工吗？”爸爸说的尖刻的话语，刺激了妈妈，妈妈的脸煞白煞白。她张着的嘴不住地颤抖，像陌生人一样看着爸爸，好像碰见一个巨大的僵尸。“什么？……你怎么能对我说这种话？”这才是真正的僵尸游戏啊。嗷嗷、呜呜两个露出尖厉牙齿，竖起脚趾，互相咆哮的僵尸之间的决战。

“孩子变成这个样子，难道不都是你那个哥哥造成的？再怎么缺心眼的人也是，自己的妹妹怀孕了，在巴掌大的小房间里，不停地抽烟，谁能受得了？当初，再怎么失业，也不应该让他到咱们家里来住……”爸爸僵尸率先开始攻击。我第一次感到爸爸这么口齿伶俐。过去我看到的场面一直是妈妈说两千万元怎样怎样，赌场怎样怎样，爸爸不敢还口，乖乖地投降。

“说实话，我一直没有说出来而已。我们没有生下前两个孩子，推迟结婚都是为了帮助你们家，不是吗？当时如果把孩子生下来，像他这样的病人……”说着说着，爸爸瞥了我一眼。妈妈苍白的脸回头看我。原来是因为我啊？因为我他们才吵架吗？对，我是怪异的孩子。谁都不喜欢我，我记忆中根本没有这样的爸爸和妈妈。他们和别人一样根本不喜欢我。什么破家，什么鬼爸爸鬼妈妈，什么鬼脑袋，统统砸碎算了。我的脑子里一片混乱。

妈妈忍不住悲伤，哼哼唧唧地哭泣。“好啊，你现在终于说出心里话了。找了一个穷媳妇，后悔了？说实话，你帮了我们家什么忙？都是我挣钱接济我的家人。那么，你们家都帮了我们什么？一生就一次的婚礼办得隆重吗？给我们钱让我们去新婚旅行了吗？一直到现在，给别人家看孩子挣钱，自己家的孙子连看都不看一眼。你怎么不说话？你有什么话好说？老婆为了过好日子，回国之前，连周日都去干活，一个人生孩子、养孩子的时候，你都干了什么？如果你有良心，你说说看。那段时间，你都干了些什么？……”妈妈终于忍不住趴在行李箱上嘤嘤嘤地大声哭泣。我和爸爸的脸上流露出厌烦的表情。

喂，这都怪你，怪你，知道吗？……不知道从什么地方传来让人沮丧的声音。不是朋友的声音，是第一次听到的声音。然而，仍然和朋友一样没有显出它的身影。不对，不对，我到底做错什么了？我在心里向着这个声音问道。你做错什么了？呵呵呵……现在你还不知道吗？你的错误就是你一出生就是一个病人。知道吗？你是病人，是僵尸。你在不知不觉中成为了吸食人血的僵尸啊……呵呵呵。我拼命地摇头。不是，我不是僵尸。我是人。我从来没有吸过人血。爸爸和妈妈正在相互攻击对方，无暇顾及我。让人心情沮丧的声音，不管我怎样摇头，都紧紧地缠绕在我的耳边耻笑。滚，你是谁？我心情不好。你不是我的朋友……

我挥动手臂赶走飘浮在空中的看不见的声音。这个声音从我手臂间左右躲闪着，折磨着我。我想大声喊，爸爸，妈妈！可是，这个家伙死死地掐住我的喉咙，让我喊不出声来。

我瞅了瞅爸爸。爸爸瘫坐在地上双手撕扯着自己的头发。“那段时间都做什么了？因为要生儿子，我老婆不在家里，不，是一天天没有尽头的日子，机械一般地生活，我感到厌烦透顶，觉得自己活得没有人样，就去了一下赌场，呵呵……”爸爸在傻呵呵地笑，“这么做之后怎么样呢？一点一点积攒起来的钱都打了水漂，未来更加暗淡，不是没想过要认真地生活，而是想把在赌场中输掉的钱都挣回来的念头渗透到我骨子里……”爸爸，快来救救我。我哀求着爸爸，可爸爸仿佛丢了魂似的，只是低头看着自己的手。都是我的错，我该死……

你瞧，这都是因为你。和你一起生活的人都要疯了。为什么？因为你在折磨他们。我更加拼命地摇头。不是，你给我滚开，你是坏蛋！我抬眼望着妈妈。妈妈趴在行李箱上双肩剧烈地抖动着，哗哗地流泪。“你这个没良心的家伙，你怎么能这么对待我。我是怎么对待你的？……”妈妈反复叨咕着同样的话。妈妈，妈妈你看看我，你来帮我啊，帮我把这个家伙撵走吧。

妈妈告诉他，不是因为我……我向着妈妈哀求着。

玩僵尸游戏时，陪伴我的朋友说过：村里人谁都没有给开门。需要帮助的时候，没有人伸出援助之手。难道他们也是这样做的吗？撕扯着自己头发的爸爸，仿佛做出什么重大的决定，猛地站起身走向厨房。听到爸爸的动静，妈妈暂时停止哭泣，站起身望着爸爸。爸爸从厨房里走出来，手里提着妈妈刚刚切肉用的寒光闪闪的锋利的刀。“这可恶的手指头……再也不让它赌博……花淑，今天你干脆把我的手指头砍了算了。”妈妈尖叫一声跌倒在地上。爸爸的脸色不像是活人的脸，眼睛空洞，皮毛发黄，毫无疑问是血被抽空的僵尸啊。爸爸一手高高地举起菜刀向妈妈走去，走到受到惊吓、连连后退的妈妈跟前，伸出他的另一只手。真的是因为我的缘故吗？是因为我才变成这个样子的吗？我不再摇头了，不再摇晃着双手，全身开始颤抖，不住地颤抖，颤抖得越来越剧烈。

就是因为你的原因，看清楚了吧？你爸爸变成的那副模样，一会儿，你妈妈也会变成这个样子的。哈哈哈，让我沮丧的声音发出胜利者的微笑。我的身体渐渐变得僵硬，眼珠子向上翻动。如果真的是因为我的缘故，我应该怎么办呢？我提起精神问道。当然，你消失了就行。就像刚才玩僵尸游戏时一样，不去咬死别人，救活这个人，你就要消失。好，现在，你跟着我走吧。

似乎有人从我身边如一阵风一样闪过。“我以后再不能跟你过了，不能再跟你过了……我不跟你过了……”另外一个人急忙追赶。“你站住！

你去哪儿？你要敢走，今天，不是你死就是我活，咱俩做个了断……”

哦啊啊——从我的嘴里发出奇怪的叫声。我真想活着，可是我不可以活着。我要像烟雾一般消失掉。那么，所有的人都可以好好地活着？从我的舌底冒出白沫，眼珠子翻白，再也看不到世界。僵硬的身体根本不受我意志的控制，不住地颤抖，哐的一声，我的后脑勺碰到地上，我失去知觉。现在，一切都结束了吧？就这样结束了吗？不像想象的那样疼痛或者痛苦。我为什么会倒下去呢？房间里都有谁？我是谁？去哪里？这些东西缥缥缈缈地慢慢淡化，看见远处有白色的明亮的光，是柔和、温暖，没有谎言的光。也许是有很多灵魂生活的世界。所以我变成灵魂在说话。

我没事，我原来就是怪物吧，像我这样的孩子可以扔掉，我也不愿意在那个世界上活得很久很久……可是，可是，在这个短暂的时间里，能和你们一起生活我很幸福啊，妈妈、爸爸……

“永陪，你怎么了？你快醒醒……”

6

从挂历一般大小的窗户里，那也是被遮住了一半的半扇大小的窗户里，洒进了稀稀疏疏的几缕晨光，在地面上落下斑驳的影子。狗也会捡着吃主人吃剩下的饭粒……据说，有个女子曾经对耶稣说过这样的话。确有此事吗？不得而知。有几缕阳光的房间总比根本见不到阳光的屋子强很多倍吧？花淑心里想到。空空的行李箱，重新放回衣柜里。那日晚，失去理智，手持明晃晃的菜刀，追打花淑的禹民，听到了孩子轰然倒地的声音。当时，已经跑上石阶的花淑回头，神思恍惚地望着追到走廊门口的禹民。“去他妈的。”只见禹民低头看了一眼手中的菜刀，飞一般地跑回屋里，喊道，“永陪啊，你怎么了？”

孩子眼珠子翻白，口里吐着白沫，全身剧烈地痉挛和抖动。这样的情形过去只听别人讲过，这一天，花淑亲眼看见癫痫病是怎么发作的。这是我生的孩子吗？四肢僵硬，瘫倒在地上，不住颤抖的这团肉块？这个孩子怎么办好呢？花淑看到，禹民跑回去，把孩子放平，又把孩子的头转到一边，以便孩子顺利地吐出白沫。过了几分钟，孩子慢慢地停止了颤抖，逐渐安静下来。伴随着顺畅的喘息声，孩子终于轻轻地打鼾，陷入沉沉的睡梦中。跪地一动不动地注视着孩子的禹民，呼的一声松了一口气，对着花淑说道：“拿来一条热毛巾，给孩子擦擦脸。”

花淑从饭店辞职。花淑对社长说，孩子从中国来，孩子患有自闭症。社长没有挽留花淑。当花淑接过来工资袋，转身离开饭店时，从厨房玻璃窗里看到赵室长正在看着她。她轻轻地低头行礼告别。走出饭店大门时，赵室长的声音从身后传来：“俊姬，要加油，无论在哪儿都要好好过。”

花淑找了好几家大大小小的医院，诊断结果几乎都一样——自闭症，准确地说是神经发育障碍症。这种病发作时，会有其他障碍症同时发生。有自闭症的孩子往往也会患有社会性相互作用障碍、强迫症、癫痫等病症。说话不清楚、读不懂别人的表情、不敢和他人对视或者融入、玩奇怪的游戏，等等都是因为自闭症的原因引起的。

1960 年，卡诺第一次使用了“自闭症”这个词语，这种疾病由于研究历史比较短，至今也没有找出发病原因。

最初的研究认为是产妇受到压力、不正确的胎教或者教育方法不当等环境因素是致病的主要原因。而最近的研究表明，先天性疾病或者大脑自身问题是引起疾病的主要原因。

主张遗传性因素起决定作用的观点认为，只有一个 X 染色体的男孩子，比拥有两个X染色体的女孩子发生自闭症的几率更大（X染色体中有PTCHD1的遗传基因，如果缺少这个基因或者被消灭就会出现自闭症症状）。如果是这样，嫂子曾经埋怨过的韩氏家族遗传有问题的说法，是不是有一定的道理。医学上认为，脑细胞间突触异常增殖是导致疾病的直接原因，突触的分支在五岁前基本完成，所以在五岁前加紧治疗，痊愈的可能性比较高。

不是没有预料过这个结果，但是，很难接受。大学医院里说，初期诊断非常重要，发现之后如果及时治疗，效果会很好。目前，在没有加入医疗保险的情况下，个人和家庭要承担的医疗费相当高，而且还没有特别好的治疗方法。因为自闭症患者每个人的情况不尽相同，治病也不能一概而论。现在采用的治疗方法，主要是通过自我调节，让患者关心世界，形成和谐的人际关系，矫正沟通方式等，使用行为治疗和心理治疗方法。“看来，这个孩子患有语言障碍症。”大学医院的医生说道。似乎再发现一个障碍是自己的义务和成果一样，医生从头到脚细细地打量着孩子。孩子不能回答医生提出的任何问题。孩子低垂着头，不停地抚弄着拇指和食指。在走廊里清晰地传来某家的孩子拼命哭喊的声音。花淑紧紧地握住孩子的手。“不对啊，孩子能听清楚人们说的话，也能说清楚想说的话。因为他在中国长大，不会说韩国话。”花淑对着医生挤出一丝笑容说道。

每天早晨禹民按时上班，清扫饭店大院和清理仓库。在抽烟或者中午休息的时候，眼前会出现飞来飞去的纸牌。为了赶走脑海中出现的纸牌，禹民尽量减少休息时间，只要有空就帮着其他人做一些力所能及的事情。

社长以为禹民原本就是诚实勤劳的人。下班回家途中，禹民曾经遇到过哥哥禹植。禹植跟禹民说自己没有吃饭钱，给他借钱，然后又引诱禹民，一起去赌场赌钱，鼓动禹民把输掉的钱挣回来。禹民第一次痛打了哥哥。“对不起，哥哥，现在我只能这么做……”禹民把兜里的两万元韩币扔给了哥哥，然后回到家里。哥哥挨了弟弟的痛打后，捡起来两万元韩币，转身离开。看到这样不争气的哥哥，禹民感到一阵心痛。禹民整个晚上都在睡梦中哭泣。哭着哭着，禹民醒了。他看见在方方正正的地下出租屋里，传来孩子和花淑嘶嘶的喘息声，似乎什么事儿也没有发生过，喘息声回响在狭小的房间里。

辞职之后，花淑从网上搜寻大量与自闭症有关的资料，就像抓住救命稻草一样，寻找可以治愈自闭症的所有方法。自闭症可以在专业化的设备环境下，有父母的配合治疗，是有希望可以治愈的。但是不知道需要多长时间才能治愈，需要的费用非常昂贵。看到这些资料，花淑想，就是花光存折里所有的钱也要试一试。她还了解到，这也许是一种脑部疾病，也许是因为内脏虚弱引起的疾病，如果增强身体免疫力对治疗疾病非常有帮助。自闭症的孩子到音乐、美术兴趣班学习，对治疗疾病也有好处。各种治疗方法虽然重要，父母对孩子持续的关心和适合孩子水平的教育方法更为重要。花淑心里想，其实，这些方法，对正常孩子的教育上也是适用的。自闭症孩子对外部世界感到混乱和恐惧，也不是难以理解的事情。儿童期综合征是指不能和其他人形成相互关系，产生不了情绪上的纽带感，好像“关闭在自己的世界中”，所以被称为“自闭症”，也称为发展障碍症。如果仔细观察，每个人身上似乎都有这样的一面呢。

吃完早饭她和孩子一起在小区转了一圈。这里有包裹专卖店、皮鞋专卖店、饼店，还有咖啡店。带着孩子一起到常去的美发店理发。孩子并不反感，对镜子、吹风机、剪刀非常好奇，看了又看。走过十字路口时，孩子紧紧地握住花淑的手，几乎要渗出汗，似乎在担心花淑会丢开他一个人走掉。在游乐场，他最喜欢玩的游戏是打秋千和回转椅子。坐在回转椅子上，滴溜溜、滴溜溜地转圈，转得几乎要晕头转向，孩子第一次咯咯咯地笑了起来。孩子要求花淑从后面更快更猛烈地推他。走过蔬菜超市时，看见躲在垃圾桶旁边的一只褐色小猫，孩子蹲在地上看了好一阵子。怎样催促他，他都装作没听见。认认真真地观察小猫用前腿掏垃圾桶的样子。想去摸摸小猫，走近身边，可是小猫逃跑了，他生气地往小猫身上扔石头子。花淑担心打到路过的行人，急忙上前拦住孩子扔石头。

每天都来看看小猫，还给它喂食，小猫会和你成为朋友的。你不也是吗？别人太靠近你，你也会感到有负担吗？

在小区里散完步，回到家里，花淑开始打扫房间。孩子拿出新买的彩色蜡笔在纸上画画，孩子非常喜欢蜡笔的颜色，花淑想，要是早一些给孩子买彩色蜡笔就好了。儿子描绘出的画面和以前有所不同，在山清水秀、绿树葱茏的地方，画了一座美丽的草房。房间里有一个孩子和小猫咪在玩耍。这里有栅栏，有窗户，有大门。房门上画着圆圆的小门把手。花淑转动洗衣机，用浸湿的拖布擦净房间的每个角落。心想，过了一个月孩子会有一些好转吧，到了明年会有更多的改变吧？对花淑来说一切都是未知数，孩子也好，禹民也好，自己也好，在韩国的生活也好，或者回国生活也好，究竟会怎样呢？

花淑感到忧心忡忡，在路上接过一位大婶递给她的传单，问道："我不知道到底有没有天堂，有没有灵魂。我信教，我孩子的病就能好转吗？"穿着一身正装的大婶，精致的化过妆的脸，亲切地对着花淑微笑着："上帝爱世界上所有的人。只要到上帝面前祈祷，万能的上帝说不定也能治好你儿子的病。这周，你就来我们教会吧。"大婶指了指对面的商业大厦。三楼的玻璃窗上，和似乎是六楼还是七楼的玻璃窗上，贴着用不同材质和款式制成的大红十字。似乎是和大婶一个教会的另一位大婶走过来，亲切地说："来吧，你遭受的苦难，也许是上帝的安排吧。"她们灿烂的笑容中提到的上帝，似乎离花淑心目中想象过的上帝太遥远了。花淑离开她们，回到了自己的出租房里。花淑没有打开灯，径直走进漆黑一片的卫生间，蹲在坐便器上，向着黑暗默默祈祷：可怜可怜我的孩子，让我的孩子尽快好起来吧。如果我们都死了，也赐予他一种能够生存的能力吧。

打扫完房间，冲洗好拖布，回到房间里，花淑看见孩子在扒拉着成堆的拼图，从中寻找什么。本来想五百块拼图，多能多到哪儿去。没想到孩子把拼图块全部倒在地上，数量还不少呢。拼图一块一块……每一块拼图只有瓶盖那么小，加上五颜六色，纹路相似，让人看了有些眼花缭乱。她有些后悔不如买一百块的拼图和孩子一起拼装就好了。孩子随手捡起一块拼图放在底盘上，大概是按照自己的方式随意拿来玩耍。

花淑从洗衣机里拿出洗好的衣服抖一抖，甩一甩。内衣和薄衣服挂在卫生间墙壁之间的晾衣杆上，厚一些的衣服挂在外边的晾衣绳上。她把湿漉漉的手放在运动裤上擦了擦，然后抬头一看，在明媚的阳光下，在密密麻麻、参差不齐的楼房中的某一间房子里，传来悠扬悦耳的钢琴声。是最近新搬来的人家吗？第一次听到这样的钢琴声。走进房间里，看到孩子似乎也听到了钢琴声，停止了拼图，静静地侧耳倾听。看到底盘上拼装的模型块，花淑吃了一惊。以火红的晚霞为背景，罗马斗兽场没有坍塌的一侧墙壁，雄伟的面貌逐渐成形。怎么会这么快？花淑吃惊地看着孩子。在孩子的手里，这不是一块块拼图而是正在呼吸的生命体。不顾受到致命的伤害，依然用真实的面貌，重建生活的生命体。

钢琴声消失后，孩子重新拿起拼图块，放进合适的位置上。"下次我想做这个。"孩子说道，"冬夜的蓝色房子。"孩子偏着头，将一块一块拼图插入进去，仿佛是对着吹过的风说话："我很喜欢冬夜的那幅画。看到那座尖顶的房子，感到孤独和悲伤。可是，我从闪着黄色灯光的窗户里听到了美妙的歌声。"

孩子来到韩国后第一次，不，是再次见到花淑后，第一次用清晰的朝鲜语叫了一声花淑：

"妈妈！"

塞班岛历险记（纪实小说）

⊙金松子　韩正日 著

打开世界地图，我们可以看到，在茫茫太平洋的西侧，万顷碧波上，漂浮着一座犹如干树叶一般的小岛。小岛的面积为 122 平方公里，人口有 4 万多。这就是我们常常听到却又非常陌生的神秘土地——塞班岛。

公元 20 世纪 80 年代后期开始，数千名中国人走进了这个岛屿。他们不是去这个世界旅游胜地悠闲观光，而是怀着一颗充满希冀却又有些忐忑不安的心，出卖自己的劳动力。这支庞大的劳务大军里，大部分人是朝鲜族，其中绝大部分又是女性。在塞班岛，她们都被称作“中国朝鲜族”。

今天要讲述的是作为第一批劳务输出人员，到塞班岛打工，现已回国生活的一位女工的见闻和经历。

哦！这是一部交织着血与汗、苦与乐的中国朝鲜族的小岛历险记。故事里充满了在国外打拼的朝鲜族人的酸甜苦辣。

听听她们的故事……

一、血汗与美元

一提到塞班岛，我就会反射性地出汗，就是那种连内衣都会湿透的大汗淋漓。

这座岛屿冬季的平均气温为30℃。工厂里虽然有电风扇在不停地转动，但我们的身体仍会被汗水浸湿。室内温度很高，工厂的氛围更是逼得让大家喘不过气来。一百名工人，就像是一百台机器，相互配合着工作，丝毫也不能松懈。

我们公司的名字叫“NEO时尚”，是一家专门生产西装的工厂。来到这家公司前，我在延吉民族服装厂工作，是服装厂首屈一指的缝纫工，技术非常熟练。但是在这家公司，我算不了什么，只能算是一个新手。到了这里，我第一次见到了日本制造的全自动制麻线和不停地运转的熨斗，每天在我们身边站着瞪大双眼监督我们工作的韩国姑娘。每个班组都安排了一名称为班长的姑娘，她们都是傲慢而又泼辣的姑娘。她们只有二十三四岁，每个人都接受过专门的训练，有着丰富的实际操作经验，所以，她们的手艺都很高超。

刚开始，中国的劳工从事熨衣服的工作。工资按工作时间来计算，每小时给2.15美元，每小时需要熨45套衣服。每隔一个小时，监督人员就会过来定时地检查我们熨的衣服。只要有一两件衣服没有熨好，就会遭到她们的大声训斥。

“我说，松子小姐，这么快你就想家了？”

遭到训斥后，我们就像是被猎手追赶的小兔子一样，不知死活，拼命地赶活儿。汗水就像流水一样流淌，喉咙好像在冒火。于是，我拼命地喝水，水喝多了，又特别想去卫生间，我就立即跑到卫生间，回来后发现自己比别人少熨了两件衣服。所以，我就一口气多熨了五六件衣服，然后去了卫生间，谁知回来后又遭到一顿毒骂。

“喂，松子小姐，前一次你一小时就熨了 50 套，这次怎么只熨了 43 套呢？”

“你说得不对啊，两个小时我熨了 93 套衣服啊……”

“松子小姐，什么时候你成了董事长了，不是说了是按小时计算吗！”

那时我才明白，生产线作业的要领，懂得了整个公司和工厂就像计算机一样运作的道理。于是，我想出了一个解决问题的办法，少喝水，减少去卫生间的次数。每个工人的旁边都安装了计件的按钮，如果熨好了一件衣服就按一下按钮。我把熨好的衣服的数量记在心里，先不去按按钮，而是等到我想去卫生间或者想要休息的时候，把事先熨好的衣服拿出来充数，然后再按下按钮。这样，我就减少了挨骂的次数。

突然，伴着一阵尖叫声，一件衣服朝着我的脸上飞过来。是韩国班长，瞪着眼睛恶毒地对着我大骂：

“大姐，你怎么熨的衣服，这么差劲，难道你想让公司倒闭吗？”

是我刚刚交上去的已经熨好的衣服。我捡起衣服仔细一看，只是袖子上有一点褶子。

“你吃枪药了吗？喊什么呀喊？”

虽然我这样顶撞她，但我也只能重新再熨一遍。如果是在中国的工厂，肯定会顺利通过的，但是在外国公司全然不同。他们对质量的要求极高，要求工人们就像在做自己家的事情一样丝毫也不能含糊，衣服上不允许有半点的褶皱。在做缝纫活儿的时候，即使有用肉眼看不出来的细小的误差，也是不允许的。一根线和线的型号有一点的不同，就会让你重新做。那时我才明白，在国内为什么外国制造的衣服会如此受欢迎。

就这样，在严格的监督管理下，我也不知不觉的有了自觉性。我绝对不能输给韩国姑娘，也不能输给菲律宾姑娘。我心里突然萌生出我要做出一番样子来，给她们瞧瞧的好胜心，所以开始自觉地督促自己做好每一件工作。一定要用实力胜过她们。中午，我只用10分钟时间吃完饭，跑着去趟卫生间，然后立刻回到厂子里，提前做好下午熨衣服前的准备工作。等把熨衣服的工作做得很熟练之后，我也开始做缝纫活儿。我多次向韩国代理请求我要做缝纫工作。

“我在中国也做了很多年缝纫技师，我会做好缝纫工作的。”

结果，在我们同去的伙伴中，我是第一个从事缝纫工作的人。后来，我可以同时操作两三台缝纫机。和我一起来的大部分中国同伴，也逐渐熟悉了工厂的工作。特别是从中国去的朝鲜族女性，因为是韩国人经营的公司，没有语言障碍，加上这些女工心灵手巧，学了一样技术，很快就能举一反三。她们在中国原来就做服装厂的工作，手法娴熟，而且都很勤奋，所以大家工作都得心应手。韩国姑娘对我们也开始刮目相看，看我们的实力大有长进，逐渐地对我们恭敬起来。如果公司有紧急出口的任务，我们就会像一个人一样，手脚配合着，不分昼夜地工作，按时完成任务。我们让她们看到了中国“突击队”的风采。塞班岛的服装公司大多是日本工厂，由韩国人经营。后来，无论是日本工厂的会长还是韩国公司的董事长，都向我们竖起了大拇指。

“大家做得很好，以后我们会继续雇用中国的朝鲜族姑娘们。”

听到这些话，我们都感到非常高兴。因为我们为国家争得了荣誉，为我们朝鲜族女性赢得了荣耀。付出了多少汗水，就会有多少回报。在塞班岛流下的汗水，让我们的钱袋子鼓起来了，我们挣了很多美元。在这里，我们付出多少自己的能力，自己的力量，自己的智慧，也就能够得到多少相应的回报。普通工人每小时是2.19美元，而熟练工的工资就会涨到每小时 2.4 美元。

不管怎样，离开家乡与亲人，来到千里之遥的岛国，目的就是为了赚美元。那时，我们心里想的只是多挣点钱。每月挣了 200 美元工资，去除我们的生活费和机票钱，我们手里就所剩无几了。所以，我们只能拼命地加班。加班费是每小时 3 美元 23 美分。但是，从中国去的劳动者不是每个人都有加班的机会。虽然，公司尽量让每个人都有机会加班，但是也有不公平的时候。

有人说，去了塞班岛只有和黑人一起生活，才有机会做缝纫工，只有与老板睡觉，才能给你安排好工作，这些传言都是骗人的。公司的最大利益是获得利润。因此，经营者会将加班的机会首先安排给熟练工。虽然，中国人给老板送一些带去的药品，也得到一些小礼物，但是决定加班的还是由自己的能力决定。

加班收入很丰厚，但是工作也很辛苦，不是可以用语言来形容的。我们正常上班都筋疲力尽，加班后就觉得全身无力。从早上八点到十二点半，再从下午一点半到七点。正常上班时间是十个小时。加班时间是晚上七点半到十点，有时到凌晨两点半为止。一天十六七个小时都在忙碌着，每天早上都是好不容易起床，匆匆洗脸，跑到工厂。很多时候，都没有时间吃早饭。

回国时我们挣了一万二千美元，每当看到这些美元时，我就会有无法形容的感觉。那不是纸币，而是我们的血与汗，那是我们用血与汗挣来的血汗钱。

二、啊，那天晚上

那是我们来到塞班岛一年后发生的事情。是阴历初三。

早晨去工厂上班，发现厂子里一个韩国男人都见不到。平时喜欢开玩笑的几个幽默的中国男人，像是吃了蜂蜜的哑巴一样只是默默地工作着。还有那些平常从大清早开始就喋喋不休的韩国小姐，也毫无生气。看到眼前的情景，我有一种紧张和不安的感觉。

我的预感没有错，真的发生了一件大事。就在前一天晚上，中国男人和韩国男人打了群架。韩国男人被中国男人痛打一顿之后，都逃之夭夭了。

咯噔!

我们的心都要跳出来了。心想，终于发生了这样的事情。其实，中国男人很早就处心积虑地想要做些什么了。韩国男人是公司的元老，并且负责技术性的工作和公司中下层管理工作，因此平时很嚣张。他们动不动就辱骂中国人，歧视中国人。在中国也从未受过如此待遇的中国男人只能强忍着心中怒火。省国际公司的工作人员曾到我们公司特别警告我们绝不允许发生打架斗殴事件，否则后果自负。省国际公司的工作人员多少也了解中国男人脾气有些不好。

但是，中国男人心中积满了怨气和愤怒，他们忍无可忍，终于爆发了。这场斗争看来很激烈。是前一天晚上发生的事情。

那天还是元旦休假期间。韩国男人独自聚集在一起杀猪吃肉，他们故意把公司里的11名中国男人排除在外。据说，韩国人认为吃全猪是他们过盛大节日首选的最好的料理。他们杀完猪，取出猪肠子，把整头猪都放在锅里蒸。中国人心里想，过节也不想着犒劳我们中国人。他们自己在宿舍摆了酒桌。在晚上十二点左右，韩国男人回到了宿舍，那时，中国男人的聚餐还没有结束。这些韩国男人将吃剩下的猪肉扔到酒桌上，说：“你们这些穷棒子，连猪肉都吃不起吧，给你们尝尝吧。”

他们这么做明显是把中国男人当成乞丐。那时中国男人酒过三巡，有些醉意，听到这些话，火冒三丈，于是把猪肉扔到了地上，齐刷刷站了起来。事情到了这个地步，还没有闹大。但是，韩国男人跑到宿舍外面，又开始大吼大叫地骂了起来：

“你们这些中国狗崽子，都出来啊。”

中国男人听到这种话都抑制不住怒火，不约而同地拿起棍子等家什，一起跑了出来。

“除了成品班的李代理，其他的韩国人都揍扁他们。”

成品班的李代理是唯一对中国男人较好的韩国人。那晚，除了李代理之外，韩国男人都被打蔫了。当时，中国男人有十一位，韩国男人也有十多位。但韩国人吓得躲了起来，有的躲到了衣柜里，有的躲到了卫生间。事后，韩国姑娘也都吵吵闹闹，乱作一团。住在男子宿舍较近的地方的韩国姑娘们这么一吵，惊动了我们，我们跑出去看个痛快。

“大姐，我以后绝不会嫁给韩国大叔，为了自己活命，都逃跑了。还有中国大叔怎么会那么勇猛，我还是第一次见到，真长见识了！”

那晚就连劝架的公团长也挨了打。只要是韩国男人都避免不了挨打。我们心里真的很痛快，终于出了一口恶气。工作时，想想这事，我们都会笑出声来。而韩国姑娘们变得无精打采。

我们一方面高兴，一方面还有些担心。这件事闹得很大。那些韩国男人不知道躲到了哪里，不肯出来。他们不出来上班，公司机器就无法运行。公司承诺要保障韩国男人的安全，但他们还是不肯上班。

“中国人不被赶走之前，我们是绝对不会上班的。”

他们还记下了七位中国男人的名字。无论怎样，公司还是袒护韩国人。虽然省国际公司有心偏向中国人，但为了以后长期的劳务合作，也不能过于强硬地出来为中国男人说话。他们多次与公司和韩国男人交涉，但是没有什么进展。我们女人也都不知所措。晚上，我们一百多名中国女人在宿舍开了会。

中国男人显示了中国人的威风，树立了威信，他们不是仅仅为了自己，而是为了来到塞班岛的所有中国人。如果他们被赶走，中国人就会更加被人看不起，更抬不起头。我们女人都团结起来，声援他们。如果这一次我们不能站出来，就会永远没有立足之地。

在会议中，我们决定选五位有威信、擅于辩论的大妈去和董事长谈判。我们还决定第二天早晨开始，大家都不出宿舍，绝食罢工。但是我们心里都很担心，如果谈判失败，我们就拿不了美元，被人撵回家里。

第二天早晨，公司食堂一百多人的早餐原封不动地留下来。工厂里只有几位韩国姑娘去上班。工厂一下子停止运行了。省国际公司的工作人员劝我们上班，但没能说服我们。于是公司派人来谈判了。

“不管什么要求，你们都可以提出来。”

“如果你们撵走那七人，我们也都不干了，我们一起回去。我们不是穷得没有出路才来到这孤岛的。如果继续让我们受如此的欺辱，那我们就不会继续在这工作了。如果想把中国男人赶走，那把我们也一起赶走好了。”

女人们都哭了起来。

公司代表人说想要回国的请举手，我们一百多名女人都举了手，一个都没落下。

最终，公司的董事长与我们的五位代表进行了谈判。但是第一次谈判，韩国男人与我们中国女人谁也不肯让步，最后以失败告终。公司也是进退两难。无论是没有韩国男人，还是没有中国女人，公司都不会正常运行。而且，美国当地的法律很严格，如果外国企业罢工一周，那就要倒闭，将此公司赶出国境。而且公司还担心，不懂法律的女工们走上街头示威游行。我们这些女工也趁机大声吵闹，说我们逼急了什么事情都能干得出来。

因而，第二次谈判双方都作出让步。那晚参与打架的“主谋”三名中国人和三名韩国人被解雇了。

那天，很多女人都哭了，流出充满酸甜苦辣的泪水。对于我们中国人来说是一次伟大的胜利。很快，这个消息就像长了翅膀一样传到了雇用中国工人的十三个服装公司。

被解雇回国的三位“主谋”就像英雄一样受到人们的推崇。就像是决斗中受伤的勇敢的骑士一般。中国女工为他们再次流下了眼泪。他们告别了父母妻子来到异国他乡，却要空手而归，他们将如何面对翘首以盼的亲人？在异国他乡，他们就像是自己的亲兄弟一样，相互扶持，现在却要离开，他们心里也不是滋味。

而剩下的人决定为他们凑钱。每个人都把自己辛苦积攒下来的工资拿了出来。在塞班岛其他公司工作的中国人也纷纷捐款，买了礼物送给要走的中国人。他们的礼物中有小孩的衣服、玩具等各式各样的物品。

在“英雄”回国前夜，我们在公司食堂为他们举办了特别盛大的欢送会。各公司的中国代表都来为他们饯行。我们买来了啤酒，敞开着窗户，播放从延边带来的“民谣连唱”录音带。大家都唱着跳着又哭着笑着……

那晚，我们不知是如何疯狂地度过的，相比之下，巴西的狂欢夜也不过如此吧。带着欢乐的心，离别的感伤，想立即一同回家的心情，想家的心情……欢送会开到了凌晨三点，快要出发去机场的时间。我们都去飞机场送行。当晚的情景令我终生难忘。

发生此事之后，不仅在我们公司对待中国人的态度有所改变，在塞班岛的其他公司中，对中国工人的态度都有了一些改变。我们以独特的代价，让他们知道了我们中国人的正义感和团结的力量，懂得了在异国他乡维护尊严和人格的重要性。

三、不管是站着还是坐着想念的都是你

“不管是站着还是坐着想念的都是你……”在塞班岛，我们女人最喜欢唱的就是这首延边歌曲。一年三百六十五天，每天晚上从寝室里都能听到这首歌曲。夜晚，难以入眠，无法入睡，想念家乡亲人的时候……我们都会情不自禁地唱起这首歌曲，融进我们对家乡的思念。歌词中“想念的都是你”常常换成想念的都是父母、女儿、儿子、家等等。唱着唱着，我们就会热泪盈眶，沉浸在复杂的思乡之情中。大约过了一年左右，我们的眼泪也哭干了。

我们仿佛是在含着糖果，慢慢在咀嚼回味逝去的往事，反省过去的自己。当时为什么要打自己的女儿，当时不应该和丈夫吵架，婆婆那晚应该很生气吧……然后，又整理自己的思绪，回家之后如何成为一个慈祥的母亲，成为一个孝顺的儿媳，成为贤惠的妻子，等等。

正因为经历过痛彻心扉的离别，我们更加深刻地认识到故乡与亲人的重要性。对于我们这些生活在孤岛上的女工来说，故乡和亲人既是我们的精神支柱，又是我们心灵的归宿，更是支撑我们的上帝。

但是，倘若这个精神支柱产生裂痕或者遭到了背叛，我们就会疯掉的。你们知道最让我们难过、悲愤和无法倾诉的是什么吗？第一批来到塞班岛的人大多数是家庭妇女。在我们公司，只有一位是年轻姑娘，其他都是丢下丈夫和孩子来到岛国的妇女。但是她们当中有些人遭到了亲人的背叛！大家想想看，怎么会不让人发疯呢？

俗话说得好：“好事不出门，坏事传千里。”家乡的一些消息很快传到了塞班岛。谁的丈夫和一些姑娘去唱卡拉OK，谁的丈夫和寡妇一起

生活，等等。一般当事人都是最后才知道自己家里人的情况。知道真相后，女人们常常死去活来，几天不吃不喝，病倒在床上。我们女人为什么来到异国他乡拼命工作？难道一切不都是为了家庭、丈夫和孩子吗？看到她们的遭遇，我们心里也感到难过，和她们一起大哭一场，一同骂着那些没有良心的男人。

“我在这里受这么多苦，到底为谁做好事呀？自己的身体最重要，挣了钱好好享受。”

遇到这种事情，我们会上街买些苹果吃，买啤酒喝。

那些韩国姑娘经常会好奇地问：“姐姐们为什么离开大叔来这里呢？大叔们能忍耐两年吗？如果有了外遇怎么办？”

那时，我心里会感到很难受，但表面上都装得若无其事地说：“不要担心那些没谱的事儿，中国大叔很老实，很正直。如果搞婚外恋，按中国法律要判处三年徒刑，三年徒刑。”

我们公司有位大婶真的很可怜，常常以泪洗面过日子。娘家传来消息说，丈夫和其他女人跑了，孩子没有人照看，只好和奶奶一起生活。孩子已经十二岁，正在上小学，因为没有钱买书，所以学校的老师和邻居给他买书，让孩子继续读书。那位大婶哭了整整一夜，第二天将自己省吃俭用积攒下来的三千美元寄给了孩子。后来她得知，婆婆家的亲戚把钱中间劫走，用在买房子上。那笔钱是怎样的血汗钱啊。

最让人寒心的是女人把辛辛苦苦挣到的钱寄给家里，丈夫却把钱花在了别的女人身上。听到这样的消息，女人们互相商量好，不再往家邮钱，自己存起来带回去。据我所知，回国之后，很多女人都与丈夫离婚了。很多男人其间都变了心。大家瞧瞧，我们朝鲜族女人多可怜啊！我们含辛茹苦地赚钱，最后得到了什么？有的女人由于受到了太大的刺激，把辛苦赚来的钱，如流水般地花掉了，就此堕落了。

记得在一本书里说过，孩子即使挨了母亲的打，也会投入母亲的怀抱。这话说得很正确。无论怎样伤心，受到怎样的委屈，我们对家乡和祖国的怀念之情从没有改变，会变得愈加强烈。说实话，我们生活在中国的时候，对祖国还没有什么深刻的思考，但来到异国他乡之后才知道祖国在心中的分量。

省国际公司在塞班岛设置了办事处，管理我们这些中国劳务人员。每个月，省国际公司办事处的工作人员都会来到公司开会和我们交流。他们会详细地说明国际与国内的重要时事，安全问题，提醒我们要注意男女关系问题，还有介绍这里的物价是国内的好几倍，所以一些东西要回国后再买，不要参加赌博，还有关于美元与人民币的汇率问题，等等。他们对我们很亲切。我们最喜欢听的内容是时事解读。出国前，我以为国内国际形势是政府官员们了解的事情，但是，来到塞班岛才知道，政治时事会如此有趣。祖国的消息就是故乡的消息——喜欢这些消息传入我们的耳朵里。北京举办了亚洲运动会，中国运动员赢得了多少枚奖牌，经济发展如何如何的快，等等，各式各样的消息我们都喜欢听。

省国际公司办事处对我们来说是祖国的代名词，是值得信任的。如果有什么意外或生了大病，我们首先会找到办事处。那时发生海湾战争、美国和伊拉克的战争，我们担心飞机或导弹轰炸塞班岛。因为塞班岛属于美国。当时，大约有一周时间来往于塞班岛的航线被封锁了。我们就更加担心了。再加上国内父母与丈夫来电话催促我们回国，我们如坐针毡。那时我们特别想尽快回国。这时省国际公司办事处的人来了，告诉我们："这里距离伊拉克有数千里远，战争不会牵扯到这里。就算发生战争，我们国家不会放着你们不管。即使相隔万里，也会用飞机来接大家回国，保证大家的人身安全。"

听完他们的话，我们心安稳多了。那些办事处的人也都留下来了。

有一次，塞班岛的一个公司发生一场大火，被焚为平地。据说这场火灾的原因是，一位从广东来的妇女，夜晚点着蜡烛给丈夫写信，一不留神睡着了，结果烧毁了厂房。塞班岛所有公司的建筑都是由木材建造的。因此，一旦着火，就会全部烧毁。那个公司大部分人都是从广东来的中国人，还有通过省国际公司招进去的九位朝鲜族人。塞班岛的政府号召大家支援受灾群众，而省国际公司的工作人员为了九位朝鲜族同胞四处奔波。我们凑了一些钱救济她们，还托朋友或认识的人，给这九位中国朝鲜族人找了新的工作。去了异国他乡，只要是中国人就会像亲兄弟一样对待，互相帮助，互相扶持着生活下去。

四、周末计划 A、B、C……

塞班岛的确很美，与传闻一样是一座花岛。无论走到哪里都可以见到树，更神奇的是每一棵树都开满了鲜花。从远处看，整座岛屿仿佛是放在蓝色丝绸上的花篮。空气也很清新，一年四季都有游客来这里旅游观光。

但是，这里的天气像孩子的脸，变化多端。刚刚还是阳光灿烂，突然降下倾盆大雨，还会刮来一阵可怕的台风。塞班岛一年四季都会下雨。因此，我们常常戏谑地说："塞班岛，狗天气。"由于这里的气候湿气太重，有很多人患了关节炎，有的人还患上了水土不服的严重疾病，不得不回国。

尽管如此，我们每天向上帝祈祷，"祈求上帝，每天下雨吧"。如果不下雨，我们就会缺水。你可能会说，大海就在眼前怎么会缺水呢。因为岛上所有的饮用水和生活用水都用雨水来解决。即使挖了很深的井，引出的都是咸水，根本无法饮用。只有下雨能消消暑，如果没有雨水，就不能洗澡，很难受。下班后，已被汗水浸湿的我们，如果不能洗澡，那么我们根本无法入睡。遇到不下雨的日子，我们就会以百米冲刺的速度奔向澡堂。

周日，我们通常会去海边休息。洗完衣服，我们就会奔向大海。在塞班岛的两年时间里，我们几乎每周都会去海边，从来没有厌烦过。眺望宽阔蔚蓝的大海，所有的疲倦、对家人的思念、生活的忧虑都会烟消云散，心明澄净，内心会豁然开朗。我们在海边津津有味地烤牛肉和烤鸡腿吃。现在，我也会时常怀念那时的情景。

在塞班岛，让我们最开心的是无忧无虑的周末。不用担心第二天的工作，我们可以最自由、最快乐地度过这一天。周末我们必会去酒吧。只一个电话，出租车就会来接我们送到酒吧，结束时，再把我们送回寝室。只要到周末五点半下班时间，整个塞班岛的大街上满眼都是中国人。

那里的酒吧不像延吉的酒吧这样高消费。走进塞班岛的酒吧，可以解除疲劳，放松身心，享受生活，而且那里的消费也不贵。一瓶啤酒 2 美元。我们女工每个人花费 10 美元就足够了。一般我们是五六个人一起出去，所以一晚上花销 50 美元左右就可以玩得很开心。只要喝上两瓶易拉罐，我们就开始晕乎乎的。由于平时工作很累，所以只要喝一瓶酒，我们就觉得软绵绵的。喝得有些醉醺醺的，我们就开始开玩笑，互相逗乐，还放声大哭，唱卡拉 OK，尽情地释放自己。如果周末我们不用这种方式放松自己，我们可能会疯掉。

去过塞班岛的女人没有一个不会喝酒。我也是到了那里才学会喝酒的。是被迫喝的。由于接雨水喝，很多人都得了结石。每周至少要喝一次啤酒，给内脏消消毒。

女人们经常在嘴上挂着这样的话：“靠女人挣钱过日子吗？三尺胡

须的男人，也是先吃为快啊。”她们口是心非地说着这些大话，实际上，仍然舍不得花一分钱。这些女工，在中国依靠微薄的工资，省吃俭用的习惯到这里也改变不了。这里天气炎热，工作繁重，内火很大，不敢轻易地买苹果吃。好不容易下定决心去了水果店，买了 5 个苹果回来。大家知道花了多少钱吗？ 5 个苹果就是 3 美元。3 美元换算成人民币就是 21 块钱。吃几次就是在中国一个月的工资。我们每次花美元的时候，都在心里换算一下，折合成人民币是多少钱。吃一个苹果都会想到孩子、丈夫。心想，只要忍一下就能省下钱，给家里人用，于是咽一口唾沫，忍了下来。

公司每天都会做大米饭，但是菜实在难以下咽。总会想起家里的海带，一想到海带汤就直流口水。有时，我们也会吃一些韭菜。凉拌韭菜后加上辣椒油，由于韭菜太老，不好吃，有人就抱怨说：“这是韭菜还是草啊。”但是，那里的姑娘们却吃得很香。对于外国人喜欢吃的西餐，我们这些人连筷子都懒得动一下。而韩国姑娘却说西餐有营养吃得很香。她们将牛奶和卷心菜放到一起煮着吃，真不知道她们吃的是什么味道。中国人讲究食品的味道和吃饱，而韩国人在乎的是饮食的营养。韩国姑娘比我们挣得多，所以小菜和水果也很丰盛。

比起我们这些死心眼的女人，那些中国男人花起钱来更大方。他们在中国养成的入不敷出的习惯，到这里也没有什么改变。大概有百分之四十的男人都有自己的小轿车。稍微旧一点的车需要 1000 美元，全新的轿车需要 4000 美元。公司每周都会给有车的人 10 美元燃油补贴，这样一算还值得买一辆车。回国时可以把车转手卖给自己的同事。

因为有车，男人们可以自由地出行，可以兜风，随意出去喝酒，还会带着我们去海边游玩，十分方便。有时喝得醉醺醺的还开车，难免不出一些事故。一出交通事故，就会花掉几百美元。在我认识的几个男人当中，相当多的男人，回国时没攒下几个美元。至今我都没听说过，中国男人在塞班岛挣了大钱的。

最悲惨的是那些赌博的人。在塞班岛，赌场是二十四小时营业。这不像在中国打麻将或打扑克，那是与机器进行赌博。一次放 25 美分的硬币，如果赢了，就从机器里滚出钱来，输了机器就会吞下钱。如果运气好，用 25 美分可以赢几百美元，但是从没听说过谁靠赌博挣了钱。反而，看见了有人因赌博赔了几千美元而不能回家的事情。

在塞班岛，赌博也分不同公司和不同人。有赌博风气非常浓厚的公司和赌博非常厉害的人。中国人当中朝鲜族男人参加赌博的较多，特别是从吉林这一带去的，好赌者甚多。从吉林一带去的女人也很喜欢赌博。

参与赌博的人，一眼就能看出来。眼睛里充满红血丝，面容憔悴，就像刚刚吸了鸦片一样。熬了一整夜，所以一上班就无精打采的，一直打哈欠。实在看不下去，我们会劝那些赌博的人，“如果想喝酒，我去给你买下酒菜，但是不要再赌博了。”对他们说这些话简直是对牛弹琴。我认识一个从吉林地区去的男人，到现在他还没能回来，他去塞班岛已经有六七年了。在我回国的时候，他已经欠了 8000 美元债务，但他还不停手。我想他一方面是没钱买机票，另一方面可能觉得没脸回家。真不知道他以后会怎么样。

在塞班岛的那段日子里，我学会了一点英语。去商店可以用简单的英语询问价钱，说一些数字。当地的人都会用英语问我们这些外国人：“小姐，你是从哪里来的？”这时，我们就会用英语回答“China korean”，意思是我们是中国的朝鲜族。他们会回答：“是吗？”一边点头，一边表示他们知道了，表现得非常亲切。从中国去的朝鲜族还是有一定的威信，所以我们也愿意说自己是“China korean”。

塞班岛的土著居民皮肤很黑，和西方人一样长着大鼻子，不论男女身体都很强壮。他们每家都有七八个孩子。他们每个人腰上都会带着刀，光着脚走路。如果关系很好，那什么都好说，但是一旦发起火来，还真是六亲不认。

塞班岛属于美国的托管地，所以受到美国的保护。塞班岛的土著认为自己是美国的公民。美国政府也表示这里的土地和百姓属于美国。根据当地的法律，他们享有特权。在塞班岛上建立的外国企业必须雇用五十名当地的居民。他们的工资比我们高好几倍。土著民上班不管怎样任性而为，公司都不能随便惩处他们。

塞班岛的土著民族是落后的民族。很多人都生活在简易木制房屋里，属于“三等公民”。不知道是什么原因，他们特别喜欢中国的朝鲜族人。

我们公司有一位叫梅里爱的塞班岛土著民族的姑娘。她长得非常漂亮，是非常有人情味的可爱的小姑娘。她学会了朝鲜语，还会唱“我只爱你”的歌曲。她叫我“姐姐，姐姐”，总是跟在我的身后。她对公司里的其他女人区别对待，跟我亲近的人，她没有理由地对她们好，跟我不亲近的人，她也会没有理由地讨厌他们。她无论吃什么，都喜欢用手抓着吃。我把方便面煮好后，放进碗里给她吃，给她拿双筷子，她就对我说：“姐，我要到外面吃。”然后，把碗端到犄角旮旯，用手抓着吃。她自己也觉得这么做有些不妥。

五、偷吃“禁果”的男女们

“松子小姐，不出去约会吗？”

时常会有这样的韩国男人。刚开始我还有些紧张，所以总是找一些借口推托掉。

“太累了，想睡一会儿。”

这时，对方会莞尔一笑，然后离开。后来才知道，他们说这些话就像说问候语一般，随口说的，根本不是诚心邀请你。原来我们是虚惊一场，自己吓唬自己而已。开始，我们与韩国男人四目相对，我们会立刻转移视线。

其实，他们也不是老虎，都是普通人。他们反而比中国人更加诚实，更加文明和更加大胆。他们不会在背后搞鬼或者说你坏话，而是充分尊重对方。后来，我们也和他们大大方方地开玩笑。

“谁说要跟大叔走啊？中国比大叔长得帅气的男人遍地都是呢！”

我们用这样的话给他们打预防针。我们还说：“在中国，有夫之妇要是和其他男人一起去吃饭都会惹出大麻烦的。虽然很感谢，但是，我是去不了啊。”

听说，在中国有很多关于到塞班岛的女人的风言风语。每当听到这样的话，我们都非常生气。说白了，如果想婚外恋，在中国就可以找，为什么偏偏来到塞班岛才找外遇呢？我们在这里千辛万苦挣来钱，回国后却遭受“这是靠外遇挣来的肮脏的钱”的侮辱。不管外人怎么说，最重要的还是我们女人自己怎么做人。正直的女人，无论走到哪里都会是正直的人。如果在中国就乱来的女人，就算把她关起来也还是一个样。来到塞班岛的中国女人都有自己的人格和尊严。

然而，也有很多走弯路的女人。这与劳务输出人员的成分和素质有关。来塞班岛的第三批和第四批的女人，都是有工作和孩子的妇女。后来，劳务输出人员的成分就变得有些复杂。有从农村来的年纪尚小的姑娘，有离婚的女人，还有因丈夫赌博而破产的妇女。这些女人中有些人本身思想就不太端正。她们认为，不管用什么方法只要给美元她们就可以做。有些人来到景色宜人的外国旅游观光，看够了，玩够了就回国。另外也有一些不太成熟的少女，还不了解人情世故。

有一些女人确实是靠韩国男人生活，晚上不回寝室睡觉。一到周六，在宿舍门前可以看到有小轿车来接女人。在工厂上班之后就没有精力去想别的事情，根本舍不得花钱。如果男人可以给很多钱，那这些女人就不会像我们为了每个月的零用钱而累得死去活来。她们把自己打工挣的工资存起来。

公司绝不会喜欢这样的女人，因为她们的心思不在工作上。公司虽然采取了措施但都无济于事。晚上十点半就会熄灯，把不在寝室的人员名单记下来。然后让菲律宾门卫守着，记录那些夜晚进出的女人的名单。但是那些女人停电之后从宿舍偷偷地溜出去，之后在凌晨回来时向守卫随便说一个名字。后来公司也拿这些人没有办法。

然而，在塞班岛不是只有金钱交易，也有互相喜欢，下定决心要在一起的人。有一位已婚的韩国男人，他是公司的职员。他和一位中国女人走到了不可分开的地步。后来那个男人的妻子来到了塞班岛，长得非常漂亮。他的妻子大闹了一场，但是男人已下定决心，所以妻子只好罢手了。我回国后就不知道以后的事情了，但是我永远站在中国女人的这一边。我还是希望这不容易的异国恋可以天长地久。真心希望中国女人不要成为异国男人的玩物。

韩国姑娘真的很有趣。不像我们很沉默，她们很可爱。年纪都很小，所以很天真，很容易就陷入爱河，很痴情。

中国男人非常喜欢这些韩国姑娘。我们公司的小伙子也都是一米七多的大个子。也不知为什么我们公司的中国男人和中国女人都非常出众。一上街简直就像明星一样。中国女人虽然已经是有孩子的妇女，但在韩国人看来就和小姑娘一样身材非常好。相反韩国男人长得就很一般，韩国女人也都很胖，长相普通。在外形上我们中国人是占上风的。再者中国男人组织的足球队，在运动会上总能拿第一名，中国女人组织的排球队也能拿第二名。所以中国人非常有人气。

我们刚到塞班岛的时候是公司的韩国姑娘来机场接我们的，虽然是来接我们的，但主要目的是来看“中国大叔”。当我们下飞机的时候，那些韩国姑娘看到“中国大叔”之后都欢呼起来。“中国大叔真的好帅啊！”两年后，当我们回国的时候，那些韩国姑娘流了不少眼泪。大部分都是暗恋。韩国姑娘将自己从韩国带来的东西，例如，牛奶、饼干什么的偷偷地拿给自己心仪的中国男人。

“哎，给你介绍中国大叔怎么样，中国的男人个个都是美男子。”

“姐，这是真的吗？”

“当然了，像你们可以用挣来的钱在中国买一套八十平米的房子，一直到老都可以吃不完、用不完呢。还有找到一个长得帅气的丈夫，无忧无虑地生活，多好啊！”

那些韩国姑娘都是从韩国的农村、城市的最下层来的。要不是那样，她们也不会来这异国他乡卖苦力，都是些非常纯真的孩子。但是中国男人没有和这些姑娘直接的来往，因为韩国姑娘都是痴情的孩子，一不小心就会哭天喊地地缠着你。但是还真有一对，奇迹般地走在了一起。那个韩国姑娘回到韩国之后为了中国恋人又回到了塞班岛，但是中国恋人又因为一些事情不得不回国。两人都难舍难分。后来中国男人申请去了韩国。

我们公司只有一个人和塞班岛土著民族的男人产生了感情。根据塞班岛的法律，和当地人结婚 7 到 8 年就可以拿到国籍。传闻那女人为了国籍才和那人结婚的。现在，她却哭着要回自己的国家。可是，塞班岛的男人对人说，要是这女人回去，绝不会放过她。

我不希望我们女人像这个女人一样没有自己的目标。我希望在异国的姊妹们可以爱惜自己的身体，不要成为别人的玩物，要活出自己的人格和尊严。

六、井底之外的“青蛙”

我是一个充满好奇心的女人。第一波就报名来到塞班岛不仅是因为受美元的诱惑，更重要的是想看看外面的世界。据说外国很发达，那是怎样的世界，他们为什么会这么发达，我们和外国的差距在哪里。

对塞班岛和中国的对比中，我反省了很多东西。虽然作为女人，见识不多，但是足以改掉自身的错误。在塞班岛和韩国人一起工作的那段时间里，我知道韩国人为什么比我们过得富裕。他们就像蜜蜂一样不辞辛苦，像黄牛一样工作。无论是男人还是女人都非常的勤劳。每天工作到晚上十二点，非常认真。“我们能过上今天这样的生活，是因为我们跟你们一样去了国外，像奴隶般地工作了 6 到 7 年。”

刚开始我不是很理解他们，明明比我们发达，超前三四十年，为什么还要离开父母和妻儿来这里受苦呢？在韩国有父母和妻子的一位公司职员向我说明：“只要是可以赚钱，我们是不分什么累活还是脏活的。在韩国挣的这些钱虽然可以生活，但是消费很高，根本存不了什么钱。虽然在这里很苦，但是可以存一些钱，是值得受苦的。在这里一年四季一条短裤和一件 T 恤就足够了，根本不用担心衣服的问题。在韩国服装的消费相当高，一个月的工资只要买一件高级的洋装就所剩无几了。再说这里的物价很低。在这里我们过着集体生活，这样可以节约吃饭和住宿的钱。我们把消费降到最低，把固定的工资直接由银行转给韩国的家人。”

不说其他的地方，就说说延吉吧。不管是出国前还是回国后，只有几户人家盖了新的房子，除此之外根本没什么变化。人们无论是白天还是黑夜，上班的时间，还是在饭店、商店、酒吧都在熬夜打着麻将，打着扑克。那些人的兜里到底有多少钱，我们为什么会落后于其他国家？中国男人过得实在是太安稳了。中国男人很老实，对待自己的老婆很忠诚，这些都是中国男人的美德。但是缺少作为男人该有的雄心、决心和努力。当别人把时间看得比金钱还重要的时候，我们却在这里虚度时光，显然国家是无法发展的。追求太平安稳的生活，能过上富裕日子吗？

在塞班岛韩国姑娘和中国女人经常会拌嘴。虽然我们决不出什么胜负，但我们总觉得很不好意思。因为我们值得骄傲的只有“吃的够”“过得很舒心”“丈夫很老实”等。韩国姑娘虽然是高中毕业，但是聊起天来，比中国的大学生更有见识。反而，我们是从她们的嘴里了解到中国的历史，中国的形势。

我最佩服韩国姑娘的是她们的认真态度。中国的女人有些见钱眼开，只要能挣美元就是万事大吉。但是韩国姑娘把公司的事情当作自己的家事来做。只要衣服上有一点褶皱就会重新来过，不管对公司有多么的不满也会做好自己的本职工作，对工作始终认真负责。在打扫卫生间的时候，我们都是挑一桶水冲一下，但是韩国姑娘却戴上胶皮手套，蹲下去就连一根头发都不放过。所以从她们手里做出来的衣服没有一点瑕疵，非常顺滑，即使一支牙刷用到了最后也舍不得扔。每位公民都是这样，那他们的国家怎么会不发达呢？！

穷人与富人之间的差距在花费上就能看出来。中国人越是贫穷越是把酒桌摆得满满的，每天不是杀狗就是出份子。在塞班岛的公司食堂，中国女人不管自己能否吃完，都会夹很多菜，所以总是吃不完而扔掉。

但是韩国姑娘会根据自己的饭量盛饭菜，从不浪费。过节的时候韩国姑娘请了假去了韩国饭店，你们知道她们点了什么菜吗？只点了打糕汤和韭菜。

节约是他们的美德。不管是百姓还是董事长都具有的共同美德。不管是日本董事长还是韩国董事长经常来公司，只要到吃饭的时间，他们会和我们一起到食堂排着队打饭就餐。会把海带汤和海带一起打到饭碗里慢慢地吃完。不会像中国人，来了客人做一桌子的菜，这样的事情我在这里从来也没有遇到过。

小的时候在教科书里学了很多关于资本家是如何地残忍并且压榨劳动者的故事。在塞班岛，我们就亲身体验了这种压榨。在中国的工厂上班，如果哪里不舒服就可以请假，去医院买药之后到公司还可以给报销。当时，我并没有认识到它的优越性，到了塞班岛之后，我才知道原来我过的是“天堂”般的生活。

在塞班岛工作实在是太累了，因此我们女人常常会流鼻血，经常生病。即使我们马上会死掉，公司也会让你立刻去上班。熟练工如果生病了也许会照顾一下，但是普通的工人如果生病了在寝室里躺着，就会说：“如果不想干，就立即回家去！”真的让人很生气。

如果申请去医院，需要等上好几天。即使去了医院，医生也只会给你开最便宜的几粒药。一次我胃疼得实在受不了了，去了医院，但医生只给了几粒酵母。

“就为了这点药我来医院的吗？我快要死了，给开好一点的药吧！”

医生耸耸肩，摊开两手对我说：“不是我不给你开，是你们公司的董事长让我严格控制药费，我也没办法啊！”

后来得知是中国女人之前去医院开了一堆药，在公司把这些药卖了出去。所以公司决定特别控制中国劳动者的医药费。我在塞班岛经历过很多事情，尝到了资本家的残忍和压榨。虽然不像古代那样打骂劳动者，但管理的方式却和打骂异曲同工，让人窒息。

还有非常让人寒心的事情。公司把那些超过规定数额的多余的高级洋装拉到大海里扔掉。更可恶的是担心有人捡走这些衣服，所以用剪刀把衣服剪烂后，再扔进大海。因为太心疼那些衣服，我说了几句。

“这都是我们辛辛苦苦做好的昂贵的衣服，把它们送给我们留作纪念多好啊！”

“松子小姐，这些衣服连董事长都不敢碰，服装风格的竞争不是你死就是我活。公司一不小心就会倒闭。市场就是这么残酷。”

这时，我才明白，原来这就是资本主义的残酷竞争！

结语

塞班岛的两年生活，不单单是奴隶般的生活。短短的两年，是我解读人生，进行人生实践的中转站。对我来说，这是弥足珍贵的人生经历。我身边的人也好，我自己也好，我们都很清楚，我们的心灵深处有了很大的变化，有些东西确实是今非昔比了。

最美夕阳红

⊙安万哲 著

故乡犹如母亲温暖的怀抱，让人魂牵梦萦，让人心驰神往。正因为如此，为了自己热爱的家乡，有多少家乡儿女奋不顾身，献出自己的热血和生命。但是，年老体弱之后，曾经为家乡建设立下汗马功劳的老人们，不得不把位置让给年轻人，悠闲地度过晚年。

在黑龙江穆棱河畔鸡西市滴道区同乐村有一位五十年如一日，为家乡建设，将自己的生命、青春、爱情无私地奉献给家乡的一位老人。直到晚年，他一如既往地像燃烧的蜡烛一样，点燃自己照亮别人。他就是今年七十六岁的古稀老人金斗天。

激情燃烧的岁月

1948 年，入伍后的金斗天在参加解放四平的战斗中不幸负伤，1951 年，不得不转业回乡。当时，他所在的村子处于从互助组向初级合作社过渡时期，生活极其艰苦。男女老少几口人挤在一间巴掌大的泥草房里，身着粗布衣服，脚穿草鞋，喝一碗稀粥，勉强度日。

当时，广大农民想摆脱贫困走合作化道路的热情十分高涨。在激情燃烧的岁月，年轻的金斗天被火热的生活所感染，心怀回报家乡的美好愿望，放弃了上级给他安排的到城市当官的机会，毅然回到家乡。

那是一个早春时节。黑云压境，暴雨滂沱，一场洪水突然袭击村屯，江堤垮塌，农田被毁。播种时节临近，村民们感到忧心忡忡。虽然村里组建了突击队，但是，面对气势汹汹的洪水，村民们显得手足无措。

金斗天率先脱掉棉衣投入到冰冷刺骨的江水中，在他的身后，年轻人接连不断地扑进江水。他们在水中央最深处堆积石头，建筑堤坝。寒冷的冰水像刀割一般刺痛着突击队员们的身体，但是他们咬紧牙关坚持修筑堤坝。

经过五个昼夜的艰苦奋战，堤坝终于修筑完工。村民能够顺利地播种和收获。在这次抗击洪水的斗争中，金斗天给家乡人民留下了深刻印象。

当时，村里有一个大队、四个生产小队、一个青年突击队。青年人一致选举金斗天为突击队队长。突击队，顾名思义，哪里最艰苦，哪里最危险，他们就要站在哪里，站在斗争的最前沿冲锋陷阵。因此，他们受到大队社员们的普遍欢迎。金斗天的威信也逐步提高。

1958年，所有生产队中，第四生产队的业绩最差。上级任命金斗天到第四生产队任队长。走马上任后，金斗天首先查找生产落后的根源。他发现，村子与农田之间的距离太远，难以统一领导，直接影响了农业生产。于是，他向上级提出要集体搬迁的建议。

1962年，第四大队的四十户村民集体搬迁到了距离市区七里远的南石墩地区。

村民集体搬迁后，当务之急是给他们盖新房。当年的冬天，金队长带领十二辆牛车到鸡东山采伐建房用的林木。他们载着像电线杆子一样粗壮的横梁和大柱子，踏上回村的路。他们一路要走过最危险的“三里悬崖路”。冬季的日头很快落山，黑幕笼罩下的森林漆黑一片。狂风暴雪吹打在村民们的脸上，刺骨的寒冷，让人瑟瑟发抖。“三里悬崖路”路段险峻，有些路段只能通过一辆牛车，走过牛车时，牛车与悬崖边只有两掌多宽的距离，可谓是险象百出。路的下面就是几十米高的悬崖峭壁。因此，走这一段路都要提起精神头，百倍地小心翼翼，一不小心就有掉到悬崖下的危险。

金队长打着手电筒，让牛车一辆一辆地从身边走过。每一个驾车人员都紧紧地抓住缰绳，紧贴在牛的身边，看着前面的路，一步一步地艰难行进。突然，第四辆牛车车主发出紧急呼叫“吁——吁——”他正在拼命地拽住缰绳想阻止车轮滑向悬崖边。就在这千钧一发之际，金队长像离弦的箭一样猛冲过去，用脚顶着悬崖边的一棵松树根，用肩膀用力推着牛车车轮。这一幕让所有在场的人惊出一身冷汗。“金队长——”大家异口同声地呼叫着，奔向牛车。大家此时只有一个念头，拼着命也要保护牛车，在大家共同努力下，牛车终于转危为安。看到牛车安全通过，大家松了一口气。牛车的车主激动地流着眼泪说：“如果不是金队长，我今天就见阎王爷了。”

解决了木材短缺的问题之后，金队长带领村民开始建新房。当时，这里的村民住的都是土坯房。金队长和村民们在村子附近搭建了简易草棚，白天忙着进行备耕生产，晚上建设新房。在艰苦的环境下，金队长率领村民搬石头，打土坯，挖地基，在村屯周围还修建两千多米长的排水沟，修建村路，经常忙到深夜。经过辛苦打拼，到了第二年秋天，全村新建了四十座土坯房。

村子建成后，村干部们开始考虑如何加快发展生产。金队长在几年的工作中逐渐认识到，集体劳动的效率没有包工劳动（生产责任制）的效率高。于是，从第二年起，他排除各种阻力，在村子里大胆推行包工制度。实行包工制度之后，生产效率突飞猛进，可是，大队里却炸开了锅（这在当时是一件非常严重的政治问题）。不久，公社（区）发出紧急通知，让他们停止实行“包工制度”，批评金队长是带领村民走资本主义道路的领头羊，让他写检讨书。金队长坚持自己的主张，宁肯辞去队长的职务也绝不写。火冒三丈的公社领导，给他扣上了“生产力唯一论鼓吹者，走资本主义道路的顽固派队长”等帽子，在全公社进行通报批评后，开除他的队长职务。

随后，公社派一名忠于“革命”的年轻人任队长。他以“阶级斗争为纲”，着重抓政治斗争，农业生产中实行集体劳动和大锅饭。由于集体劳动中，大家的劳动积极性不高，随便应付，所以到了秋天打粮的时候，收成锐减。之后，村里前后换了好几任队长，可是农业生产没有任何起色。

在公社社员们的强烈要求下，公社在两年后，不得不重新任命金斗天当队长。当时，金斗天提出条件说：“如果不让我实行包工制度，我就坚决不当队长。”公社的态度也不太强硬，只是说“这件事，上级不允许啊……”嘴上这么说，工作上也没有再干涉，其实是睁一只眼闭一只眼，默认了他的做法。如果让别人当队长，还不是搬起石头砸自己的脚吗？

重新走马上任的金斗天，大胆实行生产责任制。就像安徽省凤阳县十八户农民所实行的包产到户责任制一样，在这个偏僻的朝鲜族生产队，金斗天队长大胆地领导村民实行了生产责任制。连续几年获得丰收的社员们纷纷竖起大拇指称赞金队长。后来，这个村的村民家家户户都置办了“四大件”（自行车、手表、缝纫机、收音机），附近的生产队村民们都羡慕不已。可是，邻近的生产队都害怕戴上“政治帽子”，不敢效仿他们实行生产责任制。

1982 年，我国各地正式推行“包产到户”的生产责任制以后，本来就有经验的金队长他们，更是甩开膀子大干一场，村民们的生活蒸蒸日上，附近的村民纷纷搬迁到这个村屯，村里的户数也从原来的四十户增加到九十户。

不甘寂寞的黄昏

随着时光的流逝，金斗天队长也步入了人生的黄昏。1984 年，六十一岁的金斗天把工作交接给年轻人之后，担任老年人协会会长。虽然他离开了领导岗位，但他依然带领老年人，积极投身文明村建设当中，协助年轻的村干部们促进农业生产和新农村建设。

可是，天有不测风云。谁承想，1991 年，突如其来的一场洪水无情地摧毁了金队长他们用血汗建成的乡村。洪水过后，望着眼前坍塌的房屋，一片狼藉的村落，青壮年在唉声叹气，妇女们在捶胸顿足，老人们在哭天喊地，而金队长则心如刀绞。面对灾难，人们束手无策。现在，该怎么办？绝不能坐以待毙。越是这种时候，我们老年人越是要打起精神，想到这里，金会长找到了村支部。

“现在，我们不能只顾伤心，不能坐着等死。我们村干部首先要打起精神，鼓足勇气和信心，战胜困难。天塌下来也会有出路，只要大家齐心协力，没有克服不了的困难。我给你们做后盾，你们带领村民大胆地干。”金会长这样叮嘱村干部之后，组织村里的老人和妇女成立了后勤部。

上级给村里下发了十二万元水灾救助款，乡里派来专车负责运输。在政府的关怀和支持下，村民们凝心聚力，纷纷投身到重建家园的劳动中。搬运泥土和石头，砖瓦的事情由后勤部负责，夜以继日地工作，终于在寒冬到来之前，村里建设了六十栋砖瓦房。

三年后，一排排错落有致的红色砖瓦房矗立在树木葱茏、花草盛开的村子里。从远处眺望，仿佛是美丽的鲜花盛开的花园村。统一修建的木栅栏，从扩音器里传来的悠扬的民族音乐，走过的路人都要驻足观望。望着村屯日新月异的变化，金会长满脸喜悦地说："原来埋怨过洪水，没想到我们是因祸得福啊。"此后，他开始担任义务卫生监督员，经常手拿着一把扫帚，一大早就开始清扫路面，整理花坛，监督清理村屯的卫生工作。他只要发现有哪家主妇乱泼脏水，就要毫不留情地责骂她们："你脸皮怎么这么厚呢？怎么随便往人来人往的大路上倒脏水呀？"他的责骂声，时常让妇女们感到难堪，她们会急忙求饶："金大爷，你就饶了我一次吧。我再也不敢乱倒脏水了。"村妇们急忙拿来扫帚打扫大街，金队长才放缓语气温和地对她们说："建设文明村需要我们每个人像收拾自己的家一样注意清洁和卫生。"如果他看见村里的孩子随意乱扔冰棍纸或者糖纸，就及时地教育他们说："这是你们生长的地方，要像爱护你们的眼睛一样爱护村子啊。"之后，孩子们每逢放学都要自觉地帮助金队长清扫村子。

有一次，市文明村检查团要来检查，中心街南侧由老人协会负责清扫，北侧由妇女部负责清扫。清扫结束后，金会长到北侧查看，发现主道清扫得还很干净，可是犄角旮旯的地方堆满了垃圾和煤渣。金会长非常生气，对妇女们说："卫生清扫不是给人看的，要踏踏实实地干。要建设干净整洁的村屯村落不是为了给上级检查团看的。"听到这些话，妇女们急忙说：金会长说得很在理，我们马上打扫干净。说完，她们把没有打扫干净的角落都清扫干净了。在他的监督和率先垂范下，村子被选为市文明村。

金会长又是村里优秀的“民事警察”。村里如果有人想离婚，或者婆媳不和，或者邻里有纠纷，凡是有什么难解的矛盾，还有心里有什么委屈，都愿意来找他帮助解决。这不是因为他分析能力特别强，或者法律水平特别高，而是因为他始终心系百姓，关心群众，急群众所急，忧群众所忧，热情帮助他人。有很多来找他打算离婚的夫妻，在他的劝说下和好如初，原来争吵不休的婆媳在他的调解下，解决了矛盾，恢复了家庭的和睦。

他就是这样一位善于调解家庭矛盾，让村民和谐相处的老人。但是，他眼里容不下一粒沙子。有一次，几个村里人偷偷地赌博，一次输赢就达几百元。得知这个情况后，金会长拿起棍子就跑到赌博的地方大声训斥道：“臭小子们！你们还敢赌博呀？一只泥鳅黑了一条河，你们这些不争气的东西是成心要给我们文明村抹黑吗？”当时老人不知有多严厉，这些参与赌博的青年人都乖乖地承认错误，承诺再也不参与赌博了。

金会长如此热爱家乡，关心家乡，可是，家乡的有些变化也让他感到担心难过。随着改革开放步伐加快，村里的年轻人纷纷出国或者到沿海城市打工，村里剩下的年轻人越来越少。留在村里的村民心情浮躁，不愿意种地，村里的耕地被荒废，原来整洁干净的村路、院子都开始杂草丛生，没有娶媳妇的光棍们经常用喝酒打麻将来消磨时光，在唉声叹气中浪费时间，村里变得人心涣散。

一直守护着村屯的金会长心里感到非常难过，非常着急。“要走的人就让他走好了。可留在村里的人还要建设好家乡啊。说真的，最难理解的是人心啊。”失望之余，他也说出气愤的话：“我也不管了，随他去吧。”失望的他，躺在床上辗转反侧，想起往事，难以入睡。“是我们经历了千辛万苦建设的家乡，怎么能让它这么轻易地倒下去呢？不行，绝对不行……”他猛地从床上坐了起来。

他带着一定要守护村子和耕地的决心，找到了村领导班子。听了金会长的建议，村领导班子受到鼓舞和力量，成立了“守护村子领导小组”，金会长任组长。领导小组严格执行各项制度，保护村里的每一寸土地。本村村民转包的土地，绝对不能卖给外村村民，将全村一百六十公顷土地全部集中到种地农民手里。空房子也不能卖给汉族。一百二十多户村民全部是朝鲜族，使村子成为名副其实的朝鲜族村屯。但是，对通过办假离婚嫁到韩国的事情，村里无论如何也阻止不了。

金会长还动员老人，将村委会院子里的杂草清除干净后，铺上了沙子，把院子变成平整的运动场，搭建了排球网。把会议室改成交际舞场，动员年轻人跳舞。原来消沉的年轻人开始活跃起来，组织排球比赛，跳交际舞，村里开始恢复生机和活力。

他对村委会领导反复强调：“草木茂盛才能引来好鸟，经济收入提高了，村里人才能安心建设家乡，外出打工人员才会回来。”他的一番话促使村党支部重视科学经农，使用农机械开垦了被洪水浸泡而荒废的二十五公顷土地，重新修筑堤坝，努力提高农民收入。

金会长亲自担任村领导班子的参谋，看到村干部做得不好，就严厉指责和批评，让村干部及时改正工作作风。几年前，村干部喝酒次数较多，收费多，引起群众的极大不满。金会长告诫村干部说：“要想在群众中树立良好的干部形象，最应该注意的是吃喝问题。这是群众最敏感的问题，工作时间要绝对杜绝喝酒。”之后，村干部最大限度地减少招待费支出，工作时间不再喝酒，重新树立了干部的良好形象。

由于全村村民共同努力，两三年后，这个村重新成为远近闻名的小康村。

就如金会长所说：“栽下梧桐树，才能引来金凤凰。”外出打工的村民非常想念家乡，他们念叨着：“最亲的是家乡，最可信的是家乡人，在咱们家乡只要像在外一样肯吃苦，也可以过上好日子啊。”他们纷纷回到家乡，让村子恢复了往日的生机。“咱们的村子早应该变成这个样子啊！”金会长的脸上重新洋溢着灿烂的笑容。

永远无法偿还的人情债

半个多世纪以来，一直为家乡建设呕心沥血的金会长，年轻时无暇脱下沾满泥土的农家衣服，悠闲地逛商场，轻松地到处游玩。老年后，也从未像其他的老年人一样清闲地打牌、跳舞娱乐，总是为了家乡的各种问题操心忙碌着。他对自己的家人亏欠很多，欠下了永远无法偿还的人情债。

那是二十年前的事情。妻子意外病倒，难以下床。当时正值春耕时节，忙得不可开交的金队长，过了中午才回到家里。他发现妻子嘴唇发紫，身子发颤，身上裹着厚厚的棉被，可怜兮兮地望着窗外，为了减少病痛紧锁着眉头。

“只顾忙着村里的活，对不起啊。我们还是上医院看一看吧。”金队长看着备受病痛折磨的妻子，怜爱地说道。“现在这么忙，怎么能走开呢，插秧结束后再说吧。”他紧紧地握着妻子的手说道：“你身体不舒服，还这么支持我的工作，真的非常感谢你啊。”在丈夫有力的双手中感到温暖和幸福的妻子，忍痛笑了笑。

但是，让人意想不到的是妻子还没来得及上医院看病就医就永远地离开了人世。……面对妻子的遗体，金队长悲恸欲绝，失声痛哭，“媳妇，是我害死了你啊，不知道你病得这么厉害……”站在旁边的人无不流下同情的泪水。

金会长不像其他老人一样可以照顾家庭。儿子和儿媳妇经常抽空帮老人打理菜地，还帮着喂养家畜。可是，他们从来没有怨言，总是笑眯眯地对待老人，看到老人显出不安的样子，就安慰老人说：“不用担心家里的事情，您管好外面的事情就行啦。”

有一次，金会长身体不舒服待在家里，儿媳妇把睡觉的婴儿托付给老人照看，说过一会儿就回来，然后走出家门。过了不久，孩子从睡梦中醒来，大哭大闹找妈妈。金会长轻轻地拍着孩子，想哄孩子继续睡觉，可是，孩子越哄越哭，怎么也安静不下来。金会长索性站起来抱着孩子，在房间里慢悠悠地踱步，边踱步边哄孩子，可是孩子还是哭闹不停。老人急得满头大汗，豆大的汗珠哗哗地向下淌了下来。左等右等，媳妇迟迟不到，老人心急如焚，埋怨道：“平常说得好听，什么喜欢孩子。你要是再敢说宝贝孩子，我给你嘴上贴上封条。”二十多分钟后，远远地听见有嗒嗒嗒的脚步声，媳妇小跑着走进家里。

金会长火冒三丈，见儿媳妇进来，把孩子塞到媳妇怀里，气哼哼地摔门走进上房躺下了。由于老人用劲过猛，拉门没有关严。过一会儿，听见从门缝里传来儿媳妇对孩子说的悄悄话：“不是妈妈故意拖延时间，惹你大哭大闹的啊。你爷爷整天忙忙碌碌，哪有时间管地里的庄稼啊。刚才，妈妈抽空给地里除草，看把你急的。你哭得再厉害，爷爷也给不了你奶呀！”儿媳妇一边亲着孙子的嘴，一边给孙子喂奶，还对着孙子小声地说着话。听了这些话，金会长才恍然大悟。“这么好的儿媳妇，我错怪她了。我真没良心啊，偶尔照看一次孩子还……”当时，金会长不知道有多惭愧。

对家人的愧疚，岂止是这些。其他人家的孩子，经常和爷爷、奶奶一起去参加学校组织的野游活动，可是，每当他的孙子要求和他一起去时，他总是以没有时间为借口，拒绝孩子们的请求。偶尔答应和孩子们一起去玩，可是后来都没有兑现。回首往事，他深感自己亏欠了家人无法偿还的人情债。

每当想起让他愧疚的往事，他的心好像被一颗颗钉子扎了一样，疼痛难忍，成为他永远的心结。家乡，如果不是为了家乡，他完全可以不欠家人这么多难以偿还的人情债啊！啊，家乡，家乡到底是什么？

眼下，已经七十六岁高龄的金会长，精力和体力已经大不如前了。但是，金会长今天也来到村委会办公室值班，做着“义务保管员”“义务邮递员”，他就是这样不知疲倦地为家乡、为村民忙碌着。他要把他的余热无私地奉献给家乡。

生日礼物

⊙金龙吉 著

近来，勇敏坐卧不宁，显得有些异常。这天，他放学后回到家里，把每天都摆弄一两个小时的电脑搁置在一边，就一头栽倒在床上，然后，枕着胳膊，直愣愣地盯着天花板发呆。

再过两天就是阿姨的生日了，这是他第一次给阿姨过生日。他想，一定要挑选一个十分贵重又有意义的生日礼物送给阿姨。可是想挑选这样的礼物，还真的很费心思。勇敏想来想去也想不出什么好办法来。平时，阿姨口红都不抹，出门连件像样的衣服也没有，可只要为了勇敏，她都舍得花钱。

五年前，勇敏读小学的时候，他的妈妈在一场车祸中不幸去世。不久，阿姨走进了勇敏的家，成为他的后妈。

阿姨走进勇敏家的那天，勇敏的爸爸把他叫到身边叮嘱他：

“现在开始阿姨就是你妈妈了。从今天起，你就叫她妈妈吧。好吗？”

当时勇敏低着头，只是抠着手指甲。

“你不要勉强孩子了。一开始他就叫我阿姨，一下子能改得过来吗？我喜欢他叫我阿姨。勇敏也一样吧？”

阿姨轻轻地揽着勇敏的肩膀。

就在那年的中秋节，阿姨一大早就开始炒炒煎煎，做好饭菜，带着从市场买来的打糕，和勇敏一起来到位于后山上的殡仪馆。当时爸爸正好出差不在家，所以阿姨代替爸爸上山扫墓。

等勇敏领出妈妈的骨灰盒之后，阿姨找到一处幽静的地方，安放了骨灰盒。随后，阿姨和勇敏一起祭奠勇敏去世的妈妈。

“给你过世的妈妈敬一杯酒。”

阿姨打开葡萄酒瓶递给了勇敏。当勇敏在母亲骨灰盒前敬酒时，阿姨对勇敏说：

“你不想对妈妈说几句话吗？”

勇敏挠挠头，然后摇了摇头。

阿姨这才给勇敏过世的妈妈敬了一杯酒。然后，夹了一块打糕放在骨灰盒前，双手合十，喃喃自语：

“听说你生前很喜欢吃打糕，所以今天特意买来的。勇敏妈妈，你就放心吧，我一定会好好抚养勇敏。”

尽管当时勇敏还不懂事，但是阿姨的举动让勇敏十分感动。

从那以后，时常发生感动勇敏的事。

每次勇敏的班级开家长会，阿姨都准时参加，一次也没有缺席。每当春秋两季学校组织野游时，阿姨都要精心地准备可口的饭菜，陪着勇敏一起去野游。不仅如此，当勇敏的小组同学到他家里学习时，阿姨就像变魔术一样，把新鲜诱人的糖果放到他们面前，让勇敏觉得在同学面前特别有面子。像这样的事情不止发生过一两次。

两年前的一个春天，就在勇敏生日那天的早晨。阿姨就像变戏法一样，把一个小巧精致的小型录音机伸到勇敏的面前，给了勇敏一个意外的惊喜。当时，勇敏鼻子一酸，心里充满了感激。

“你看，阿姨为了让你好好学习，花了六百多元钱买了录音机，送给你做生日礼物。”

“谢谢你，阿姨。”

听了爸爸的话，勇敏只是点点头表示感谢。说实话，这样的录音机在同学们中间也很难见到。有个邻居大学生姐姐，手里经常拿着这样的录音机每天一大早在院子里学习英语。

哈哈，现在开始我要像大学生姐姐那样好好学习英语！手里捧着录音机的勇敏，一整天都美滋滋的，沉浸在喜悦的气氛中，不知不觉过了一天。从那时候起，勇敏就认真地学起了英语。

一年前，勇敏过生日那天，阿姨给了勇敏又一个惊喜。到广州出差的阿姨，在勇敏生日的前一天晚上，带着一个大纸箱回到家里。

“喂，你带来的是什么东西啊？”

看见爸爸疑惑不解的目光，阿姨只是微微一笑。

“原来是电脑啊？！是单位让你买的？”

爸爸打开纸箱之后，又问了一句。

“不是，是我给勇敏买的。”

“什么，不是开玩笑吧，这得一千元呢……”

爸爸张口结舌，说不出话来。

这是在电视广告里经常播出的“小霸王”牌学生用电脑。

“大学教授还这么落伍，不会赶时尚啊！不久，我们就要进入电脑时代了。我知道电脑的价格并不便宜，可一想到我们勇敏的未来……所以大胆地买回来了。”

听了阿姨的话，勇敏的眼眶湿润了。阿姨真心关心我啊。

勇敏在阿姨的精心照顾下，学习异常刻苦勤奋。去年夏天，全市举行了小学生英语演讲比赛，勇敏夺得了桂冠。不仅如此，今年的六一节前一天，在联合国教育考察团面前，勇敏用流利的英语向他们介绍了学校，让全校都轰动起来了。

勇敏沉浸在对往事的回忆中。突然。勇敏的眼前一亮，他从床上一跃而起。

对，金戒指！给阿姨买金戒指做生日礼物。

勇敏这么想是有理由的。

有一次，勇敏一家三口到阿姨亲戚家参加婚宴。聚集在那里的许多人都戴着戒指。新娘的婚函里也有用丝绸包裹着的精美的金戒指和金项链。宴席上，许多人用奇怪的口吻问阿姨，大学教授的社会地位那么高，夫人怎么连金戒指都没戴上。确实，在很多人的眼里，大学教授是一种身份的象征，意味着高收入和丰富的物质生活。所以，他们无法理解当今社会现代知识分子清贫的生活。勇敏的爸爸当时还只是讲师，听了这些话，如坐针毡，心神不宁。虽然勇敏年纪还小，可也感受到这种不安。他想，阿姨都是为了自己，连金戒指都没有戴上。勇敏的心里突然涌起一股冲动，暗暗发誓，长大后一定要给阿姨买一个世界上最昂贵、最美丽的金戒指……

勇敏起来后，小心翼翼地掏出放在抽屉最里层的存折。这是他平时省吃俭用，把亲友们给的零花钱一分一分积攒下来存起来的。勇敏打开存折看到里面总共有二百五十元。他把存折放进衬衣口袋里，急匆匆地离开了家。

勇敏向储蓄所方向走去。突然，他停下脚步，犹豫了一下，转向了金银首饰店。

店里的客人寥寥无几，静悄悄的。勇敏靠近金银首饰柜台仔细地查看价格表。咦，怎么都这么贵？金戒指最低价格是五百元，大多数都在一千元以上。

勇敏在柜台前徘徊了好久，突然发现售货员在注视着他，他只好恋恋不舍地离开了首饰店。要想买一个最便宜的金戒指也需要五百元，可是他手里的钱仅够买半个戒指。这时，他后悔自己平时没能积攒下来更多的钱。他想过向爸爸求助，可是，这么做，他的自尊心又不允许。他想，这样做就失去了给阿姨买生日礼物的意义了。

当天晚上，勇敏在睡梦中行走在大街上。突然天空刮起了旋风，在勇敏的头顶上吹来了许多崭新的纸币。不久，这些纸币纷纷飘落到勇敏的脚前。这些一百元的纸币究竟是从哪儿飞来的呢？勇敏四处张望，发现周围一个人也没有。只要能捡到这些钱，他就可以给阿姨买金戒指了。勇敏弯下腰飞快地捡起地上的钱，然后匆匆地离开这个地方。就在这时，突然有人厉声喝道：

“抓住他，这个家伙刚才来过我们的首饰店！”

“臭小子，你想往哪儿跑。给我站住！”

白天看到的首饰店里的阿姨和民警气喘吁吁地跑到勇敏面前。

民警牢牢地揪住勇敏的衣领，勇敏拼命挣扎，却怎么也挣脱不开。

“他耍了巫术，刮走了我们首饰店里的钱。”

“拿出来那些钱。”

首饰店里的阿姨大声吵嚷，民警也跟着命令道。

“没有，我没有偷钱。钱是捡来的。”

“你狡辩也没有用，你是小偷、小偷……”

不管勇敏怎么解释，民警叔叔都不相信。不知什么时候，民警叔叔把手铐扣在他的手上。

这时，阿姨怒气冲冲地来到勇敏的身边，狠狠地扇了勇敏一个耳光。

“我没想到你会偷钱。以后还怎么相信你这样的孩子？我要走了。以后再也不会回到你们家里……”

“阿姨，别走！阿姨……”

勇敏嘤嘤地哭了起来。在哭泣声中，勇敏突然惊醒。他打开书桌上的台灯，用手巾擦去额头上渗出的汗和眼泪，不觉一笑，暗想做了一个奇怪的梦。

第二天下课后，勇敏找到了姑姑开的饭店。姑姑正好从市场回来，手里提着装满蔬菜的塑料袋。

“今天刮了什么风，把勇敏给吹来了……”

“姑姑，我有事想问你。”

勇敏憨厚地一笑。

“你有什么事，今天还特意来找我？”

“因为这件事，只有姑姑能告诉我该怎么做。”

“哈哈，那好……”

姑姑把凳子放在勇敏的前面，在勇敏对面坐下。

“说说看，是什么事？”

勇敏把今天来找姑姑的原因仔细地讲给姑姑听。他把自己想买金戒指做生日礼物送给阿姨，可钱不够只好放弃的事情，还有做梦的经过，都一五一十地讲了出来。

“你也太天真啦。你这个年龄买什么金戒指？就是你真的给阿姨买了金戒指当生日礼物，你阿姨也不一定能喜欢。”

“所以，我来找姑姑商量嘛！”

勇敏满脸不悦地噘起了嘴。

“说实话，你阿姨进你们家这五年来，为你们家付出了很多心血。你阿姨对你的爱已经远远超出了母爱。母爱是父母对子女最深厚的一种爱。可是，你在享受这种母爱的时候有没有尊重她呢？”

“姑姑，你看我没有尊重她吗？我很听阿姨的话，学习也很努力，回家后还帮阿姨干家务……”

“不对，仅仅做这些还远远不够。”

姑姑瞟了他一眼。

“你叫她阿姨要叫到什么时候？去年春节，许多亲戚聚在一起，你还一直在叫她阿姨。我都觉得脸红。你阿姨听着会是什么滋味？别人听到你叫她阿姨，他们会认为，你阿姨肯定做得不好，不够当妈妈的资格。你现在已经十二岁了，是五年级的学生……”

本来性格开朗、能言善辩的姑姑，一打开话匣子就滔滔不绝。听着姑姑唠叨，勇敏耳朵嗡嗡作响，手里冒出冷汗。长这么大，勇敏从来也没有听过这么严厉的责备。

“东西可以用金钱来买，可人的情谊啊——花再多的钱也很难买到啊。你阿姨想要的不是什么生日礼物，而是比金子还贵重的情谊。人的情谊往往体现在一句普普通通的话里。所以，如果你真的尊重阿姨……”

“好了，姑姑！我明白了。”

“真的？”

“真的。”

“如果真明白了，就要用实际行动来表现啊！只有发自内心的尊重，才是让你阿姨高兴的最好的生日礼物……”

勇敏和姑姑告别之后，迈着沉重的步子回到了家里。时值炎热的七月，下午的太阳炙烤着大地，也炙烤着勇敏的心。

勇敏期盼已久的阿姨的生日终于到了。正在厨房准备做早餐的阿姨，突然看到闯进来的姑姑，感到又惊又喜。

“小姑子，你怎么来啦？”

“是嫂子的生日，我哪能装着不知道呢？前天下午，勇敏来找过我。”

“是吗？”

阿姨接过小姑子递过来的塑料袋有些局促不安。

阿姨本来没想告诉别人，准备悄悄地混过去的。

不久，桌上摆满了丰盛的饭菜。勇敏的爸爸坐在饭桌前奇怪地问道：

“哈哈，今天是什么日子，饭菜这么丰盛？勇敏的姑姑也来了……”

“哥哥，你太粗心了。今天是嫂子的生日，还好意思问是什么日子呢？还是我们勇敏懂事。我是听了勇敏的话才来的。”勇敏的姑姑责怪起哥哥来。

“噢，是吗？那应该倒一杯酒啊。”

勇敏好像等这句话等了很久，立即拿起葡萄酒瓶走到阿姨的身边。

“阿姨，从今天开始我叫您妈妈。妈妈，这段时间您照顾我们全家，抚养我，真是太辛苦了。妈妈，请您喝一杯我敬的酒。祝您生日快乐。”

“谢谢你，真的谢谢你！勇敏……”

阿姨用颤抖的双手拿起了酒杯，眼里噙满了晶莹的泪水。这泪水里闪动着从阿姨升华为母亲的无限幸福。

妈妈的警卫员

◎金万石 著

1

单花葱洞的后山腰是苹果梨园。苹果梨园迎来了明媚的春天，雪白的梨花沿着山坡绽放，馨香怡人的香气沁人心脾。

随着隆隆声，从花丛里滑出一辆电动三轮车。姜哲的爸爸把着方向盘。

姜哲和他的妈妈坐在三轮车上，怡然自得地观赏从眼前闪过的花海。

“妈妈，我们家乡的景色好美，空气好清新啊……”

“是啊，我们这里一点污染都没有……”

“妈妈懂的还不少呢。”

“当然了。再也找不到像我们这样的好地方啊。”

去年八月，姜哲从家乡的山村小学毕业后，升入城市中学。城市中学在离家十五公里远的地方。不管风吹雨打，姜哲每天都坚持骑车上学。

这次“五一”长假，爸爸突然决定让妈妈到城里租房子，专门给姜哲做饭，伺候孩子上学。也许，爸爸考虑到儿子每天来回走几十里的路实在太辛苦，心疼儿子，所以才做出这样的决定。今天，姜哲一家带着行李正在赶往城里。这是他们暂时离开家乡，可姜哲的心里却若有所失，依依不舍。

爸爸紧闭着厚厚的嘴唇，默默地开着车，他在想什么呢？爸爸古铜色的脸、宽大的额头、挺拔的鼻子，怎么打量爸爸，姜哲都觉得爸爸是值得信赖和尊重的。

爸爸在单花葱洞承租了果树园，办起了养猪场，饲养了八十多头猪。爸爸无论做什么事，都能坚持到底。姜哲似乎继承了爸爸的这种倔强性格。

爸爸的后背上长了一块拳头大小的肿瘤，人们在背后指手画脚地议论说爸爸是“驼背”。可是，姜哲在别人面前从来都没有觉得矮人一等。

姜哲的妈妈也如此。她就是被姜哲爸爸坚毅和吃苦耐劳、坚持到底的性格所折服，在姜哲爸爸租赁果树园的那天嫁给了姜哲的爸爸。

姜哲的妈妈由于小时候患了小儿麻痹症，一条腿长，一条腿短，走起路来一瘸一拐的，可是她长得很美。

姜哲有坚实的爸爸和美丽的妈妈，生活在这样的家庭里，他总有一种幸福感。

妈妈昨天进城后，在学校附近租了一套三楼的房子。

“爸爸，要是没有妈妈你自己怎么做饭吃？”

“傻小子，饭用电饭锅做就行呗，用得着你妈妈吗？”

“那，菜怎么做呀？”

“用青辣椒蘸大酱就行呗。呵呵呵……”

哈哈哈……在苹果梨花绽放的花丛里传来了一家三口欢快的笑声。

2

姜哲每天吃着妈妈做的可口的饭菜，专心致志地学习。有一天，姜哲翻开词典偶然看见了“瘤子”这个单词，词典上解释道：“有机体的某一部分组织细胞长期不正常地增生所形成的良性或恶性新生物。”

“啊，我爸爸身上的肿瘤是阴性的。一直没有变大……”

现在，姜哲虽然只是初中一年级的学生，可是他决心长大后要成为一名医学博士，治好爸爸的病。他握紧拳头高喊“加油！”给自己打气。

“姜哲，你喊什么？”

“没什么，妈妈。”

“姜哲，妈妈不想总待在家里，想出去找点活干。”

“干什么活？”

“我打听了，下面冷面馆里正在招人，一个月给八百元。要是那样，交了房租还能剩一些钱。”

“妈妈，你能干好吗？”

姜哲实在不忍心说出伤害妈妈的话。可心想，妈妈一瘸一拐地能干服务业的活吗？为了不打击妈妈的积极性，姜哲就让妈妈去试一试。在村子里，妈妈帮爸爸喂猪食时，不也是蛮勤快蛮灵巧的吗？！

姜哲好像突然想起了什么，摁住妈妈催促她躺在床上。

“孩子，你在干什么？”

“让你躺，你就躺着吧，妈妈。”

姜哲从抽屉里拿出了卷尺，然后用尺仔细地量了量妈妈的腿长。

“妈妈，请伸直腿。”

“想干吗呢？”

“妈，让你伸腿你就伸直呗！”

姜哲从妈妈的腰部量到脚尖，右腿比左腿短四点八厘米。

“好了，妈妈。”

“什么好了？”

“别问那么多了，好了。”

姜哲顺手拿起妈妈右脚上的鞋，一口气跑到路边摆摊的修鞋匠身边。

“叔叔，你这里有五厘米高的鞋跟吗？”

“要鞋跟干什么？”

“我想粘在鞋底上。”

“有是有。可是为什么只粘一只鞋呢？”

“嘿嘿嘿……这是秘密。”

修鞋匠疑惑不解地看着姜哲，然后点了点头，在鞋底上粘上了五厘米高的鞋底。等到鞋底粘好，姜哲一口气就跑回家里。

“妈妈，你试试穿这只鞋。”

“什么鞋？”

姜哲的妈妈就顺从地穿了鞋，站起来了。

“妈妈，你走走看！”

“怎么样？”

嗨，妈妈走路不再一瘸一拐了，像正常人一样，走路自然多了。

“哇，妈妈万岁！”

3

有一天，姜哲站在窗口遥望妈妈去干活。妈妈穿着雪白的衬衫和蓝色喇叭裤，走起路来轻快敏捷，朝着姜哲兴奋地笑着！

“妈妈，妈妈你好美啊！”

“你这孩子，别人该听到了。”

“听见了会怎么样？”

“今天中午就到我们冷面部来吃冷面，我请客。”

“我知道了。”

姜哲上课的时候，一想起中午可以吃到清凉可口的冷面，禁不住流下了口水。中午，当姜哲兴冲冲地走进冷面部的时候，一下子愣在门口。他看见有个大个子男人正在敲打着妈妈的后背。

“呵呵，我们的莲花到了我们饭店之后，我们的营业额一下子蹿得老高。”

然后，那个大高个子又拍着妈妈的臀部。姜哲顿时觉得浑身的血液都在倒流。

“妈妈！”

姜哲尖叫着。高个子男人见状，很不自然地“嗯哼”干咳两声。

“他是谁啊？”

“姜哲，这是老板。”

“哪来的这种老板？”

姜哲瞪着眼睛怒视着大个子。大个子见状悄悄地溜进了厨房里。

“姜哲，不能对大人没礼貌。”

“谁说不能？！”

姜哲不知道是怎么吃完妈妈给他端来的冷面的，好像吃了不该吃的东西一样，只想吐出来。

什么？莲花？是因为我妈妈的名字叫莲花所以才这么叫的？他算什么东西，随便拍打我妈妈的屁股？流氓！

妈妈从洁白的苹果梨园来到城市之后，是不是受到城市的污染了？

或者是开始讨厌我爸爸了？还是我给妈妈修了鞋，让妈妈开始招风呢？

当天晚上，姜哲趁妈妈睡觉的时候，用刀给砍下去妈妈右脚上粘上的鞋跟。

“妈妈应该是跛子，妈妈明天开始要在大个子前面一瘸一拐的！”

4

每到星期五晚上，姜哲就骑车回单花葱洞看望爸爸，帮助侍弄果园和忙养猪的爸爸干一些力所能及的事。通常，姜哲周五到果园，周日下午回到城里。

“爸爸、爸爸觉得妈妈好吗？”

“你为什么问这个问题呢？”

“只是想知道。”

“世界上再没有像你妈妈这样的好人。现在这个年头，还有谁愿意嫁给我这样的驼背呢？就是患小儿麻痹症也是，你妈妈那样的长相不用找我……”

“真的？”

“对。人长得好看，心地善良，手也巧……”

原来如此啊！爸爸一点都不怀疑妈妈。可是妈妈呢？妈妈的确像爸爸说的那样，美丽善良。可是她太善良了，这是她的致命的弱点。是不是因为单纯善良所以更容易被污染？心肠硬一些不行吗？

当日，姜哲好像有一种不祥的预感，就在星期六晚上八点左右回到城里的家。他觉得现在能够守护妈妈的只有自己。不，为了爸爸，一定要守护好妈妈。

当姜哲来到家门口时，听见从屋里传来一个陌生男人的声音。

“喂，莲花。”

“你想干什么？”

“难道，喂猪的那个驼背就那么好吗？”

他在说什么呢？他胆敢侮辱我爸爸。姜哲有些忍不住了。作为儿子，姜哲绝对不允许别人侮辱自己的爸爸。本想一脚踢开房门闯进屋里的姜哲，突然犹豫了。

“你说的是人话吗？”

“可，可是我……我这样的老板不好吗？”

“你给我出去！”

紧接着传来“啪”的声音。这是什么声音？也许是妈妈扇了大个子一个耳光？姜哲急忙敲响了房门。

“谁啊？”

妈妈慌张的声音。

“妈，妈妈，是我姜哲！”

妈妈开门的瞬间，那个大个子推开姜哲像闪电一样冲出来，夺门而去，根本抓不住他。

姜哲把妈妈拉进屋里。

“妈妈，你在干什么？”

“我也不知道。”

“你不知道谁知道啊？”

“他总来纠缠我，我该怎么办？”

姜哲用奇怪的目光盯着妈妈。那个家伙就是知道我妈妈瘸腿也照样来找我妈妈？疯子！

“不让他来不行吗？”

“我是清白的！嘤嘤……”

“清白？”

一听到“清白”二字，耳边又响起“啪”的响声。姜哲紧紧盯着妈妈，似乎想看透妈妈，看来妈妈还是清白的。

“妈妈，我爸爸该怎么办？”

“喂，你说什么？”

“妈妈不喜欢爸爸了？”

“你……你……你以为什么话都可以说出来吗？你这个没出息的孩子，做儿子的不信妈妈，还信谁呀？”

妈妈用双手拼命地捶打着姜哲的胸脯，号啕大哭。姜哲任凭妈妈打他，也不还手，只是冷冷地看着妈妈，点点头。

5

姜哲升入初中二年级。个头长高了，身板也壮实了。脖子上喉节突起，声音变得粗壮洪亮。

姜哲一直记得妈妈边哭边说爱爸爸的话，可是有时还很担心妈妈。妈妈现在烫着奇形怪状的头发，当然，这里不是山沟是城里，烫发应该属于正常。可是，妈妈对穿着打扮格外用心，是城里嘛，这点他也应该理解。

可是，他对妈妈始终悬着一颗心。尽管如此，姜哲对爸爸只字未提这件事。只是他的心里像哑巴吃黄连，又苦又难受。

到了暑假，学校组织学习成绩优异的学生到长白山旅游。原来决定在长白山住一宿，可是姜哲借故向老师请了假，当天晚上就乘坐旅游车回到了家里。

手表显示这是晚上九点三十分左右。姜哲来到家门口，偷偷地观察屋里的动静，周围静悄悄的。这么做是不是太过分了，是不是自己的疑心太重了？我还是不太信任妈妈呀！姜哲想想觉得有些对不住妈妈。

可这是怎么回事。这个时候，屋里怎么有窸窸窣窣的声音？

“别这样！”

“你想让我等到什么时候？”

“谁让你等我了？”

“可是……我跪下来求你……”

“我是有丈夫的人。”

“我也是有老婆的人。现在这个年头管他什么有没有老婆、丈夫！”

姜哲突然像一头发怒的雄师，攥起右手猛烈地击打左手，怨恨起妈妈。姜哲担心的事情终于发生了。

我妈妈不是善良是软弱啊。不，不是软弱是在蜕变啊！不是生活在雪白的苹果梨园里的妈妈！就像妈妈自己说的那样，她在受城市的污染！该怎么办？

像上次那样，万一弄不好，高个子逃走了怎么办呢？姜哲无意间看到放在走廊上的拖布。姜哲用拖布顶住了自己的家门，拖布的长短正好适合顶门。这次，绝对不能像上次那样让他逃之夭夭了。

这时屋里传来咣咣咣的推门声，有人用劲往外推门，屋里的高个子可能准备出来。可是用拖布顶住的房门纹丝不动。

姜哲拿出手机给爸爸挂了电话。邻居是汉族所以听不懂朝鲜语，姜哲就提高了嗓门。

“爸爸，您接到电话之后立即开着电动三轮车赶到我们城里的家。我们等您。二十五分钟就可以到的！快点，快！”

听到这个声音，屋里死一般地寂静。那个高个子现在该怎么办呢？这次他别想再逃跑了。姜哲愤愤地想，这次无论如何也要抓住这个坏蛋，然后打断他的狗腿。

“妈妈，是我姜哲，过一会儿爸爸会来的！”

这是什么声音？突然传来“啊——”的一声惨叫，仿佛野猪嚎叫般凄厉的声音划破了寂静的夜空。

“这是什么声音？”

姜哲吃了一惊，担心自己妈妈会受到伤害。可那声音不像是女人发出的。

“姜哲，开门……开门。我好害怕！”

妈妈胆战心惊地叫着。

听到妈妈的声音，姜哲马上挪走了拖布，然后打开房门闯进屋里。高个子男人不知去向，只有妈妈一个人。妈妈哆哆嗦嗦地不知所措，然后用手指着窗户，窗户敞开着。

姜哲走近窗户，向后院望去。哇，好吓人啊。一个人张开四肢像一个大字形倒在地上，正在吐血。这一瞬间姜哲紧紧闭着双眼，嘘地长叹一声，然后“哐”的一声用劲关上了窗户。

6

房门突然被打开，爸爸走进了屋里。

“什么事？”

“孩子他爸——”妈妈哭着投进爸爸的怀里，一把抱住了爸爸，然后开始痛哭。姜哲一下子栽倒在沙发上，不知不觉地流下了眼泪。

姜哲泪眼蒙眬地注视着抱在一起的爸爸妈妈。虽然妈妈在哭泣，可一如既往地美丽动人。她最终没有受到污染。虽然瘸腿，妈妈却搂着爸爸的脖子在房间里打转。啊，亲爱的妈妈。

几年前，姜哲放学回家，不也是看见爸爸和妈妈在雪白的苹果梨园里，紧紧地相拥在一起的吗？

当时，姜哲正好放学回家，两个人看见后马上松开手。爸爸“嗯哼”干咳两声，若无其事地转过身去。可是，现在爸爸妈妈拥抱在一起，就在姜哲的面前旋转着。

姜哲的眼前突然浮现出单花葱洞雪白的苹果梨园。啊，洁白无瑕的梨花！他仿佛看到爸爸和妈妈正在花海里拥抱着旋转着……

姜哲用手背抹去了眼泪，心里打定主意，要去找修鞋的叔叔给妈妈修好那只鞋。

装在饭盒里的爱

◎许斗男 著

事情都是美娜引起的。哼，好可恶的家伙……

唉，可也不能全怪她啊！

“今天中午咱们来比比谁的午餐带得最好啊！看看给咱们带午饭的时候，谁的妈妈最用心，厨艺最好！”

美娜一提议，马上得到带午饭的女同学的赞同。她们纷纷表示这个主意不错，我也满口称赞。

我暗想，这可是显示我妈妈厨艺的绝好机会，心里偷着高兴。不是我自卖自夸，一提起我妈妈的厨艺，那是绝对上乘，连饭店里的专业厨师都自愧不如。一样的食材，只要是我妈妈做出来的，都比别人做得可口。

今天妈妈会给我带什么菜呢？炒海鲜？炒五花肉？还是火腿？……不，今天十有八九就是牛肉炒蘑菇！妈妈知道我最喜欢吃这道菜！

如果妈妈真的给我做了牛肉炒蘑菇，那我绝对有信心取胜。这是我妈妈最拿手的菜。妈妈炒这道菜，怕牛肉变老，都用旺火快炒，然后放入调料。炒出来的牛肉又鲜又嫩，放到嘴里滑溜溜的，真想一口咽下去。

我心里一直在惦记，妈妈到底能给我带什么菜呢？

我暗想，要趁老师不注意的时候偷偷地打开饭盒来看。可是真不凑巧，今天上课，老师偏偏只讲不写。我只好耐着性子等老师什么时候能转过身去，而老师讲了什么内容，我压根就没听进去，都成了耳旁风。

我终于盼到了老师转过身面向黑板。这可是千载难逢的好机会啊！我迅速地把手伸进桌洞里，打开了饭盒盖。我担心其他同学会注意我，扫了一眼教室。还好，同学们都在唰唰唰地抄写老师的讲课内容，只顾着看黑板。我这才放心地拿出饭盒。

突然，我好像被火烫了似的一愣。怎么会……

饭盒里带的菜太出乎我意料了——只有一块辣白菜。

（这究竟是怎么回事？妈妈从来没有给我带过这样的菜啊……）

人们都说世界上最伟大的是母爱。对我来说也是如此。我妈妈对我的挚爱和关怀是无以言表啊。我的脑海里浮现出三月初我重感冒好转之后发生的一件事。

当时，我的感冒刚好，妈妈就患上感冒，病倒了。那天，我只好起来做早饭。

我把淘好的米放进电饭锅里，然后做了豆腐汤和炒鸡蛋。豆腐汤是我们一家三口都喜欢吃的。可炒鸡蛋，大家并不太喜欢。可是，我会做的也不过是这道菜。没辙，午餐，我只好带这道菜了。

等我吃完饭站起身时，胳膊上挂着吊瓶、还没吃早饭的妈妈，问我：

“你中午饭带了什么菜？”

“炒鸡蛋。”

“你不是不喜欢吃炒鸡蛋吗？”

“没关系。”

“在冰箱最底层有一块冻起来的牛肉。在上面的冷藏室里有装蘑菇的塑料袋。你自己拿出来炒一炒！一会儿就能好。”

“没关系，不用了。”

我也知道妈妈为了给我带午饭，平时在冰箱里准备好牛肉和蘑菇。妈妈总是买来最嫩的肉，切成细丝，然后按照够吃一顿的菜量装在塑料袋里放进冰箱。蘑菇也是按一顿的量放在冰箱里。每天拿出一份给我做午餐。

我想中午还是带炒鸡蛋算了。一是我也没有炒好菜的信心，二是时间也来不及了。

我走进屋里扫了一眼昨天的作业，然后把书放进书包里。

上学之前，我拿着书包走进厨房准备装饭盒，可是被眼前的景象惊呆了。

胳膊上挂着吊瓶的妈妈，正在厨房里忙着给我做午饭的菜。妈妈把一斤多重的吊瓶挂在窗台上，在铁锅里来回翻弄着铁勺炒着菜，锅里散发出牛肉炒蘑菇的诱人的香气。

妈妈一边炒菜，一边不时地抬起左手压压额头，她的脸显得很苍白，额头上渗出豆大的汗珠。

这样的妈妈今天怎么能……我真的无法理解妈妈。

最近，妈妈到水南村晾晒明太鱼，可能活儿太累了，一时疏忽了我的盒饭？妈妈每个手指头上都缠上了胶布，她可能很疲劳……可再怎么疲劳，也不能这么对付我的午饭啊！

糟糕，到了中午该怎么办？看来我的盒饭肯定评老末了。末等盒饭和末等妈妈。越想越着急。该怎么办呢？

（对，除了这么做没有其他的办法。）

第三节上课之前，我就抱着肚子装病。

同学们看见我的样子，都问我怎么了。

“早饭吃得匆忙消化不好。”

我一边说着谎话，一边还发出呻吟声。

“是不是去医院看一看？”

“疼一会儿，自己会好起来的。”

这时，第四节下课铃声响了。要在平时，第四节下课铃声就像是凯旋的号角声悦耳动听。可今天的铃声怎么这么讨厌。“丁零零——”的声音从没有像今天这样刺耳和尖厉。

“各位，盼望已久的午餐时间终于到了。大家都带着饭盒集合，现在开始检查饭盒。”

比午饭是美娜提的建议，所以她还想执行到底。

同学们纷纷拿出了自己的饭盒。我趴在桌子上没有起来，但是竖起耳朵注意倾听她们在说些什么。

“看来金粉疼得很厉害啊。”

“好可怜！”

她们交谈了几句，然后就听到有脚步声走近我的书桌前。

“金粉，疼得厉害吗？”爱仙来到我身边，用关切的口吻询问我。

“嗯，不，有点……”我趴在桌子上头也不抬地应着。

“你是不是应该吃点药？”爱仙的语气里充满了关切。

“吃了，有上次吃剩下的药。”这次谎话说得比第一次还自然。

同学们见状，就自己围坐在了一起。

“金粉，你带着饭盒过来一下呗。”

听声音这肯定是我们班最泼辣的万金在叫。听万金这么一说，同学们七嘴八舌地议论起来了。

“就是不想吃饭，也过来给我们看一眼菜吧！”

“你过来赏光嘛！”

我就像没听见一样趴在桌子上一动不动。

咣咣咣的脚步声停在我身边。不看也知道是万金。

“金粉，你起来让我看看！”

有人推了一下我的胳膊。我从桌子上突然抬起了头，冷冰冰地怒视着她。

“我不舒服，你们说什么风凉话？”

我怒气冲冲地对万金说，万金猝不及防，脱口而出：

“你发什么火啊？”

“你们干吗这么刺激人？”

“谁刺激谁了？真可笑啊。”

一看气氛有些不对头，同学们急忙过来把万金劝走了。万金火气未消，被人拉着走时还不忘扔出一句话：

“看你火气那么盛，大概你是在装病吧。饭盒里的菜带得不好，所以才装蒜呢吧。”

她的话刺中了我的痛处，就好像瞎子听见有人骂他眼瞎一样，我一下子火冒三丈。

“你说完了？”

“对，说完了。”

“说完了，你想干吗？”

“我看你狗嘴吐不出象牙来。”

“你是乌鸦笑猪黑啊。”

就在这时，传来了嘭嘭的敲门声。

爱仙跑过去开了门。

“您找谁？”

“我是金粉的妈妈，金粉在吗？”

我像乒乓球一样一下子从座位上弹了起来。我自己都不知道是怎么站到门边的。

“你还没吃饭吧？”

“对……”

“这就好，我还担心来晚呢……”

妈妈好像一块石头落地，松了一口气。

“早晨，你把我的饭盒带走了。”

妈妈用手揩去脸上的汗珠之后，把用手绢包着的饭盒递到我面前。

我的心顿时酸酸的，什么话也说不出来，呆呆地望着妈妈。为了给我送饭盒，妈妈走那么远的路，从家里赶到学校！妈妈每天都用心地给我带好菜，自己却带着辣白菜。可我一直蒙在鼓里，还埋怨过妈妈。我真讨厌我自己！我在心里流泪。

妈妈换好饭盒走了，可我却呆呆地站在门口，一动不动。

“金粉，要是你舒服一些，你就过来和我们一起吃饭吧。”

美娜一说，其他的同学也纷纷附和着。

“对啊，你妈妈跑那么远的路来送饭，你就是难受也应该吃一点啊！”

“快过来吧！”

我很无奈地拿着饭盒走了过去，觉得很尴尬。这时候就是别人不揭穿我，我刚才装病的事大家可能也猜出八九分。

“坐这儿吧！”

美娜腾出了地方，爱仙拉着我的手，让我坐在她的身边。

“来，现在开始正式检查饭盒。准备打开饭盒。一起打开饭盒！……赞赞！”

随着美娜的口令声，在美娜打开饭盒的同时，我们六个人的饭盒也一同被打开。我们各自先看了一眼自己的饭盒，然后伸出脑袋去看别人的饭盒。我看看你你看看我，大家禁不住大笑起来。

太意外了。

七个人带的菜完全一样，都是牛肉炒蘑菇！

最着急的莫过于组织者美娜：

“这该怎么办呢？大家带来的菜原来都一样啊。选谁当第一名呢？是不是都是并列第一名啊？”

爱仙说：

“我认为应该选金粉的盒饭为第一名。虽然我们带的饭菜都一样，可她的妈妈跑那么远的路来送饭，她妈妈的爱心应属第一。”

孩子们深有同感，一起鼓掌叫好。我从眼角瞥见万金也在鼓掌。

我哽咽着说道：

“谢谢你们，谢谢！可是，对不起，万金。”

图书在版编目（CIP）数据

飞吧，龙龙龙 / 金莲华译. -- 北京：作家出版社，2020. 2
（中国少数民族文学发展工程 · 民译汉专项）
ISBN 978-7-5212-0862-7

Ⅰ. ①飞… Ⅱ. ①金… Ⅲ ①中篇小说 - 小说集 - 中国 - 当代 ②短篇小说 - 小说集 - 中国 - 当代 Ⅳ. ① I247.7

中国版本图书馆CIP数据核字（2020）第018983号

飞吧，龙龙龙

译　　者： 金莲华
责任编辑： 史佳丽　李亚梓
特约编辑： 陈　涛　杨玉梅　郑　函
装帧设计： 薛　怡
出版发行： 作家出版社有限公司
社　　址： 北京农展馆南里10号　　　**邮　　编：** 100125
电话传真： 86-10-65067186（发行中心及邮购部）
86-10-65004079（总编室）
E-mail:zuojia@zuojia.net.cn
http://www.zuojiachubanshe.com
印　　刷： 北京玺诚印务有限公司
成品尺寸： 152×230
字　　数： 209千
印　　张： 17.25
版　　次： 2020年10月第1版
印　　次： 2020年10月第1次印刷
ISBN 978-7-5212-0862-7
定　　价： 38.00元

作家版图书，版权所有，侵权必究。
作家版图书，印装错误可随时退换。